Kerstin Jauer

Die Spur des Leidens

CW Niemeyer N

Prolog

Mit zitternden Händen drehte der Junge den Zündschlüssel um. Die Bäume, eben noch in das grelle Licht der Scheinwerfer getaucht, verschwanden. Schwärze umfing ihn. Für einen Augenblick saß er nur da. Starrte in die Dunkelheit und hörte seinen eigenen Atem. In seinen Ohren tobte ein wütendes Rauschen, das ebenso laut war wie der strömende Regen draußen. Kräftige Wassertropfen prasselten auf das Dach des Audi ein. Es klang, als versuchten sie, die Karosserie zu durchschlagen. Das alles war falsch. Doch wann war es je richtig gewesen?

Er musste sich zwingen, die Autotür zu öffnen und in das kalte Nass hinauszutreten. Sofort versanken seine Turnschuhe in dem durchweichten Uferboden. Der Regen peitschte ihm unaufhörlich ins Gesicht. Um laute Geräusche zu vermeiden, knallte er die Tür des Wagens nicht zu. Er lehnte sie einfach an.

Langsam suchte sein Blick das Ufer des Gevattersees ab. Wie dunkel es nachts hier draußen war. Er konnte kaum etwas erkennen. Vor ihm erstreckte sich das Wasser des Sees. Ein sattes, tiefes Schwarz, das mit der Umgebung zu verschmelzen schien. Hinter sich machte er die Umrisse von Bäumen aus. Ganz in der Ferne sah er die roten Lichter des Fernsehturms und den goldenen Schimmer des Kaiser-Wilhelm-Denkmals. Seine Jeans und sein Hoodie waren bereits durchnässt. Der Stoff klebte auf seiner Haut. Er zitterte. *Nun mach schon*, befahl er sich selbst. Er ging zum Kofferraum des Wagens und versuchte, den Schlüssel ins Schloss zu stecken. Erst beim dritten Anlauf klappte es. Er musste schlucken, als er den Schlüssel drehte. Übelkeit breitete sich in seinem Magen aus, als hätte er zusammen mit dem Kofferraum auch etwas in seinem Inneren geöffnet. Regenwasser lief ihm von seinen kurzen Haaren die Stirn hinunter in die Augen. Hastig fuhr er sich mit der Hand über das Gesicht und zog mit einem kräftigen Ruck die Kofferraumklappe hoch. Sofort schlug ihm ein süßer, metallischer Geruch entgegen. Sein Magen zog sich zusammen und in einer heißen Welle bahnte sich die Übelkeit einen Weg nach oben. Er schaffte es gerade noch, sich abzuwenden. Erst als er sicher war, sich nicht noch mal übergeben zu müssen, drehte er sich zurück, griff mit beiden Händen in den Kofferraum und zerrte an der Leiche.

Aus Filmen wusste er, wie schwer es war, einen Leichnam zu bewegen, doch es kam ihm fast unmöglich vor, den toten Körper aus dem Kofferraum zu wuchten. Dass er ihn überhaupt erst hineinbekommen hatte, erschien ihm wie ein Wunder. *Reiß dich zusammen. Du bist wirklich zu nichts zu gebrauchen.* Heißer Schweiß bildete sich unter seinen Achseln und rann ihm den nassen Rücken hinunter, während er den zierlichen

Frauenkörper Stück für Stück aus dem Wagen zerrte. Mit einem dumpfen, platschenden Geräusch schlug die Tote auf. Ein neuer Würgereiz packte den Jungen, doch diesmal schluckte er ihn hinunter. *Nicht denken, mach es einfach.*

Er tastete nach dem schweren Steinbrocken und schleppte ihn ebenfalls aus dem Kofferraum. Vor der Fahrt hierher hatte er bereits ein Seil an dem massigen Brocken angebracht. Ohne die Tote anzusehen, legte er ihr den schweren Stein auf den Oberkörper und befestigte ihn dort mithilfe des Stricks. Dabei stöhnte er vor Anstrengung, als er den toten Körper hin und her drehen musste, um das Seil unter ihm hindurchzubekommen. Anschließend blickte er für eine Sekunde in ihr Gesicht. Erschrocken keuchte er auf. Zwei leblose Augen blickten ihm entgegen. Hastig stand er auf und zurrte an den Schnürsenkeln seiner Turnschuhe. Er brauchte ewig, die nassen Bänder mit seinen kalten Fingern zu entknoten. Nachdem er die Sneaker endlich von seinen Füßen hatte, riss er sich die Jeans und die restlichen Klamotten vom Körper. Achtlos warf er alles ins Wageninnere und zog ein Schwimmbrett von der Rückbank. Nur in Boxershorts stand er nass und zitternd da, zu seinen Füßen die Frauenleiche. Mit einem unterdrückten Wutschrei griff er unter die Achseln der Toten und schleifte ihren Körper in den See hinein.

Das Wasser war eiskalt. Es umspülte seine Füße und er musste in die Knie gehen, um das Schwimmbrett unter den leblosen Körper zu bekommen. Seine Finger fühlten sich beinahe taub vor Kälte an. Langsam watete er in den See hinaus. Gräser griffen nach seinen Füßen, als würden sie ihn davon abhalten wollen, weiter hineinzugehen. *Was in aller Welt machte er hier?* Plötzlich sackte der Grund unter ihm ab und er stand bis zu den Schultern im Wasser. Kurz stockte ihm der Atem. Dann übernahm sein Instinkt. Es war, als hätten die endlosen Stunden des Rettungsschwimmertrainings, die sein Vater so nutzlos fand, ihn auf diese Situation vorbereitet. Mithilfe des Schwimmbretts, das bis zu fünfundsiebzig Kilogramm tragen konnte, zog er den Leichnam immer tiefer mit sich ins Wasser hinein. Dabei fixierte er mit einer Hand den schweren Steinbrocken auf dem Brustkorb des Frauenkörpers, während er mit der anderen die Frau auf dem Brett hielt. Zum Schwimmen benutzte er lediglich seine Beine, weshalb er nur langsam vorankam.

Endlich glaubte er, die tiefste Stelle des Baggersees geschafft zu haben. Reichten sechs Meter Tiefe aus, um einen Menschen verschwinden zu lassen? Sie hatte das hier nicht verdient. Nichts von alledem hatte sie verdient.

Und er? Tränen mischten sich mit den Regentropfen auf seinem Gesicht. Ein raues Schluchzen rann ihm aus der Kehle und er vergrub seinen Kopf in ihrem nassen Haar. Es war ihm egal, dass Blut in ihren Haaren klebte und ein hässliches Loch in ihrem Schädel prangte.

„Es tut mir leid", flüsterte er heiser.

Zaghaft löste er seine Hand von dem Stein und kippte das Schwimmbrett zur Seite. Mit einem leisen Wimmern beobachtete er, wie der tote Körper vollständig in das Wasser hineinglitt und langsam nach unten gezogen wurde. Hinab auf den Grund des Sees, den er nicht sehen konnte. Ein schwarzes Loch unter ihm. So schwarz wie die Gefühle in seinem Inneren. Die Schwimmhilfe trieb langsam ab. Er brauchte sie nicht mehr. Brauchte er überhaupt noch etwas auf dieser Welt? Weinend schwamm er auf der Stelle, bis er nicht sicher war, es noch ans Ufer zurückzuschaffen. Selbstrettung, schoss es ihm durch den Kopf. Konnte er die Strecke zum Ufer noch bewältigen? Wollte er das denn eigentlich? Doch wofür war sie dann gestorben? Also schwamm er. Dem Licht der Taschenlampe entgegen, die er am Ufer zurückgelassen hatte. Er schwamm einer ungewissen Zukunft entgegen, in der nichts mehr so sein würde wie zuvor.

Johanna Neumann

Samstag, 5. August, 15:03 Uhr

Sie haben Ihr Ziel erreicht, teilte ihr die Stimme des Navigationsgerätes emotionslos mit. Glück gehabt, dachte Johanna Neumann, als sie ihren Ford Ka in die einzige freie Parklücke steuerte. Der Platz war gerade erst frei geworden. Der kleine Schotterparkplatz lag im Wald direkt auf dem Bergrücken des Wiehengebirges. Hätte sie hier keinen Parkplatz bekommen, hätte sie ihren Wagen weiter unten im Wald abstellen und die Strecke zu Fuß zurückwandern müssen. Und nach einer Wanderung war ihr gerade so gar nicht zumute. Einen Moment blieb Johanna noch sitzen. Zwischen den geparkten Fahrzeugen wuselten vereinzelte Besucher umher. Sie beobachtete, wie ein Vater seine zwei Kleinkinder, einen Jungen und ein Mädchen, mühsam an den Händen festhielt, während die Sprösslinge es eilig hatten, vorwärtszukommen. Hinter ihnen bugsierte die sichtlich gestresste Mutter den voll bepackten Kinderwagen über den Schotter. Johanna atmete tief ein. Du hast dir diesen Neuanfang gewünscht, sagte sie sich. Also los. Sie zog ihre braune Lederhandtasche von Leconi vom Beifahrersitz und stieg aus. Je öfter sie sich sagte, dass dies ein Neuanfang für sie sein sollte, umso eher glaubte sie sich selbst. Ein Neuanfang klang so viel besser, als vor etwas davonzulaufen.

In der warmen Spätsommerluft lag der erdige Geruch des Waldbodens. Das Zwitschern der Vögel mischte sich mit dem Stimmengewirr vieler Menschen. Johanna hob den Kopf. Sie bestaunte die üppigen, grünen Baumkronen über ihr und genoss den angenehmen Wind, der die Blätter rauschen ließ, als wollten sie Johanna willkommen heißen. Rechts von ihr ragte ein viereckiger Steinturm, dessen graues Dach spitz zulief, in einen fast wolkenlosen Himmel. Das war also die Wittekindsburg. Genau genommen die Ausflugsstätte, stellte sie fest. Johanna klemmte ihre Unterlippe zwischen ihre Schneidezähne. Heute war ihr erster Einsatz als Redakteurin für das Mindener Tageblatt. Erst Anfang der Woche war sie aus ihrer Heimatstadt Kiel nach Minden an die Weser gezogen, um hier in einer anderen Stadt neu anzufangen. Nun gehörte sie zum Team der Lokalredaktion der Tageszeitung. Neben Minden zählten Petershagen, Porta-Westfalica und die Gemeinde Hille zum Verbreitungsgebiet. Orte, von denen Johanna vorher noch nie etwas gehört hatte.

Die Berichterstattung über das Fest auf der Wittekindsburg war ihr gestern von den Kollegen freundlich untergejubelt worden. *Mensch, so siehst du gleich mal was von der Gegend*, war der allgemeine Tenor gewesen. Ein Lächeln schlich sich auf ihr Gesicht. Wahrscheinlich hatten die anderen an einem Samstag Besseres zu tun als zu arbeiten. Na gut, dann würde sie sich unter die Leute mischen und einen grandiosen Artikel schreiben. Den Gedanken an die sich stapelnden Umzugskartons in ihrer neuen Wohnung schob sie erfolgreich zur Seite.

Auf dem Weg zur Vorderseite der Ausflugsstätte bestaunte sie das Bauwerk genauer. Bei einer Burg dachte sie an breite, klobige Steinkästen mit Wehrtürmen. Doch natürlich hatte sie vor ihrem Einsatz ein wenig recherchiert, weshalb sie wusste, dass das Gebäude hier nicht zur eigentlichen Burganlage gehörte. Dieses Gasthaus war erst später – 1896, wenn sie sich richtig erinnerte – erbaut worden. Mit den groben Steinmauern, die durch Elemente unterbrochen wurden, die Johanna an ein Fachwerkhaus erinnerten, wirkte die Örtlichkeit zwar burgähnlich, aber wesentlich gemütlicher.

Sie folgte einem kurzen abfallenden Weg nach unten auf einen rechteckigen Platz. Dort entdeckte sie einen kleinen, viereckigen Kiosk. Auch dieser ließ vergangene Zeiten aufleben mit seinen Mauern aus einzelnen Steinen und dem spitz zulaufenden, roten Dach. Am Kiosk herrschte großer Andrang. An allen vier Seiten drängten sich die Leute um die großen Durchreichen herum. Kaffee- und Kuchenduft wehte zu Johanna herüber. Rechts von ihr standen lange Holztische und -bänke, die sich über den Platz ausbreiteten. Johanna betrachtete einige Familien, die Frischhaltedosen und Getränkeflaschen vor sich arrangiert hatten. Überall tobten Kinder herum und spielten ausgelassen auf dem Platz. Paare und Wanderer genossen gleichzeitig die Sonne und den Ausblick.

Langsam ging Johanna auf das Ende des Platzes zu, der in einem kurzen Rasenstück endete und plötzlich den Blick auf das Blätterdach des Waldes freigab. Sofort breitete sich ein flaues Gefühl in ihrem Magen aus. Das war nahe genug, entschied sie und blieb stehen. Der Ausblick war atemberaubend: unter ihr die Bäume, und vor ihr erstreckte sich der Horizont. Sie sah auf grüne Felder und Wiesen. Kleine Seen glitzerten silbrigblau in der Sonne und die Weser schlängelte sich funkelnd durch die Landschaft.

Dann fixierte ihr Blick die Drachenfliegerrampe. Sie traute sich nicht näher heran. Die Sprungschanze war von einer Art grünem Filz umgeben und führte direkt ins Nichts. Sprangen da wirklich Menschen herunter? Bis vor Kurzem hatte sie nicht einmal gewusst, dass es so etwas wie Drachenflieger überhaupt gab.

„Sie können ruhig näher rangehen. Noch haben wir keinen zum Springen gezwungen."

Johanna drehte sich um. Ein Mann, Mitte dreißig, lachte sie an. Sein Gesicht war von der Sonne gebräunt. Er trug eine gut sitzende Designerjeans und ein dunkles, schlichtes T-Shirt.

„Gut zu wissen", gab sie lachend zurück.

Nicht einmal für Geld würde sie von dieser Rampe springen. Allein der Gedanke, dort hinaufzusteigen, war unvorstellbar für sie.

Laura Kuhn

Samstag, 5. August, 15:35 Uhr

Mit gesenktem Kopf spähte Laura Kuhn zu ihrem Mann Robert herüber. Er stand an der Drachenfliegerrampe und unterhielt sich mit einer jungen Frau. Laura hatte sie vorher noch nie gesehen. Gerade sagte sie etwas, worauf sich ein breites Lächeln auf das Gesicht ihres Mannes stahl. Laura hörte, wie er kurz auflachte. Es klang tief und samtig. Kurz erinnerte sie sich an das glückliche Gefühl, als er noch mit ihr zusammen gelacht hatte. Jetzt zog ihr das Geräusch die Kehle zusammen.

„Hallo, Laura."

Erschrocken fuhr sie herum. Neben ihr stand Manuel Nowak, ein Freund ihres Mannes.

„Robert ist mal wieder schwer beschäftigt, was? Immer auf der Suche nach neuen Mandanten", scherzte er.

Wie so oft fragte Laura sich, wie diese beiden Männer befreundet sein konnten. Manuel war in vielen Punkten das genaue Gegenteil ihres Mannes. Er war stets fröhlich, ein wenig chaotisch, aber sehr liebenswert und durchweg anständig. Seine Freundin Claire konnte sich wirklich glücklich schätzen.

„Hallo, Manuel. Da sagst du was", gab sie betont fröhlich zurück.

„Fliegst du heute auch?", fragte sie ihn.

Er zuckte bedauernd seine Schultern und lächelte zerknirscht. Die Geste ließ ihn viel jünger als dreiunddreißig erscheinen.

„Heute nicht. Ich hab es nicht geschafft, mich anzumelden, und auf gut Glück wollte ich meine Ausrüstung nicht mitschleppen."

Er nickte zu Robert hinüber und lachte.

„Wie immer, ist Robert besser organisiert."

Laura biss sich auf die Lippe und schluckte die sarkastische Bemerkung, die ihr auf der Zunge lag, hinunter. Selbstverständlich hatte sie die Anmeldung für ihren Mann erledigt, so wie sie ihm fast alles abnahm, was nichts mit der Kanzlei zu tun hatte.

„Manuel!"

Roberts tiefe Stimme ließ sie zusammenzucken. Hatte er sich also von der hübschen, jungen Frau losreißen können. Die beiden Männer gaben sich die Hand und Robert legte seinen Arm um Laura. Ihr Körper versteifte sich augenblicklich, doch das nervtötende Klingen seines Handys befreite sie sogleich aus seiner Umarmung.

„Kuhn."

Während Robert dem Anrufer zuhörte, beobachtete Laura sein Mienenspiel. Eine Angewohnheit, die ihr in Fleisch und Blut übergegangen war. Das Gespräch selbst machte ihn wütend und mit jeder Minute, die das

Telefonat ihm an Zeit stahl, wurde Robert ungehaltener. Die leicht zusammengezogenen Augenbrauen verrieten ihn. Andere sahen darin ein Zeichen von Konzentration. Laura wusste es besser.

„Ich komme."

Nein! Lauras Magen zog sich schmerzhaft zusammen.

„Schlechte Nachrichten?", wollte Manuel wissen.

„Tatsächlich."

Robert lächelte kühl.

„Das war ein wichtiger Mandant von mir."

„An einem Samstag?", fragte Manuel irritiert.

„Ja. Er hat meine Privatnummer. Es gibt Mandanten, die lasse ich ungern warten."

Bei diesen Worten sah er Laura an, und sie wusste, was er ihr damit sagen wollte. Er verdiente das Geld für sie beide. Dass er es genau so gewollt hatte, traute sie sich schon lange nicht mehr, ihm zu sagen.

„Ich muss dringend in die Kanzlei."

An Laura gewandt sagte er: „Schatz, es tut mir leid."

Wie gut, dass Manuel hier war. Nicht auszudenken, wenn Robert mit ihr allein gewesen wäre. Laura bemühte sich, einen Tonfall zu treffen, der Robert nicht noch mehr verärgern würde.

„Wie schade."

„Wenn du willst, Laura, kann ich dich später mitnehmen. Also, wenn du noch bleiben möchtest", bot Manuel an.

„Das ist perfekt. So verliere ich keine Zeit und kann direkt in die Kanzlei. Umziehen werde ich mich dort", antwortete Robert für sie, während er Laura einen flüchtigen Kuss auf die Stirn gab. Damit war die Sache für ihn geklärt. Was *sie* wollte, interessierte ihn schon lange nicht mehr.

Johanna Neumann

Samstag, 5. August, 16:05 Uhr

Unauffällig beobachtete Johanna den Mann, der sie eben angesprochen hatte. Sie mochte ihn nicht besonders. Dabei konnte sie nicht einmal genau sagen, woran es lag. Vielleicht an der Art und Weise, wie er sie angesehen hatte. Intensiv. Irgendwie abschätzend. Sein Blick erinnerte sie an einen eingesperrten Tiger. Lauernd und gefährlich. Er sah gut aus mit seinen markanten Gesichtszügen und den hellen blauen Augen. Sein T-Shirt gab den Blick auf leicht trainierte Oberarme frei. Ein Mann, der definitiv Wert auf sein Äußeres legte.

Robert Kuhn. Anwalt, las sie auf seiner Visitenkarte. Falls sie ein Interview mit einem der Drachenflieger brauche. Mit diesen Worten und einem Augenzwinkern hatte er ihr die kleine weiße Karte zugesteckt. Johannas Finger glitten über die feine Oberfläche des Papiers. Bei der Qualität der Visitenkarten hatte er nicht gespart, dachte Johanna, während sie zusah, wie er seinen Arm besitzergreifend um eine Blondine legte. Als er in ihre Richtung hinübersah, drehte Johanna sich schnell weg.

Nach einer gefühlten Ewigkeit war es dann endlich so weit. Einer der Drachenflieger stand auf der Rampe. Johanna wollte sich einige der Starts ansehen und dann nach Hause fahren. Um eine Landung mitzuerleben, müsste sie nach unten zu der Landewiese fahren und dort auf die Drachenflieger warten. Aber für ihren Bericht brauchte sie das nicht. Ihr ging es darum, was den Besuchern hier oben geboten wurde. Der Drachenflieger auf der Rampe hielt ein dreieckiges Metallgestänge aus Aluminium in die Höhe. An dessen Spitze war ein buntes Segel, das in seiner Form an einen dreieckigen Kinderdrachen erinnerte, angebracht. Johanna schätzte die Spannweite des Segels auf etwa elf Meter. Trotzdem schien die Konstruktion leicht zu sein, denn der Pilot hielt den Drachen scheinbar mühelos in der Luft. Auf ein Startsignal hin, das ihm ein Mann neben der Startrampe zurief, rannte er los, die Rampe hinunter. Die Metallstangen klapperten. Johanna wurde übel. Sie sah nicht, wie der Drachenflieger das Ende der Rampe erreichte, da sie nicht nah genug stand, doch plötzlich segelte der Drachen vor ihr in der Luft. Der Pilot hing nun waagerecht unter dem Segel, seine Beine steckten in einer Art Schlafsack. Wie unbeschwert das wirkte. Als wäre gar nichts dabei. Kurz beneidete Johanna den Mann. Sein Drachen glitt ruhig im Sonnenlicht dahin. Er segelte parallel zum Hang des Wiehengebirges. Als Johanna ihn beinahe aus den Augen verlor, flog er eine Schleife und kam wieder näher. Doch plötzlich sackte der Drachen in der Luft ab. Johanna registrierte unruhiges Gemurmel unter den Umstehenden. Dann ein aufgeregter Schrei, als der Drachen noch einmal drastisch an Höhe verlor und jählings einfach abwärtstrudelte. Wie ein Kinderdrachen, der vom Himmel fiel.

Johanna Neumann

Sonntag, 6. August, 19:30 Uhr

Kritisch begutachtete Johanna ihr Spiegelbild. Ihr schwarzes Haar hatte sie sich hinter die Ohren gesteckt. Es fiel ihr glatt bis auf die Schultern. Sehe ich wirklich so ungesund blass aus oder liegt das an der fürchterlichen Badezimmerbeleuchtung?, fragte sie sich. Rasch legte Johanna etwas schwarze Wimperntusche auf. Das brachte das Grün ihrer Augen gut zur Geltung. Vielleicht sollte ich ein wenig Lippenstift auftragen, überlegte sie. Schnell öffnete sie den Spiegelschrank und griff nach dem einzigen Lippenstift, den sie besaß. Gerade hatte sie die dunkle, braun-rote Farbe verteilt, als die Türglocke ihren Besucher ankündigte. Ihr Magen fühlte sich an, als würde ihn jemand sanft zusammendrücken. Hastig warf sie noch einen Blick in den Spiegel und runzelte die Stirn. Sie riss ein Blatt Toilettenpapier von der Rolle, wischte sich den Lippenstift wieder ab und stürmte aus dem Bad zur Haustür.

„Moin, David."

David Gilbert hatte sich kaum verändert, seit Johanna ihn das letzte Mal vor gut einem Jahr in Kiel gesehen hatte. Noch immer trug er sein braunes Haar kurz geschnitten. An den Seiten etwas kürzer und oben leicht zerzaust. Sein Lächeln hing ihm nach wie vor schief im Gesicht.

„Hey, Johanna."

Sein Tonfall klang warm und vertraut. Sofort spürte sie wieder den leichten Druck auf ihrem Magen. Einen kurzen Moment standen sich die beiden unsicher gegenüber. Dann gab sich Johanna einen Ruck und umarmte ihn.

„Schön, dass du da bist. Komm rein."

Als sie nebeneinander auf der Couch saßen, folgte Johanna Davids Blick durch ihr kleines Wohnzimmer. An der Zimmerdecke baumelte die noch nackte Glühbirne. Die Wände waren zwar frisch gestrichen, aber vollkommen kahl. Außer ihrem Sofa und dem kleinen Wohnzimmertischchen aus Holz stand nur noch der Fernseher verlassen an einer der Zimmerwände. Ansonsten stapelten sich überall im Raum Umzugskartons.

„Ich bin noch zu gar nichts gekommen", meinte Johanna achselzuckend.

„Meld dich, wenn du Hilfe brauchst."

David warf einen vielsagenden Blick zu der Glühbirne.

„Schließlich kenne ich dich und dein handwerkliches Geschick."

Sie lachten beide. Damals, als sie zusammengelebt hatten, war es stets David gewesen, der sich um solche Dinge kümmern musste.

In dieser Wohnung würde Johanna alles selbst machen. Das hatte sie sich fest vorgenommen. Sie würde sich eine kleine Wohlfühloase schaffen. Bei der Besichtigung hatte sie sich sofort in die Zweizimmerwohnung verliebt. Sie lag in Meißen, einem Stadtteil von Minden. Doch der Ort hatte noch immer den Charme eines Dorfes. Ganz in der Nähe ihrer Wohnung gab es sogar eine alte Windmühle. Ihr Vermieter hatte ihr gegenüber gleich mehrmals erwähnt, dass dort standesamtlich geheiratet werden konnte. Ob er ihr damit etwas sagen wollte? Die Verkehrsanbindung an die Innenstadt war gut. Mit dem Fahrrad brauchte sie nur knapp fünfzehn Minuten bis zur Arbeit. Sie würde hier glücklich werden.

„Jo, geht es dir gut?", fragte David unvermittelt und die Sanftheit, mit der er ihren Kosenamen aussprach, stach wie eine Messerklinge auf sie ein. Johanna antwortete etwas zu schnell.

„Ja, ja, natürlich."

Er musterte sie eindringlich.

„Es muss gestern schlimm gewesen sein, oder?"

Johanna schloss die Augen. Ein Mann war am Tag zuvor gestorben. Sie stellte sich vor, wie es sein musste, wenn man aus über zweihundert Metern Höhe dem Erdboden entgegenraste. Ein kalter Schauer fuhr ihr den Rücken herab.

„Ich finde es furchtbar, aber ich bin in Ordnung."

David ließ nicht den Blick von ihr.

„Bist du dir sicher? Das letzte Mal in Kiel …"

„Ich bin mir sicher!", schnitt sie ihm das Wort ab. Das Letzte, was sie jetzt wollte, war, über die Ereignisse in Kiel zu sprechen. Schließlich war das der Grund für ihren Umzug.

„Wisst ihr schon, was passiert ist?"

Er lächelte. Anscheinend gab er sich mit der Antwort zufrieden.

„Spreche ich mit dir oder der Redakteurin vom Mindener Tageblatt? Als Kriminalbeamter muss ich dich das fragen", neckte er sie.

Johanna grinste nur.

„Bisher ist unklar, warum er abgestürzt ist. Nach Aussage der Veranstalter war bestes Flugwetter und der Mann ein erfahrener Pilot. Ich ermittele in dem Fall, um ein Fremdverschulden auszuschließen. Reine Routine."

„Du hältst mich natürlich auf dem Laufenden, nicht wahr? Ich erwarte Insiderinformationen", scherzte sie.

Natürlich würde David ihr nichts verraten, was nicht auch die Pressestelle der Polizei absegnete. Dazu war er viel zu korrekt.

Kurz schwiegen die beiden.

„Johanna, du weißt, ich freue mich, dich zu sehen."

Er zögerte.

„Du bist aber nicht", nochmals stockte er kurz, „du bist aber nicht meinetwegen nach Minden gezogen, oder?"

In seine Gesichtszüge mischten sich Besorgnis und Hoffnung zugleich. Oder wünschte Johanna sich Letzteres nur?

Schnell schüttelte sie den Kopf.

„Nein. Natürlich nicht."

David griff nach ihrer Hand.

„Was im letzten Jahr passiert ist, darf sich auf keinen Fall wiederholen. Ich mag dich sehr, Jo. Du bist meine beste Freundin. Das weißt du, oder?"

Überdeutlich spürte Johanna seine Hand auf ihrer. Die Wärme, die von seiner Haut ausging. Sie lächelte. Ihre Wangen brannten plötzlich.

„Das weiß ich, David. Wir sind Freunde und das werden wir bleiben."

Eilig sprang sie auf.

„Magst du etwas trinken?", fragte sie auf dem Weg in die Küche. Sie konnte ihn unmöglich länger ansehen.

Bei geöffneter Kühlschranktür zählte sie auf: „Du hast die Wahl zwischen Wasser und Kirschsaft."

„Ich nehme an, ein Bier hast du nicht?"

Er war ebenfalls in die Küche gekommen und inspizierte neben ihr mit gerunzelter Stirn den Inhalt ihres Kühlschranks. Sie spürte die Wärme seines Körpers und hätte sich am liebsten an ihn gelehnt.

„Das ist ein deprimierender Anblick", lachte er, als er außer den Getränken nur ein Paket Toast und Marmelade ausmachte.

„Dann also Wasser", sagte er.

Johanna nahm die Wasserflasche aus dem Kühlschrank und David suchte in den oberen Küchenschränken erfolglos nach Gläsern.

„Ich fürchte, ich habe die Gläser noch nicht ausgepackt."

David schüttelte den Kopf.

„Immer noch die chaotische Jo. Manche Dinge ändern sich nie."

Das stimmt, dachte sie. Wäre da nicht der Ring an seinem Finger, hätte alles wie früher sein können.

Johanna Neumann

Montag, 7. August, 16:00 Uhr

Als Johanna ihren Wagen diesmal auf dem Parkplatz der Wittekindsburg abstellte, bot sich ihr ein völlig anderes Bild als noch vor zwei Tagen. Nur ein paar vereinzelte Wagen standen verlassen auf dem grauen Kies. Dunkle Wolken hingen tief am Nachmittagshimmel und raubten den Sonnenstrahlen die Kraft. Der Waldboden war vom Regen der letzten Nacht aufgeweicht und schlammig. Der Geruch von feuchter Erde, Moos und Baumrinde hing schwer in der Luft.

Vor der Drachenfliegerrampe stand eine kleine Gruppe von Menschen beisammen. Einer von ihnen war Robert Kuhn. Er trug einen klassischen schwarzen Anzug, der, wie Johanna vermutete, maßgeschneidert war und ziemlich teuer aussah. Als der Anwalt sie entdeckte, löste er sich aus der Gruppe und kam ihr entgegen. Förmlich gab er ihr die Hand. Johanna fielen die zahlreichen Schlammspritzer auf, die auf seinen schwarzen Lederschuhen ein bizarres Muster zeichneten. Es passte so gar nicht zu seinem restlichen Auftreten.

„Frau Neumann. Danke, dass Sie gekommen sind."

Als ob du daran gezweifelt hättest, dachte Johanna. Sie war völlig überrascht gewesen, als Robert Kuhn sie am Morgen in ihrem Büro angerufen hatte. Anders als ihre berufliche E-Mail-Adresse war ihre Telefonnummer den Lesern nicht öffentlich zugänglich. Darum hatte sie ausdrücklich gebeten. Manche Kollegen gaben jedoch beides preis.

Doch ihr reichte es für den Anfang, schriftlich erreichbar zu sein. Robert Kuhn musste also speziell nach ihr verlangt haben.

Es tue ihm sehr leid, dass ihre erste Berichterstattung ein so tragisches Ende genommen habe. Ob sie den Schock einigermaßen verarbeitet habe? Wie vorbildlich es sei, schon wieder am Schreibtisch zu sitzen. Er selbst sei ein Freund des verstorbenen Manuel Nowak gewesen und er wolle sie wissen lassen, dass sich am Nachmittag ein paar Freunde von Manuel verabschieden werden. Wäre es möglich, dass sie einen kurzen, angemessenen Bericht darüber schriebe? Ihm würde es viel bedeuten, vorausgesetzt natürlich, sie fühle sich dazu in der Lage.

„Herr Kuhn“, nickte sie ihm nun zu. Er hielt ihre Hand etwas zu lange und deutete dann in Richtung der kleinen Gruppe: „Bitte.“

„Das ist Frau Neumann vom Mindener Tageblatt“, stellte er sie der Runde vor. Einige der Umstehenden nickten ihr zu, manche murmelten eine leise Begrüßung. Johanna krallte ihre Finger in das weiche Leder ihrer Handtasche. Erinnerungen an eine Beerdigung, die niemals hätte stattfinden dürfen, krochen aus ihrer Vergangenheit hervor. Erinnerungen, die sie wieder und wieder verdrängte und die doch immer einen Weg nach oben in ihr Bewusstsein fanden. Nicht jetzt, ermahnte sie sich.

„Mein Beileid", sagte sie leise und an niemanden Bestimmten gerichtet.

Robert Kuhn räusperte sich.

„Ich denke, wir sollten beginnen."

Die Gruppe versammelte sich im Halbkreis um die grüne Rampe herum. War grün nicht die Farbe der Hoffnung?, überlegte Johanna. Falls es die Hoffnung auf einen guten Flug war, hatte sie sich für Manuel Nowak jedenfalls nicht erfüllt. Unauffällig betrachtete sie die Umstehenden. Neben dem Anwalt waren noch drei weitere Männer und drei Frauen anwesend. Vermutlich alle in den Dreißigern, schätzte Johanna. Die gut aussehende Blondine neben Robert Kuhn erkannte sie wieder. Sie war Johanna bereits am Samstag auf dem Fest aufgefallen. Bestimmt handelte es sich um seine Ehefrau. In ihren zierlichen Händen trug sie einen Strauß langstieliger, roter Rosen. Langsam schritt sie nun von einem zum anderen und überreichte jedem Anwesenden eine der Blumen. Als sie vor Johanna stehen blieb, zog sie ihre Mundwinkel zu einem missglückten Lächeln nach oben. Johanna lächelte zaghaft zurück. Es kam ihr nicht richtig vor, hier zu sein. Der schwere Rosenduft stieg Johanna in die Nase und ihr wurde übel.

Kaum war die Blumenträgerin an ihren Platz zurückgekehrt, ertönte aus dem Smartphone ihres Mannes leise Klaviermusik.

„Manuel, der Song ist für dich", verkündete er und eine zerbrechlich klingende Frauenstimme begann zu singen.

Alle senkten den Kopf und lauschten der langsamen Melodie. Es war eine Version von *Over the Rainbow*, die Johanna nicht kannte. Das Schweigen und die zarten Klänge des Liedes legten sich wie eine unsichtbare Kuppel über die Trauernden. Nach ein paar Takten mischte sich ein leises Schluchzen unter die Musik. Johanna beobachtete, wie Robert Kuhn den Arm um die Frau zu seiner Linken legte. Ihre Haut war beinahe ebenso dunkel wie das Schwarz ihrer Bluse. Ihre Schultern bebten und mit schmerzverzerrtem Gesicht starrte sie ins Nichts. Sicher war dies die Frau oder die Freundin des Verunglückten. Sofort verspürte Johanna den Wunsch, sie irgendwie zu trösten. Doch was hätte sie tun können?

Nachdem die letzten Töne des Liedes verklungen waren, herrschte für einen Moment eine gespannte Stille, bevor Robert Kuhn kurz einige Etappen aus dem Leben des Verstorbenen schilderte.

Mit den Worten, „Manuel, wir werden dich vermissen", beendete er seine Ansprache und nickte der noch immer weinenden Frau zu seiner Linken zu. Gemeinsam legten sie ihre Rosen auf der Rampe ab. Nach und nach taten die anderen es ihnen gleich. Johanna schluckte. Ihr Hals fühlte sich plötzlich wie zugezogen an. Ihre Beine zitterten, als sie sich langsam der Rampe näherte. Sieh auf dein Ziel, schärfte sie sich ein. Fixier einen festen Punkt, und dort legst du deine Blume ab. Du kannst das. Während sie ihre Rose langsam auf den grünen Belag bettete, machte sie den Fehler und blickte nach vorn. Als sie die Weser weit unter sich sah, wurde ihr augenblicklich schwindelig und sie schaffte es nur mühsam, sich abzuwenden und zu den anderen zurückzukehren.

„Bitte."

Robert Kuhn zog sie sanft, aber bestimmt am Ellenbogen mit sich, bis sie ein wenig abseits von der Gruppe standen.

„Für einen kurzen Beitrag dürfte das reichen, nicht wahr?"

Während er sprach, ließ er seine Hand auf ihrem Ellbogen ruhen. Die vertrauliche Nähe empfand Johanna als unangenehm.

„Wir werden jetzt noch Erinnerungen an Manuel austauschen. Das ist sehr persönlich. Ich glaube nicht, dass Sie hier dabei sein sollten. Für Claire, seine Freundin - mein Gott, die beiden waren über zehn Jahre ein Paar –, wäre es zu viel."

Er nickte vielsagend in ihre Richtung.

„Ein Foto von den Rosen wäre noch passend."

Es war keine Bitte oder Frage, einfach eine Aufforderung. Unter anderen Umständen hätte Johanna ihm gerne ihre Meinung gesagt. Ganz bestimmt musste er ihr nicht erklären, wie sie ihren Job zu machen hatte. Stattdessen brachte sie ein Lächeln zustande, von dem sie hoffte, es würde freundlich wirken.

„Natürlich."

Sie trat einen Schritt zurück, um sich endlich aus seinem Griff zu befreien.

„Ich mache noch das Foto und dann gehe ich direkt. Ich möchte nicht stören."

„Danke. Ich habe Ihnen noch eine E-Mail mit ein paar Daten zu Manuel gesendet. Vielleicht können Sie davon noch etwas gebrauchen. Ich melde mich noch mal bei Ihnen. Vielen Dank."

Mit diesen Worten ließ er sie stehen.

Mit klopfendem Herzen stand sie wieder an dieser elenden Rampe. Da die Konstruktion relativ hoch war, musste sie noch einmal nah an diese herantreten. Mit schweißnassen Händen machte sie einige Bilder.

„Es ist sehr freundlich von Ihnen, dass Sie gekommen sind."

Robert Kuhns Frau stand plötzlich neben ihr und betrachtete mit seltsam leerem Blick die einzelnen Rosen. Ein angenehmer, leicht blumiger Duft ging von ihr aus. Ihre blonden Haare fielen in perfekten Wellen um ihr Gesicht.

„Ich bin Laura Kuhn, Roberts Frau."

Sie lächelte Johanna an, ohne dass diese Geste ihre Augen erreichte.

„Es tut mir sehr leid, was passiert ist", antwortet Johanna, und dann, ohne weiter darüber nachzudenken, fragte sie: „Kannten Sie den Verstorbenen gut?"

„Manuel war ein Freund meines Mannes."

Täuschte Johanna sich oder warf Laura einen ängstlichen Blick in seine Richtung?

„Manuel war ein sehr sympathischer Mann. Die arme Claire."

Die beiden Frauen schauten zu ihr herüber. Robert Kuhn hatte bereits wieder schützend seinen Arm um sie gelegt.

„Eigentlich hätte er an diesem Tag springen sollen."

Laura fixierte noch immer ihren Mann, während sie dies sagte.

„Bitte?"

Johanna verstand nicht richtig.

Es schien Laura viel Kraft zu kosten, ihren Blick von den beiden zu lösen.

„Oh, es tut mir leid. Ich hätte das nicht sagen sollen."

Sie wirkte abwesend und schüttelte leicht den Kopf, als würden ihre Worte nicht der Wahrheit entsprechen.

„Wissen Sie, eigentlich wäre Robert an diesem Tag gesprungen. Aber er musste in die Kanzlei."

Sie strich sich mit der Hand eine Haarsträhne aus dem Gesicht. Die Bewegung wirkte fahrig. Ihr Blick gläsern.

„Manuel ist für meinen Mann an den Start gegangen. Mit seinem Drachen. Wäre der Anruf des Mandanten nur etwas später gekommen, würde ich vielleicht dort stehen."

Johanna wusste nicht genau, woran es lag, an der merkwürdigen Stimmlage oder dem intensiven Blick, aber der Gedanke, dass es nicht so war, schien Laura Kuhn traurig zu stimmen.

Auf dem Weg zurück zu ihrem Wagen wurde Johanna das Gefühl nicht los, beobachtet zu werden. Als würden sich zwei Augen glühend heiß in ihren Rücken bohren. Sie schaute nochmals zurück zu der Trauergemeinde, doch niemand aus der Gruppe sah zu ihr herüber. Obwohl die Sonne sich zwischen die Wolken geschoben hatte und es angenehm warm war, zog sich eine Gänsehaut über Johannas Arme. Sie schüttelte sich. War sie nicht aus Kiel hierher nach Minden gezogen, um genau diesem Gefühl zu entkommen?

Johanna Neumann

Montag, 7. August, 18:55 Uhr

Zaghaft fuhr Johanna mit ihrem Zeigefinger den kühlen Rand der Glasflasche entlang. Sie hatte sich für eine Rhabarberschorle entschieden und der frische, süß-säuerliche Geruch des Getränks stieg ihr in die Nase. Nach der Trauerfeier hatte sie in ihrem Büro einen kurzen Bericht darüber geschrieben. Morgen würde der Artikel in der Zeitung erscheinen, und Johanna war sich sicher, dass Robert Kuhn sich daraufhin bei ihr melden würde.

Der ganze Tag hatte sie in eine schwermütige Stimmung versetzt, und anstatt nach Hause zu fahren, fand sie sich nun im Außenbereich des spanischen Restaurants gleich gegenüber des Verlagshauses wieder.

Auf der Obermarktstraße, die zwischen dem Restaurant und ihrem Arbeitsplatz verlief, waren auf beiden Straßenseiten graue Holztische aufgestellt, mit bequemen Sitzbänken davor. Johanna saß an einer der letzten Bänke und teilte sich diese mit einem Paar, von dem sie nicht weiter beachtet wurde. Eigentlich sollte sie dringend in ihrer neuen Wohnung sein. Dort warteten noch immer etliche Kartons darauf, ausgepackt zu werden.

Doch etwas in ihr sträubte sich dagegen. Was bedeutete ein Zuhause, wenn dort keiner auf einen wartete?

Kurz zögerte sie, griff dann nach ihrem Handy und kontrollierte ihre Nachrichten. Eine SMS wartete darauf, von ihr gelesen zu werden. Sie musste nicht erst darauf klicken, um zu wissen, dass diese Nachricht nur von ihrer Mutter stammen konnte. Sie war die Einzige, die ihr noch SMS schickte. Seit Johanna nach Minden gezogen war, hatte sie es vermieden, ihre Eltern anzurufen. Zu tief saß die Angst vor den fürsorglichen Fragen ihrer Mutter. Statt die SMS zu lesen, öffnete Johanna WhatsApp, tippte auf den Namen von David und las sich seine letzte Nachricht durch, datiert vom Sonntag, nachdem er bei ihr zu Besuch gewesen war.

Es war schön, dich zu sehen, Jo. Demnächst muss ich dir mehr von Minden zeigen.

Wie von allein glitten ihre Finger über das Display und tippten Wörter, die Johanna sich niemals traute auszusprechen. Während ihr Daumen über dem Senden-Button schwebte, hatte sie, wie schon im Wald, das unangenehme Gefühl, von einem Augenpaar beobachtet zu werden. Rasch hob sie den Kopf und blickte sich um, doch niemand sah in ihre Richtung. Es ist alles gut, beruhigte sie sich selbst und löschte gleichzeitig die Nachricht an David wieder. Das war eine dumme Idee. Während sie einen Teil ihrer Unterlippe zwischen ihre oberen Schneidezähne klemmte, öffnete sie den

App-Store ihres Smartphones. Was soll's, dachte sie sich. Ein paar Klicks weiter und auf ihrem Display erschien das Foto eines datingbereiten Singles aus Minden.

„Wir haben reserviert."

Johanna erkannte die autoritäre Stimme Robert Kuhns sofort. Er und seine Frau Laura standen auf der gegenüberliegenden Straßenseite am Eingang des Restaurants und sprachen mit einer Kellnerin. Schnell beugte sie sich tiefer über ihr Telefon. Nach Small Talk war ihr nun überhaupt nicht zumute. Die beiden nahmen an einem der Tische schräg gegenüber von ihr Platz. Zum Glück hatten die zwei sie nicht bemerkt. Während Johanna Robert Kuhns Gesicht sehen konnte, saß seine Frau Laura mit dem Rücken zu ihr. Das lange, blonde Haar glänzte in der Abendsonne.

Etwas an dem Anwalt war anders. Johanna brauchte einen Moment, bis sie erkannte, was es war. Mit zusammengekniffenen Augen fixierte er seine Frau. Jegliche Gelassenheit, die ihn sonst wie eine natürliche Aura umgab, war verschwunden. Sie kehrte jedoch augenblicklich zurück, als die Kellnerin an den Tisch kam, um seine Bestellung aufzunehmen. Gleich darauf krallten sich seine Augen wieder an seiner Ehefrau fest und Johanna entging nicht der düstere Schimmer darin. Er starrte Laura an, als wäre sie ein Beutetier und er der Jäger. Nach einer Ewigkeit sagte er etwas. Johanna saß zu weit entfernt, um seine Worte zu verstehen. Doch auch aus der Entfernung erkannte sie, dass er wütend war. Sein Gesicht zeigte kaum Regung und seine Lippen bewegten sich langsam, als spräche er mit leiser und schneidender Stimme. Das plötzliche laute und helle Auflachen seiner Frau passte so gar nicht in dieses Bild. Johanna sah, wie sich seine Hände auf dem Tisch zu Fäusten formten. Mit dem präzisen Blick eines Chirurgen musterte er seine Frau. Laura kicherte jetzt, als hätte er einen besonders lustigen Scherz gemacht. Ohne Vorwarnung knallte seine geballte Hand auf das Holz des Tisches. Mit einem Ruck stand er auf.

„Glaub nicht, dass du damit durchkommst!", donnerte er seiner Frau mit erhobener Faust entgegen. Für einen kurzen Moment verharrte er in der drohenden Bewegung, bevor er Laura, mühsam beherrscht, den Rücken zukehrte und davoneilte.

Robert Kuhn

Montag, 7. August, 19:45 Uhr

Was bildete sich dieses Miststück ein? Heiße Wut fraß sich Robert Kuhns Kehle hinab und explodierte in seinem Magen. Mit schnellen Schritten marschierte er die Obermarktstraße entlang. Auf dem kleinen Platz zwischen der Leiter- und der Opferstraße lungerten wie so oft ein paar Jugendliche herum. Aus einem Handy dröhnten laute Technobeats und Bierflaschen säumten den Weg. Es roch nach Alkohol und jugendlichem Schweiß, der, wenn Robert sich nicht irrte, sich mit dem schweren, leicht süßlichen Geruch von Marihuana mischte. Wahrscheinlich war einer der Glimmstängel keine Zigarette.

In solchen Situationen bereute er es, ein Anwalt zu sein. Liebend gerne wäre er zu den armseligen Gestalten hinübergegangen und hätte ihnen mithilfe seiner Fäuste die Meinung gesagt. Das wäre genau das Richtige, um seine Wut zu bändigen. Stattdessen bog er in die Opferstraße ein und ging möglichst schnell Richtung Martinikirche, um zu seinem Wagen zu gelangen. Opfer. Ein Opfer war, wer durch eine Straftat oder ein Ereignis unmittelbar oder mittelbar physisch, psychisch, sozial oder materiell geschädigt wurde. Er kannte diese Definition laut Strafgesetzbuch auswendig, und das, was Laura sich erlaubte, machte *ihn* zu ihrem Opfer. Aber er war kein Opfer, war er nie gewesen und würde er niemals sein.

Er zwang sich, seinen Wagen, einen dunkelgrauen BMW 8er Gran Coupé, langsam durch den Stadtverkehr zu steuern, während seine Gedanken sich überschlugen. Seine Wut rauschte mit solcher Wucht durch seinen Körper, dass es sich anfühlte, als würde heißes Blut durch seine Adern strömen. Er konnte es nicht fassen. Das war schlicht und einfach unmöglich, ausgeschlossen. So hatte er Laura noch nie erlebt.

Im Kreisverkehr entschied er sich, nicht auf die Lübbecker Straße abzubiegen, um nach Hause zu fahren. Stattdessen fuhr er auf die B61, um zur Autobahn zu gelangen. Eine rasante Fahrt mit seinem Wagen würde seine Wut herunterkühlen. Sollte Laura schön zu Hause auf ihn warten. Er würde ihr schon klarmachen, wer hier das Sagen hatte.

Er erinnerte sich, als Laura ihn angerufen hatte. Manuel sei abgestürzt. Wie emotional sie geklungen hatte. Hysterisch beinahe. Überhaupt benahm sie sich merkwürdig seit dem Unfall. Was war los mit ihr? Er umklammerte das Lenkrad fester. Seine Knöchel zeichneten sich deutlich unter seiner Haut ab. Das werde ich schon herausfinden, dachte er und drückte das Gaspedal herunter. Doch plötzlich, wo vorher noch die Straße war, öffnete sich der Himmel und sein Körper wurde in den Anschnallgurt gepresst. Eine rasende, höllische Abfolge von Straße und Himmel zog an ihm vorbei. Das Letzte, was er vernahm, war ein ohrenbetäubender Knall.

David Gilbert

Dienstag, 8. August, 12:10 Uhr

Zum wiederholten Mal fiel David Gilberts Blick auf das Foto seiner Frau Julia und ihrer gemeinsamen Tochter Hanne. Die Aufnahme stammte aus diesem Frühling. Julia stand im Garten, die Kleine im Arm, und lächelte ihrer Tochter versonnen ins Gesicht. Kurz war er versucht, das Bild in der Schublade seines Schreibtisches verschwinden zu lassen, doch das fühlte sich an, als würde er Julia betrügen. Johanna kannte schließlich seine Familie, und das zwischen ihr und ihm war geklärt. Es gab also keinen Grund, das Foto aus Rücksicht auf Johannas Gefühle beiseitezulegen. Er zwang sich, in den Obduktionsbericht zu sehen, der vor ihm auf dem Tisch lag. Um einen nicht natürlichen Tod auszuschließen, war eine Sicherheitsobduktion vorgenommen worden. In der Pathologie hatten sie sich ganz schön rangehalten, staunte David.

Als Todesursache von Manuel Nowak nannte der Bericht: Tod durch Verbluten. Grund hierfür war die Verletzung der Oberschenkelarterie, Arteria femoralis. Manuel Nowaks Sturz hatte abrupt in einem Ahornbaum geendet. Dabei hatte sich einer der dünneren Äste durch seinen rechten Oberschenkel gebohrt. Die Rettungskräfte konnten nur noch seinen Tod feststellen.

Interessant fand David, dass im Blut des verunglückten Drachenfliegers eine hohe Konzentration an Diazepam nachgewiesen wurde. Laut Bericht ein psychoaktiv wirksamer Arzneistoff, der früher unter dem Namen Valium bekannt war. Durch die Überdosierung waren Schwindelgefühle und starke Koordinationsstörungen möglich. Nebenwirkungen, die durchaus zu dem Absturz hätten führen können. Manuel Nowak hätte nach der Einnahme dieses Medikaments niemals an den Start gehen dürfen. Als erfahrener Drachenflieger muss er das gewusst haben, überlegte David. Es sollte also unbedingt überprüft werden, ob der Verstorbene von einem Arzt Diazepam verordnet bekommen hatte. Wenn dem nicht so war, würde er den Vorgang nicht mehr als Unfall, sondern als Mordermittlung einstufen müssen. Ohnehin war ein Großteil der üblichen Maschinerie schon in Gang gesetzt worden, auch wenn vorläufig von einem Unfall ausgegangen wurde. Die noch anwesenden Besucher des Drachenfliegerfests waren an dem Samstag noch vor Ort befragt worden, ob ihnen etwas aufgefallen sei oder ob sie vielleicht Fotos oder Videoaufnahmen des Starts oder des Unfalls gemacht haben.

Das Klingeln seines Diensttelefons riss ihn aus seinen Grübeleien.

„Ja, Gilbert."

„Hey, David, hier ist Ben, ich hab da was für dich, das dich interessieren könnte."

Als David vor zwei Jahren zur Kreispolizeibehörde nach Minden-Lübbecke gekommen war, um hier seine Laufbahn bei der Kripo zu starten, war auch Ben Pérez neu auf der Wache gewesen. Die beiden Männer hatten sich auf Anhieb gut verstanden und sie waren mittlerweile weit mehr als Arbeitskollegen.

„Du bist doch an dem Fall mit dem Drachenflieger dran, richtig? Dabei fiel mir ein, dass du den Namen Kuhn erwähnt hast."

„Das stimmt. Der Verunglückte ist statt seiner gesprungen. Daran erinnerst du dich?"

„Zwangsweise. Der Kerl hat damals meine Frau bei der Scheidung beraten. Eigentlich gar nicht sein Fachbereich, aber bei ihr hat er eine Ausnahme gemacht. Du kannst dir denken, warum, oder?"

„Mhm."

Darauf wollte David lieber nicht antworten. Einer der Gründe für die Trennung war auch Bens Eifersucht gewesen.

„Na ja, gestern gab es einen tödlichen Verkehrsunfall. Und jetzt rate, wer dabei verstorben ist."

„Der Kuhn?"

„Genau."

„Das ist tatsächlich interessant."

„Dachte ich mir, dass du das wissen möchtest. Ein merkwürdiger Zufall, oder?"

„Danke, Ben, das nächste Bier geht auf mich."

David legte auf, ohne Bens Antwort abzuwarten. Manuel Nowak war anstelle von Robert Kuhn gesprungen und nur zwei Tage später verstirbt Kuhn bei einem tödlichen Autounfall. In Davids Gehirn begann es zu arbeiten. Er musste den Unfallbericht anfordern. Als er zum Hörer griff, klopfte es an der Tür.

„Moin, David."

Das vertraute Moin ließ ihn schmunzeln. Hier in Minden wirkte es fehl am Platz, aber zu Johanna gehörte es einfach dazu.

„Moin, Jo, bitte setz dich."

Mit seiner rechten Hand deutete er auf einen der zwei grauen Stühle, die für Besucher vor seinem Schreibtisch standen.

„Wie förmlich."

Johanna kicherte. Während sie sich hinsetzte, wanderten ihre Augen durch sein Büro.

„Schick, wie im Tatort", neckte sie ihn und musterte dabei die dunklen Regale und Aktenschränke an den weißen Zimmerwänden.

Wieder musste er schmunzeln. Während ihrer Zeit als Paar hatten sie sich jeden Sonntag den *Tatort* im Fernsehen angesehen. Das war eine ihrer unumstößlichen Traditionen gewesen. Gemütlich eingekuschelt auf dem Sofa, mit Chips und Süßkram auf dem Tisch, hatten sie die Fälle von Ballauf und Schenk, Batic und Leitmayr und natürlich Thiel und Boerne verfolgt. Schon damals war beiden klar gewesen, dass David eines Tages zur Kriminalpolizei gehen würde. Allerdings dachten sie zu der Zeit auch, dass sie dann noch immer zusammen sein würden.

„Also, warum bin ich hier?“, fragte Johanna.

Weil ich wissen möchte, ob es dir gut geht, dachte David. Stattdessen antwortete er: „Ich möchte mir ein noch besseres Bild machen von dem Tag, als der Drachenflieger verunglückte.“

Johanna beugte sich vor und David sah förmlich, wie in ihren Augen ein plötzliches Interesse aufflackerte.

„Bearbeitest du jeden Unfall so akribisch?“

„Jo, die Fragen stelle ich.“

„Natürlich.“

Sie lächelte.

„Was möchtest du wissen?“

„Ist dir an dem Tag etwas aufgefallen? Irgendetwas, das dir ungewöhnlich vorkam?“

„Ungewöhnlich?“, sie stutzte.

„War es vielleicht kein Unfall?“, fragte sie mit geweiteten Augen.

David verfluchte seine Frage bereits.

„Das habe ich nicht gesagt. Aber ist dir beim Start vielleicht etwas aufgefallen? Du hast doch gesehen, wie der Mann gesprungen ist, oder?“

Johannas Gesichtszüge veränderten sich. Die Erinnerung an den Tod verdunkelte ihr Gesicht, als würde sich eine Wolke vor die Sonne schieben.

„Ja, das schon, aber mir ist beim Start nichts aufgefallen. Der Mann ist diese Rampe runtergelaufen und dann in die Luft geschossen. Es schien alles in Ordnung zu sein. Und dann sah ich, wie sein Drachen abstürzte. Ich stand einfach nur da und konnte zusehen. Es war schrecklich."

Sie verstummte. Zum Glück hatte sie nicht verfolgen müssen, wie der arme Kerl in den Baum gekracht und verblutet war, dachte David. Diesen Anblick hätte sie vermutlich niemals vergessen.

„Meinst du, jemand hat nachgeholfen?", wollte sie wissen.

Als Erwiderung sah er sie nur an. Sie wusste, dass er nicht befugt war, ihr dazu eine Antwort zu geben.

„Da fällt mir ein, weißt du, dass eigentlich jemand anderes mit dem Drachen hätte starten sollen?", fragte sie.

David war überrascht, sagte aber nichts. Dafür zog er eine seiner Augenbrauen hoch.

„Es gab so eine Art Trauerfeier. Ein Freund des Opfers hatte sie organisiert. Ein Anwalt. Robert Kuhn heißt er. Seine Frau hat es mir erzählt", berichtete Jo.

„Mhm. Danke für den Hinweis."

Er musterte sie. Johanna aus schwierigen Situationen herauszuhalten, das war, als wollte man ein Kleinkind am Weinen hindern. Wie konnte es sein, dass sie, so wie es aussah, direkt in eine vermeintliche Mordermittlung geraten war?

„Jo, falls dir noch etwas einfällt, meld dich, ja?"

„Natürlich."

„Und wenn sonst etwas ist."

Er ließ den Satz unbeendet im Raum hängen.

Sie lächelte ihn an und ihre Gesichtszüge wurden weicher. Als sie aufstand, fiel ihr Blick kurz auf das Foto von Julia und Hanne. Die Aufnahme stand schräg auf dem Schreibtisch und David ärgerte sich innerlich, das Bild nicht wenigstens weggedreht zu haben. Er meinte eine kurze Veränderung in Johannas Gesicht zu erkennen, doch gleich darauf lächelte sie wieder.

Johanna Neumann

Dienstag, 8. August, 13:05 Uhr

Johanna war froh, den großen, weißen Gebäudekomplex des Polizeireviers an der Marienstraße zu verlassen. Sie hielt ihr Gesicht der Augustsonne entgegen und schloss für einen Moment die Augen. Autos rauschten an ihr vorbei, doch zwischen dem Verkehrslärm hörte sie die Schreie von Möwen. Als sie die Augen öffnete, sah sie ein paar der Tiere über dem nahe gelegenen Mittellandkanal kreisen. Möwen und Wasser. Es erinnerte sie an Kiel. Gerne wäre sie zum Kanal gegangen, aber ihre Mittagspause neigte sich dem Ende und sie musste zurück in die Redaktion.

Auf der Straße herrschte viel Verkehr. Zum Glück war sie mit dem Fahrrad unterwegs. Als sie von der Marienstraße in das Glacis einbog, genoss sie das Wechselspiel von Licht und Schatten unter den Bäumen. Minden war gar keine so schlechte Wahl, überlegte sie. Ihr gefiel die Stadt und David war hier. Auf der Wache hatte er angespannt gewirkt. Johanna kannte ihn lange genug, um die kleinen, verräterischen Zeichen zu entdecken. Die leicht zerzausten Haare, weil er zu oft mit seinen Fingern hindurchfuhr. Die feine, schmale Ader, die sich von seiner Nasenwurzel über die Stirn erstreckte und nur sichtbar wurde, wenn er gestresst war, ließ Johanna schmunzeln. Sie wusste ziemlich sicher, dass David sie lediglich ins Polizeibüro zitiert hatte, um sich zu vergewissern, dass es ihr gut ging. Er würde sein Verhalten wohl nie ändern. Zum Glück.

Aber was war mit dem Drachenflieger? Hatte ihn jemand töten wollen? Wenn ja, wer und auf welche Weise? Hatte jemand den Drachen manipuliert? Würde das nicht Robert Kuhn automatisch zu einem der Hauptverdächtigen machen? Schließlich gehörte ihm der Drachen, mit dem der Mann in den Tod gestürzt war.

Während sie auf der Stiftstraße an der *Knolle* vorbeifuhr, diesem urigen Kartoffelrestaurant, fiel ihr ein, dass sie noch gar nichts gegessen hatte. Sie würde vor der Arbeit noch schnell bei einem Bäcker reinspringen. Auf der Obermarktstraße war doch einer, wenn sie sich richtig erinnerte.

„Johanna, da bist du ja wieder." Ihre Kollegin Mariam Koch, die im Großraumbüro sofort durch ihre bunte Kleidung auffiel, drehte sich ihr auf ihrem Bürostuhl schwungvoll entgegen.

Heute trug sie eine gewagte Kombination aus Orange, Rot und Grün. Vermutlich selbst genäht, so wie die meisten ihrer Kleidungsstücke. Im Gegensatz zu den anderen Kollegen und Kolleginnen, die sich höflich, aber eher distanziert verhielten, benahm Mariam sich ihr gegenüber, als wären sie beide schon seit Jahren befreundet.

„Hattest du eine schöne Pause?"

„Ja, ich hab einen alten Freund getroffen."

Dass sie dafür auf dem Polizeirevier gewesen war, verschwieg Johanna lieber.

„Ein alter Freund", sagte Mariam mit einem vielsagenden Gesichtsausdruck. Johanna verdrehte die Augen, konnte aber ein Lachen nicht unterdrücken. Sie ging zu ihrem Schreibtisch, der gegenüber von Mariams Arbeitsplatz stand, und ließ sich auf ihren Bürostuhl fallen.

„Genau. Ein alter Freund", wiederholte sie.

„Lass uns morgen zusammen Mittagspause machen. Was hältst du davon? Es sei denn, du triffst dich wieder mit deinem", sie zeichnete imaginäre Anführungszeichen in die Luft, „alten Freund."

Fragend sah sie zu Johanna rüber.

„In Ordnung", antwortete sie, „aber nur, wenn jetzt Schluss ist mit diesen Unterstellungen." Sie sprach es ernst, verzog jedoch dabei belustigt ihre Mundwinkel.

„Ich habe doch gar nichts gesagt", schoss es aus Mariam hervor und schon tippte sie auf ihrer Computertastatur herum.

Lächelnd schaltete Johanna ihren Computerbildschirm ein. Doch anstatt ihren angefangenen Artikel aufzurufen, gab sie den Namen Robert Kuhn bei Google ein.

Irgendwie ging ihr der Anwalt seit dem Gespräch mit David nicht mehr aus dem Kopf. Es war schließlich sein Drachen gewesen, mit dem Manuel Nowak verunglückt war. Der erste Eintrag, den die Suchmaschine lieferte, führte Johanna zu der Website seiner Kanzlei. *Robert Kuhn und Partner. Steuerstrafrecht – Ihre Anwälte in Minden.* Johanna klickte sich durch die Seiten des Internetauftritts und stolperte über Begriffe wie Steuerhinterziehung, strafbefreiende Selbstanzeige, Bilanz-, Insolvenz- und Wirtschaftsdelikte. Auf einem der Porträts, die die Mitarbeiter der Kanzlei vorstellten, blickte Robert Kuhn dem Besucher der Website konzentriert entgegen. Laura Kuhns Worte streiften durch Johannas Gedanken. *Wäre der Anruf des Mandanten nur etwas später gekommen …* Wenn Johanna nur wüsste, warum der Drachen abgestürzt war.

Sie scrollte zum nächsten Foto, das einen Mann in den Vierzigern zeigte, der anders als sein Partner freundlich in die Kamera lächelte. *Jochen Grundmann, Rechtsanwalt, Fachanwalt für Steuerrecht* stand unter seinem Bild. Zwei attraktive, junge Frauen wurden als Rechtsanwaltsfachangestellte der Kanzlei vorgestellt. Es geht doch nichts über eine klassische Rollenverteilung, dachte Johanna leicht verärgert.

Aus dem Augenwinkel registrierte sie, wie ihr Chef die Tür zum Großraumbüro öffnete. Anscheinend machte er seine gewohnte Runde durch die Redaktion. Rasch ließ sie ihre Suchergebnisse verschwinden und klickte auf dem Rechner durch die Seiten der morgigen Zeitungsausgabe. Sie musste dringend ihren angefangenen Artikel beenden. Das Foto eines völlig zerstörten Unfallwagens zog ihre Aufmerksamkeit auf sich. Konnte jemand diesen Unfall überlebt haben?, fragte sie sich. Kurz überflog sie die dazugehörigen Zeilen und krallte bei den Worten: *bekannter Mindener Anwalt, Robert Kuhn*, die Hände um die Kante ihres Bürotisches. Der Raum schien plötzlich auf sie zuzukommen. Hektisch glitten ihre Augen erneut über den Text. Wann war das passiert?

Der Unfall ereignete sich am 7. August gegen 20:10 Uhr, als der Fahrer aus bisher noch ungeklärten Gründen die Kontrolle über seinen Wagen verlor. Herbeigeeilte Rettungskräfte konnten nur noch den Tod des 36-Jährigen feststellen.

Das war an dem Abend, als sie ihn und seine Frau im La Cantina gesehen hatte. *Glaub nicht, dass du damit durchkommst!* Genau diese Worte hatte er seiner Frau an den Kopf geworfen und war dann wutentbrannt davongestürmt.

Johanna konnte kaum atmen, sie versuchte zu schlucken, doch ihr Hals kam ihr fürchterlich eng vor. Sollte sie David anrufen oder würde sie jetzt überreagieren? Sah sie Zusammenhänge, die es nicht gab? Würde David sie nach dem, was in Kiel passiert war, überhaupt ernst nehmen? Und was sollte sie ihm auch sagen? Dass Laura Kuhn traurig gewirkt habe, dass Manuel Nowak und nicht ihr Mann verunglückt sei.

David Gilbert

Mittwoch, 9. August, 10:23 Uhr

David hasste diesen Teil seiner Arbeit. Er war froh, dass seine Kollegin Yvonne Osterfelde die Gesprächsführung mit Claire Moreau, der Freundin des verstorbenen Manuel Nowak, übernehmen würde. Gespräche mit Hinterbliebenen gehörten nicht zu seinen Stärken. Als Yvonne ihm auf der Fahrt hierher angeboten hatte, diesen Part zu übernehmen, hatte er ihren Vorschlag mehr als dankbar angenommen.

Nun saß er angespannt neben seiner Kollegin auf einem bequemen, braunen Ecksofa im Wohnzimmer der gemeinsamen Wohnung von Manuel Nowak und Claire Moreau.

Die Mutter von Claire hatte ihnen die Haustür der geräumigen Vierzimmer-Altbauwohnung in der Paulinenstraße in der Mindener Innenstadt geöffnet und sich als Frau Martin vorgestellt. Eine elegant gekleidete Frau, die mit einem leichten französischen Akzent sprach.

„Bitte nehmen Sie Platz", hatte sie ihn und Yvonne aufgefordert, nachdem sie die beiden Beamten in das Wohnzimmer mit den hohen, weißen Wänden und der Stuckverzierung geführt hatte.

Kurz nachdem Claires Mutter den Raum verlassen hatte, drang ein lautes Schluchzen durch die geöffnete Holztür des Wohnzimmers.

David blickte besorgt zu Yvonne hinüber. Seine Kollegin war Mitte fünfzig und bereits seit dem Ende ihrer Ausbildung bei der Mindener Polizei. Ihre Gesichtszüge wirkten streng, was vielleicht an den schmalen Augen lag und den geraden Augenbrauen darüber. Doch dieser Eindruck verflüchtigte sich, sobald seine Kollegin lächelte. Gerade lächelte sie allerdings nicht, sondern erwiderte angespannt Davids Blick.

Endlich hörte David sich nähernde Schritte auf dem Parkett im Flur. Das Holz gab knarrende Geräusche von sich, die in der Stille zwischen ihm und seiner Kollegin ungewöhnlich laut klangen. Rasch stand David auf, als Claire, begleitet von ihrer Mutter, den Raum betrat. Yvonne tat es ihm gleich.

„Frau Moreau."

David nickte der sichtlich mitgenommenen Frau zu, die mit leeren Augen durch ihn hindurchzusehen schien. Er registrierte die Spuren der Trauer, die sich in das überaus hübsche Gesicht gegraben hatten. Ihre dunkle Haut wirkte fahl, fast ein wenig gelblich, ihre braunen Augen waren glanzlos. Ihr schwarzes Haar war ungewaschen und zu einem unordentlichen Pferdeschwanz nach hinten gebunden. Sie trug eine Jogginghose und ein T-Shirt, das, wie David vermutete, ihrem Freund gehört hatte. Es war eindeutig ein Männer-T-Shirt und ihr viel zu groß.

Ohne die beiden Ermittler zu begrüßen, wurde sie von ihrer Mutter zum Sofa geführt und sanft auf das Polster gedrückt. Innerlich atmete David tief ein und wappnete sich für den nachfolgenden Teil.

„Nein, das kann nicht stimmen“, wimmerte Claire, wobei sie den Kopf schüttelte und ihre Hände in ihre Oberarme krallte. Ihr Oberkörper glitt kaum merkbar hin und her. Auch als ihre Mutter ihr eine Hand auf die Schulter legte, hörte sie mit der Bewegung nicht auf.

„Es tut mir wirklich sehr leid, Claire. Doch nach unserem aktuellen Stand der Ermittlungen können wir nicht ausschließen, dass es sich bei dem Unfall Ihres Freundes vielleicht um einen Mordversuch handelt“, erklärte Yvonne nun bereits zum zweiten Mal.

Claire starrte erst Yvonne, dann David verständnislos an.

„Nein!“, sie schüttelte vehement den Kopf. Dann fixierten ihre rot geränderten Augen die Polizistin.

„Wer würde Manuel so etwas antun wollen?“, fragte sie ungläubig und wischte sich mit der Hand über die feuchten Augen.

„Ich weiß es nicht“, gab Yvonne zu.

„Das würde ich gerne von Ihnen wissen. Hatte Ihr Freund mit jemandem Schwierigkeiten?“, fragte sie.

David umklammerte sein Notizbuch. Alles, was Claire ihnen hierzu sagen konnte, war extrem wichtig. Für jeden Mord gab es ein Motiv. Finde das Motiv, finde den Mörder, ging es ihm durch den Kopf.

Claire überlegte kurz.

„Nein."

Ihre Antwort war leise und David sah, wie sie mit den Tränen kämpfte. Sie schluckte hörbar und wiederholte dann lauter: „Nein."

„Manuel war ein sehr umgänglicher Mensch. Sehr liebenswürdig", ergänzte Frau Martin. Ihre Tochter nickte zustimmend.

„Mein Freund ist ein guter Mensch. Er hat … hatte viele Freunde. Alle mochten ihn."

Yvonne nickte verständnisvoll.

„Und es gab niemanden, mit dem er Probleme hatte? Vielleicht auf der Arbeit?"

Claire schüttelte den Kopf.

„Und Sie sind sich auch absolut sicher, dass Ihr Freund keine Medikamente eingenommen hat?"

„Nein, das hat er nicht", antwortete sie kaum hörbar.

„Frau Moreau", fuhr Yvonne zaghaft fort, „wie Sie wissen, ist Ihr Freund mit dem Drachen von Robert Kuhn verunglückt."

Claire sah aus, als hätte Yvonne ihr in den Magen geboxt.

„Ich weiß. Und … und Robert hatte einen Unfall", sagte sie mühsam beherrscht.

„Kannten Sie Robert Kuhn gut?"

Sie zuckte die Schultern.

„Er war ein Freund von Manuel."

„Aber Sie kannten ihn auch, oder?"

„Ich habe mich ab und zu mit ihm unterhalten. Bei verschiedenen Anlässen wie der Gourmetmeile oder dem Weinfest hier in Minden. Eben diese Veranstaltungen, auf denen man sich trifft."

„Ist das jetzt wirklich notwendig?", wollte die Mutter von Frau Moreau wissen.

„Das ist es", antwortete Yvonne bestimmt.

„Frau Moreau, im Rahmen unserer Ermittlungen können wir nicht ausschließen, dass die Tötungsabsicht nicht Ihrem Freund gegolten hat, sondern Robert Kuhn."

Claire zog ihre Augenbrauen zusammen. Fragend blickte sie erst zu Yvonne, dann zu David. Er meinte den Schmerz in ihren Augen beinahe selbst zu spüren. Gerne hätte er etwas gesagt, um das Leid der Frau etwas zu lindern. Doch was sollte das sein? Der Mann, den sie geliebt hatte, war brutal aus ihrem Leben gerissen worden.

„Wissen Sie, ob Robert Kuhn irgendwelche Feinde hatte?", fragte David, obwohl er sich eigentlich vorgenommen hatte, Yvonne die Fragen stellen zu lassen.

Sie überlegte kurz.

„Nein", sagte sie dann kopfschüttelnd.

„Robert war ein sehr organisierter und eloquenter Mann. Ich kann mir nicht vorstellen, dass jemand …", sie stockte.

„… dass jemand seinen Tod gewünscht hat."

Der letzte Satz schien sie alle Kraft gekostet zu haben, denn sie sackte erneut in sich zusammen und fing leise an zu schluchzen.

„Das ist alles so fürchterlich", jammerte sie.

„Reicht das für heute?", wollte ihre Mutter mit zusammengepressten Lippen und einem besorgten Blick auf ihre Tochter wissen.

Yvonne warf David einen Blick zu, um sich zu vergewissern, dass er keine weiteren Fragen mehr hatte. Sie arbeiteten lange genug zusammen, sodass Yvonne sein leichtes Nicken richtig deutete.

„Ja, natürlich."

David stand auf.

„Danke, dass Sie sich die Zeit für uns genommen haben", sagte er an die beiden Frauen gerichtet. Frau Martin erhob sich und begleitete ihn und Yvonne aus dem Wohnzimmer zur Haustür.

„Wenn Ihnen oder Ihrer Tochter noch etwas einfällt, melden Sie sich bitte."

Mit diesen Worten übergab David ihr seine Visitenkarte.

„Manchmal sind es Kleinigkeiten, die uns weiterhelfen können."

David registrierte ein kaum merkliches Zögern, bevor die Mutter von Claire seine Visitenkarte an sich nahm.

„Möchten Sie uns noch etwas sagen?", hakte er nach.

„Also … es steht mir vielleicht nicht zu. Ich möchte nicht schlecht über jemanden sprechen."

Sie hielt kurz inne.

„Ich habe Robert Kuhn auch bei der ein oder anderen Gelegenheit erlebt. Claire ist diesem Mann so dankbar. Wegen dieser Trauerfeier, die er für Manuel organisiert hat. Und weil er sie bei den rechtlichen Sachen unterstützen wollte, die nach dem Tod von Manuel auf sie zukommen, aber“, sie blickte kurz zwischen David und Yvonne hin und her und senkte die Stimme, „aber wenn Sie mich fragen, der Mann war bestimmt kein Heiliger.“

„Was genau meinen Sie damit?“, fragte David, wobei er ebenfalls seine Stimme senkte.

Frau Martin warf einen Blick über die Schulter, öffnete die Wohnungstür und trat in den Hausflur hinaus. David und Yvonne folgten ihr.

Leise sagte sie:

„Wenn Sie mich fragen, war der Mann arrogant, und, nun ja, ich habe es öfter erlebt, wie er mit jungen Frauen geflirtet hat. Obwohl seine Ehefrau ebenfalls anwesend war.“

Interessant, überlegte David.

„Wissen Sie, ob er mit seinem Verhalten jemanden verärgert haben könnte?“, fragte er.

„Ich weiß es nicht. Ich wollte es nur erwähnen, da Sie sagten, auch Kleinigkeiten seien wichtig. Es kommt mir eher so vor, dass vielmehr jemand Robert Kuhn schaden wollte als Manuel.“

Erik Koehler

Mittwoch, 9. August, 17.42 Uhr

Zum wiederholten Mal starrte Erik Koehler auf die Uhr über der Ladentür. Noch zwanzig Minuten. Alles was er wollte, war, seinen Juwelierladen so schnell wie möglich zu schließen. Es kam ihm so vor, als würde die Uhr ihn verhöhnen. Er hörte ihr langsames und gleichmäßiges Ticken überdeutlich, doch die Zeiger bewegten sich keinen Millimeter vorwärts. Zumindest kam es ihm so vor. Um zehn vor sechs hielt er es nicht mehr länger aus. Seit über einer Stunde hatte kein Kunde mehr sein Juweliergeschäft betreten. In den letzten Minuten würde sich das bestimmt auch nicht ändern. Da er seine Angestellte, Frau Becker, bereits nach der Mittagspause nach Hause geschickt hatte, eilte er jetzt zügig nach hinten in sein Büro. Er riss den Schlüsselbund vom Haken an der Wand, stürmte zur Ladentür und verschloss sie in Windeseile.

Erschöpft ließ er sich auf seinen Bürostuhl fallen. Das schwarze Leder war abgenutzt und hatte schon einige leichte Risse, doch das störte ihn nicht. Hier hinten empfing er keine Kunden und der Sessel war bequem. Er musste nachdenken. Es war wichtig, einen klaren Kopf zu behalten. Genau darauf kam es jetzt an. Aus seiner Hosentasche zog er ein weißes Stofftaschentuch, mit dem er sich den Schweiß von der Stirn wischte. Grob zerrte er am Knoten seiner Krawatte, bis dieser sich endlich löste und er sich von dem Ding befreien konnte. Seine Frau hatte ihm die Krawatte letztes Jahr zu Weihnachten geschenkt. Achtlos warf er den Streifen Stoff auf den Fußboden. Schmuck für die Ehefrau. Eine Krawatte für den Ehemann. Angewidert verzog er den Mund. Doch seine Ehe war nicht das Problem.

Der Mistkerl von Anwalt war also tot. Ein Unfall. Das war nichts Ungewöhnliches. Tagaus, tagein starben Menschen bei Verkehrsunfällen. Er hatte gar keinen Grund, sich Sorgen zu machen. Oder doch? Was, wenn die Witwe oder schlimmer noch die Polizei Nachforschungen anstellte? Würden sie etwas Belastendes entdecken? Nein. Dann hatte er sich eben mit seinem Anwalt überworfen. Na und? Dabei war schließlich er das Opfer und nicht dieser Schmierlappen.

Sein Blick fiel auf das Foto seiner Frau, das in einem einfachen Goldrahmen auf seinem Schreibtisch prangte. Melissa war noch immer schön. Das blondierte Haar hochgesteckt, lächelte sie verführerisch in die Kamera. Die vollen Lippen rot geschminkt. Er fragte sich, wann sie angefangen hatte, ihn als notwendiges Übel zu betrachten? Diese wunderschönen Lippen, die er zu Beginn ihrer Ehe so gerne geküsst hatte, verzogen sich viel zu häufig zu einem schmalen Strich, um ihm ihre Enttäuschung über etwas, das er getan oder gesagt hatte, zu demonstrieren. Erst seit dieser Sache mit dem Kuhn war sie freundlicher ihm gegenüber. Mit einem Schnauben wischte er den Gedanken an Melissa beiseite.

Er dachte an sein letztes Treffen mit diesem Anwalt zurück. Bis auf seinen Anruf am Samstag letzte Woche gab es nichts, worüber er sich Gedanken machen musste. Doch war der Anruf wirklich ein Problem? Dann hatten die beiden eben miteinander telefoniert. Das war normal zwischen einem Mandanten und seinem Anwalt. Nein, er brauchte sich keine Sorgen zu machen.

Noch einmal wischte er sich mit dem Taschentuch über seine warme Stirn. Es ging ihm ein wenig besser. In seinem Magen rumorte es. In der Mittagspause hatte er keinen Bissen hinunterbekommen. Die Nachricht von Robert Kuhns Tod hatte ihm den Appetit verdorben. Doch jetzt nagte der Hunger an ihm. Die heutige Abrechnung für den Laden würde er einfach morgen in aller Frühe erledigen. Das war das Gute daran, sein eigener Chef zu sein.

Bevor er nach Hause zu seiner Frau fuhr, um sich dort von ihr einen Salat vorsetzen zu lassen, den er nicht mochte, würde er noch durch den McDrive fahren. Beinahe konnte Erik Koehler den fettigen Geschmack des Burgers und der salzigen Pommes schon auf seiner Zunge schmecken. Das war genau das, was er jetzt brauchte. Ein wenig Salat könnte er danach immer noch hinunterwürgen.

Johanna Neumann

Donnerstag, 10. August, 21:22 Uhr

Genervt presste Johanna ihr Lesezeichen zwischen die Seiten. Einen Moment hielt sie das Taschenbuch unschlüssig in den Händen, bevor sie es mit einem Seufzer neben sich auf das Sofa legte. Ihre Augen wanderten über das auf dem Cover abgebildete Marschland. „Der Gesang der Flusskrebse" von Delia Owens. Sie erfasste den Titel mit einem erneuten Seufzer. Mariam hatte ihr den Roman über das Marsch-Mädchen Kya ungefragt mitgebracht und förmlich aufgedrängt.

Das musst du lesen, klangen Johanna die Worte ihrer Kollegin noch immer im Ohr. Sie hatte schnell he rausgefunden, dass Diskussionen mit Mariam zwecklos waren. Also hatte sie das Taschenbuch dankend angenommen und versprochen, es bald zu lesen.Dabei war es nicht so, dass Johanna keine Freude an Büchern hatte. Doch seit den Ereignissen im letzten Jahr fiel es ihr schwer, sich für längere Zeit zu konzentrieren. Es kostete sie genug Kraft, ihren Job vernünftig zu erledigen. Auch das war, wenn sie ehrlich sich selbst gegenüber war, ein Grund für ihren Umzug gewesen. Ihr früheres Arbeitspensum in Kiel hätte sie schlicht und einfach nicht mehr geschafft.

Dennoch hatte sie an diesem Abend das Buch aufgeschlagen. Doch nun war es Zeit für eine Pause. Den letzten Satz hatte sie bestimmt dreimal gelesen und trotzdem keine Ahnung, was dort eigentlich stand. Ein wenig frustriert schlüpfte Johanna unter ihrer Flanelldecke hervor. Gähnend ging sie zur Küche hinüber. Sie brauchte einen Kaffee. Dass es bereits nach einundzwanzig Uhr war, störte sie nicht. Vor Mitternacht würde sie ohnehin nicht ins Bett gehen. Viel Schlaf bekam sie seit damals so oder so nicht.

Kurz blieb ihr Blick an den drei Umzugskartons hängen, die neben dem Küchentisch darauf warteten, ausgepackt zu werden. Einfach nicht hinsehen, sagte sie zu sich selbst und legte eines dieser runden Pads in ihre Kaffeemaschine. Während sie ihre Lieblingstasse – die blaue, auf der ein weißer Anker abgebildet war – unter der Maschine platzierte, überfiel sie die Erinnerung an den vom Himmel stürzenden Drachenflieger. Ohne es zu wollen, musste sie zusehen, wie der bunte Drachen auf die Bäume im Wald zuraste. Sie kniff die Augen zusammen, nur um den Unfallwagen von Robert Kuhn vor sich zu sehen und gleich darauf den verlorenen Blick von Laura Kuhn. Und dann hörte sie den Schrei. Doch es war nicht länger Laura, an die sie dachte, sondern Rebekka. Würde sie Rebekka für den Rest ihres Lebens schreien hören? Wütend schüttelte Johanna den

Kopf, um diese quälenden Bilder und Gedanken zu vertreiben.

Mit ihrem warmen Kaffeebecher in der Hand kuschelte sie sich wieder unter die Decke auf ihr Sofa zurück. Seit Dienstag hatte sie nicht mehr mit David gesprochen. Dabei würde sie zu gerne wissen, ob es etwas Neues im Fall des Drachenfliegers gab. Wie hatte es zu dem Absturz kommen können? Und was hatte zu dem Unfall von Robert Kuhn geführt? Wusste David, dass sich das Ehepaar vor dem Unfall gestritten hatte? War das wichtig für die Ermittlungen? Johanna konnte das nicht einschätzen. Doch sie wollte David auf keinen Fall verärgern und sich in Dinge einmischen, die sie seiner Meinung nach nichts angingen.

Unschlüssig, was sie mit ihrem Abend anfangen sollte, griff sie mit ihrer linken Hand zum Handy und entsperrte den Bildschirm. Während sie einen Schluck des heißen Kaffees genoss, klickte sie sich lustlos durch die Online-Version des Mindener Tageblatts. Dabei öffnete sie einen Artikel von Mariam.

Zehnjähriger Junge aus Dankersen wird vermisst
Mariam Koch vom 10. August |18:03 | Lesezeit 3 Min.

Seit heute Nachmittag 14:30 Uhr fehlt von dem zehnjährigen Lucas K. aus dem Stadtteil Dankersen jede Spur. Die Eltern haben ihren Sohn als vermisst gemeldet, weil dieser am Nachmittag nicht wie vereinbart vom Spielen nach Hause gekommen war. Die Suche von Polizei, Feuerwehr und Anwohnern sei bisher erfolglos geblieben, sagte eine Sprecherin der Polizei auf Nachfrage vom MT.

Die Bevölkerung wird um Hinweise zum Aufenthaltsort gebeten. Der Zehnjährige ist etwa 1,55 Meter groß, hat eine schlanke Statur, braune Augen und kurze, braune Haare. Zum Zeitpunkt seines Verschwindens trug er ein graues T-Shirt mit einem weißen Aufdruck und eine kurze, blaue Hose.

Mit einem schnellen Klick auf die Zurück-Taste verließ Johanna den Artikel. Sie wollte den Rest des Berichts nicht lesen. Außerdem wollte sie nicht in Versuchung geführt werden, den im Artikel angegebenen Link anzuklicken. Ihre Augen hatten den blauen Schriftzug schon registriert, bevor sie die entsprechende Stelle beim Lesen erreicht hatte. Er würde sie zum Foto des vermissten Jungen führen. Veröffentlicht von der Polizei zum Zwecke der Vermisstenfahndung. Nein, das war nicht das, was sie jetzt gebrauchen konnte. Der Mindener Stadtteil Dankersen sagte ihr etwas. Sie brauchte einen Augenblick, bis ihr klar wurde, dass Dankersen ganz in der Nähe ihres neuen Wohnortes lag. Zwar glaubte sie nicht an Schicksal, doch es fühlte sich an, als würde das Leben sie bestrafen. Was für Grausamkeiten hielt ihr Neuanfang noch für sie bereit?

Frustriert schleuderte Johanna ihr Handy in die Ecke des Sofas. Es war noch nicht einmal zweiundzwanzig Uhr. Viel zu früh, um schlafen zu gehen. Johanna stellte ihre Kaffeetasse auf dem Wohnzimmertisch ab, stand auf und zerrte einen der Kartons, die noch an der Wohnzimmerwand standen, mit sich zum Sofa.

„Zumindest tue ich dann etwas Nützliches“, sagte sie leise seufzend zu sich selbst. Dabei zwang sie sich, das ungute Gefühl eines beobachtenden Augenpaares in ihrem Nacken einfach zu ignorieren.

David Gilbert

Freitag, 11. August, 08:23 Uhr

David ließ seine Augen über die Wasseroberfläche des Gevattersees gleiten. Die morgendliche Luft war bereits angenehm warm, doch vom See wehte ein kühler Lufthauch in seine Richtung. Obwohl David seit über zwei Jahren in Minden lebte, war er vorher noch nie hier gewesen. Seine spärlichen Informationen über den See verdankte er einer schnellen Recherche im Internet auf der Fahrt hierher. Er wusste nur, dass es sich um einen Baggersee handelte. Also ein künstlich angelegter See, der beim Abbau von Sand oder Kies entstanden war. Eigentlich handelte es sich beim Gevattersee sogar um zwei Seen, die nur durch einen schmalen Damm voneinander getrennt waren. Zur Unterscheidung wurden sie Gevattersee und Gevattersee 2 genannt. Nicht sonderlich einfallsreich, fand David, doch das war bei Weitem nicht das, was ihm Kopfschmerzen bereitete.

Wir haben eine Leiche gefunden. David zitterte. Lag es an der kühlen Luft oder an diesem grausamen Satz? Er wusste es nicht.

Der Einsatz der Taucher war für ihn eine Formsache gewesen. Ein Ausschließen, dass der seit gestern vermisste Luca nicht ertrunken war. Er stellte sich die armen Eltern vor, die nachmittags am Küchentisch auf ihren Jungen gewartet hatten. Vielleicht waren sie erst verärgert gewesen, weil der Kleine nicht pünktlich nach Hause gekommen war. Irgendwann überwog dann die Sorge um den Jungen und schließlich, als er draußen und bei seinen Freunden nicht zu finden war, die nackte Angst. David sah seine eigene Tochter Hanne vor sich. Sie war erst anderthalb. Ihr feines, braunes Haar glich dem eines Kobolds, wenn es in alle Richtungen von ihrem süßen Kopf abstand. Würde ihr etwas passieren – beim Gedanken daran schüttelte David den Kopf –, das könnte er nicht ertragen.

Auch wenn er für den Fall des vermissten Luca nicht zuständig war, hatte er gewusst, dass heute der Einsatz von Tauchern vonstattenging. Mit seinen zehn Jahren soll Luca öfter allein zum See gegangen sein. Als dann am Grund des Gewässers eine Leiche entdeckt worden war, hatte man David sofort verständigt. Der Anruf kam, gerade als er sein Büro betreten hatte.

David zwang sich, nicht länger auf das Wasser hinauszustarren, sondern weiterzugehen. Er sah sich um. In der Ferne entdeckte er das gelbe Absperrband der Polizei. Dahinter lag etwas auf dem Boden. Abgedeckt unter einer schwarzen Plane. Ein schaler Geschmack breitete sich in seinem Mund aus.

„Morgen. David Gilbert von der Kripo."

Er hielt einem der Beamten vor dem Absperrband seinen Ausweis entgegen. Der junge Kollege nickte ihm mit blassem Gesicht zu und hielt Davids Namen im Protokoll fest. Sein Unbehagen war dem jungen Mann deutlich anzusehen. Er vermied es, auch nur in die Nähe der Plane zu sehen. So jung wie er aussah, hatte er wahrscheinlich gerade erst die Polizeischule beendet, vermutete David. Sofort verspürte er Mitleid mit seinem jungen Kollegen. Die Arbeit bei der Polizei hielt einige Herausforderungen bereit. Und nicht auf alle konnte die Ausbildung einen vorbereiten.

„Morgen, Herr Gilbert. Engelbrecht. Ich bin der Pathologe."

Ein hagerer Typ im weißen Ganzkörperschutzanzug, dessen Gesicht überwiegend aus einer runden, braunen Brille und einem Mundschutz zu bestehen schien, kam auf ihn zugeeilt. Er streckte David seine Hand entgegen, die in einem durchsichtigen Latexhandschuh steckte. Als dem Pathologen Davids irritierter Blick auffiel, schaute er auf seine Hand hinunter, zog sie rasch zurück und lächelte verschmitzt.

„Tut mir leid, ich bin manchmal etwas zerstreut", sagte er gut gelaunt.

„Schon gut. Also, was haben wir?"

David wollte es so schnell wie möglich hinter sich bringen. Der Anblick einer Leiche war immer grausam und eine Wasserleiche würde er heute zum ersten Mal sehen. Und dann noch die eines Kindes. Eine Erfahrung, auf die er gerne verzichten konnte.

„Warten Sie."

Der Pathologe verschwand kurz und händigte David dann ohne weitere Worte ein Paket an Schutzkleidung aus. Mit einem flauen Gefühl im Magen zog sich David den weißen Anzug über. Zuletzt zog er sich den Mundschutz zurecht und nickte Engelbrecht zu.

„Ich warne Sie vor. Ist kein schöner Anblick."

Der Pathologe ging vor der Plane auf die Knie und blickte fragend zu David hinauf. David ignorierte das stechende Ziehen in seinem Magen, atmete tief durch und erklärte sich bereit.

Kaum erfassten seine Augen, was da genau unter der Plane lag, schoss ihm bereits Galle nach oben. Er schluckte die saure, brennende Flüssigkeit hinunter und zwang sich weiter auf das zu sehen, was dort zu seinen Füßen lag. *Das ist kein Kind*, sagte er sich. David klammerte sich an diesen Gedanken wie ein Ertrinkender an ein Stück Treibholz. *Das ist kein Kind*. Während er den bizarren Anblick zu verarbeiten suchte, wiederholte er den rettenden Satz immer wieder. Er erkannte so etwas wie einen unförmigen, aufgedunsenen Körper. Teilweise frei liegende Knochen in der Farbe morschen Holzes lugten aus einer gelblich-grauen, wachsähnlichen Masse, die an einigen Stellen krümelig aussah. Klumpiges Gewebe, das mal zu einem Körper gehört hatte, der nun in einem ihm unbekannten Zustand des Verfalls vor ihm lag. Der Kopf war besonders grausam. Der Schädel war größtenteils skelettiert, aber die Augen waren zu dieser widerlichen Masse geworden und schienen David ohne Iris und Pupille blind anzustarren.

„Das ist kein Kind."

„Hatten die Kollegen Sie nicht informiert?"

David hatte gar nicht bemerkt, dass er den Satz laut ausgesprochen hatte.

„Nein. Mir wurde nur mitgeteilt, dass eine Leiche gefunden worden ist. Ich hatte angenommen, es sei der Junge, der seit gestern vermisst wird."

„Ein Kind ist das nicht", antwortete Herr Engelbrecht.

„Bei der Leiche handelt es sich, wie sie vermutlich anhand der Größe richtig erkannt haben, um einen Erwachsenen. Aller Wahrscheinlichkeit nach um eine Frau, auch wenn das auf den ersten Blick schwer auszumachen ist. Aber sehen Sie hier."

Der Pathologe deutete auf eine Stelle des Schädels, die sich über der Nasenwurzel befand. Dazu beugte er sich etwas tiefer über die Leiche und betrachtete fasziniert das Stück Knochen.

„Sie erkennen das an diesem Bereich des Schädels, der Glabella, dieser knöchernen Erhebung über der Nasenwurzel und dem Stirnbein. Bei Frauen ist dieser Übergang eher fließend. So wie hier."

Er fuhr mit seinem Finger in der Luft über die entsprechende Fläche.

„Bei einem Mann wäre die Stelle mehr vorgewölbt."

Auch David ging in die Knie und betrachtete das kleine Areal genauer. Es war ihm schleierhaft, wie der Pathologe anhand dieses Stück Knochens irgendetwas erkennen konnte. David zwang sich, seinen Blick nicht von dem grausamen Schädel abzuwenden. Das Bild der seltsamen Masse, die einmal die Augen gewesen waren, fraß sich in sein Inneres. David bemühte sich, seine Emotionen beiseitezuschieben. Er konzentrierte sich auf die Einzelheiten. Blendete aus, dass dieses Etwas einmal das Gesicht einer Frau gewesen war. Seitlich am Hinterkopf fiel ihm etwas auf.

„Was ist das?"

Er deutete auf einen Bereich des Schädels, an dem der Knochen gesplittert war und feine Linien aufwies.

„Sie meinen diese Fraktur des Knochens? Bei der Obduktion werde ich mir diese Verletzung genauer ansehen."

„Ist das vor oder nach ihrem Tod passiert?"

„Das kann ich unmöglich sagen. Stand jetzt: Beides ist möglich. Aber da wir in dem See hier keine Strömung und keinen Schiffsverkehr haben, ist es zumindest eher unwahrscheinlich, dass der Leichnam post mortem im Wasser verletzt wurde. Zunächst werde ich überprüfen, ob der Tod im Wasser stattgefunden hat oder die Leiche sekundär ins Wasser gebracht wurde."

„Wie sicher können Sie eine solche Aussage treffen?", wollte David wissen, der von Rechtsmedizin so gut wie keine Ahnung hatte. Er kannte die Casper-Regel, welche Rechtsmediziner nutzten, um die Liegezeit einer Leiche einzuschätzen. Demnach benötigte eine Wasserleiche die doppelte Zeit, um dasselbe Maß an Verwesung aufzuzeigen wie bei einem frei liegenden Leichnam. Und damit endete sein Wissen bereits.

„Das kann ich Ihnen mit ziemlicher Sicherheit sagen", unterbrach Herr Engelbrecht seine Gedanken.

„Sollte die Frau ertrunken sein, gibt es eindeutige Befunde. Beim Ertrinken reizt das Wasser die Bronchialschleimhaut, was zu einer starken Sekretbildung führt. Dieses Sekret-Wasser-Gemisch wird durch die Atemtätigkeit der Person zu einem feinblasigen, schaumigen Material, das ich in den Atemwegen nachweisen kann. Ich habe bereits eine Vergleichswasserprobe sichergestellt."

Der Pathologe musste Davids fragenden Blick gesehen haben. Ohne weitere Nachfrage erklärte er: „ Beim Ertrinken in diesem See müssten sich Schwebstoffe wie Algen, mineralische Partikel und Ähnliches in den äußeren Lungenabschnitten abgelagert haben. Sollte die Frau ertrunken sein, kann ich Ihnen durch eine Sedimentanalyse bestätigen, dass sie in diesem See ertrunken ist."

Herr Engelbrecht warf David erneut einen prüfenden Blick zu, ob dieser seinen Ausführungen folgen konnte. David nickte nur.

„Laut Aussage der Taucher befand sich dieser Stein hier", er deutete auf einen schweren, grauen Bruchstein, „auf dem Oberkörper der Leiche. Befestigt mit einem Seil. Bei der Bergung ist es leider größtenteils in seine

Bestandteile zerfallen. Dass die Konstruktion überhaupt noch gehalten hat, ist mir ein Rätsel."

Teile eines morschen, zerrissenen Seils lagen neben dem verwesten Körper.

„Von daher ist es gut möglich, dass es sich um Mord handeln könnte. Aber das herauszufinden, ist natürlich Ihr Job."

Herr Engelbrecht lächelte über seine eigene Feststellung. Pathologen hatten wirklich einen eigenartigen Sinn für Humor, dachte David, während er aufstand und endlich den Blick von dieser Szene löste. Beinahe behutsam deckte der Pathologe die Tote zu.

„Was können Sie mir sonst noch sagen?", wollte David wissen.

„Nicht sehr viel. Das genaue Alter von Wasserleichen ist ziemlich schwer zu bestimmen. Aber das Vorhandensein von Adipocire weist auf eine längere Verweildauer im Wasser hin. Ich vermute, die Gute liegt hier seit einigen Jahren."

„Adi-Was?"

„Adipocire. Es bildet sich durch Hydrolyse und Hydrierung von Fettgewebe. Es ist ein spätes, postmortales Zersetzungsprodukt. Hat es sich erst einmal gebildet, kann es über Jahrzehnte unverändert bleiben. Genauere Angaben kann ich nach der Autopsie machen. Ich werde, sobald die Kollegen von der Spurensicherung fertig sind und die Leiche im Johannes-Wesling-Klinikum eintrifft, mit der Obduktion beginnen. Ich schicke Ihnen dann umgehend den Bericht zu. In Ordnung?"

„Danke."

Wie von selbst tauchten die Fragen in Davids Gedanken auf. Wer war diese Frau? Seit wann lag sie hier? War sie wirklich ermordet worden? Wenn ja, warum? Und von wem?

Er hoffte, dass durch die Obduktion zumindest die Identität der Toten geklärt werden konnte. Sonst würde es beinahe unmöglich werden, den Täter oder die Täterin zu finden.

LAURA KUHN

Freitag, 11. August, 05:47 Uhr

Beinahe konnte Laura den leeren Platz neben sich im Bett körperlich spüren. Normalerweise ein Gefühl, das sie aufatmen ließ, bevor sie sich Roberts kritischem Blick im Bad oder in der Küche stellen musste. Heute würden seine kalten, blauen Augen sie nicht taxieren. Heute nicht und nie wieder. Laura sah zum Wecker. 05:47 Uhr. Sie schloss die Augen und spürte in sich hinein. Aber da war kein Gefühl. Weder Trauer noch Triumph. Nur Leere. Schwer atmend stand sie auf, schaltete den Wecker aus, den sie heute nicht brauchen würde, und ging ins Bad. Während das heiße Wasser ihren Körper hinablief, sah sie Roberts vor Wut verzerrtes Gesicht vor sich. An ihrem letzten Abend war er außer sich gewesen. Sie hatte natürlich gewusst, dass er sie überwachte, aber Laura hätte nicht gedacht, dass ihm die kleinen Unregelmäßigkeiten auf ihrem Konto auffallen könnten. Doch das war jetzt egal. Er war tot. Sie würde sich nie wieder vor ihm rechtfertigen müssen. Wie oft hatte sie sich das gewünscht!

Im Bademantel, die nassen Haare nur in ein Handtuch gewickelt, machte Laura sich in der Küche einen

Kaffee. Während die Maschine die Bohnen unter lautem Getöse mahlte, sah sie hinaus in den weitläufigen Garten. Wäre es anders gewesen, wenn Robert und sie Kinder gehabt hätten? Laura erinnerte sich, als Robert ihr dieses Haus zum ersten Mal gezeigt hatte. Es war eigentlich zu kostspielig gewesen und viel zu groß nur für sie zwei. Aber wie aufgeregt er damals gewesen war. Häverstädt war ein ruhiger Ortsteil von Minden, direkt am Fuß des Wiehengebirges. Ideal für Kinder, hatte er ihr verliebt ins Ohr geflüstert. Laura hatte sich sofort in den Garten des Anwesens verliebt. Es gab einen Kiesweg, der an wunderschönen blühenden Pflanzen entlangführte, von denen Laura keine einzige mit Namen kannte. Ein hölzerner Gartenzaun begrenzte das Grundstück zu drei Seiten, während zu ihrer Rechten ein kleines Wäldchen begann. Sogar ein Apfelbaum wuchs im Garten. Im Gedanken hatte Laura bereits eine Schaukel für ihre Tochter an dem Baum angebracht.

Und sie verliebte sich in den Ausblick. Vom Garten blickte sie auf den Gebirgskamm des Wiehengebirges mit seinen grünen Gipfeln. Der Wald schien direkt einem Kindermärchen entsprungen zu sein. Alles war perfekt für ein junges Paar, das sich Kinder wünschte. Traurig registrierte sie den hohen Steinzaun, der mittlerweile ihr Grundstück begrenzte. Der Zaun war das Erste, was Robert hatte ändern lassen. Zum Glück hatte er darauf verzichtet, auch vor dem Wäldchen so ein hässliches Steinungetüm aufzustellen.

Das Schrillen des Telefons riss sie aus ihren Gedanken. Sie brauchte einen Moment, um zu realisieren, dass es das Festnetz war, das klingelte. Es war noch nicht einmal sieben Uhr. Wer rief um diese Zeit an? Sie fand das Telefon im Wohnzimmer auf dem Sofa. Robert wäre wütend geworden, hätte er diese Nachlässigkeit bemerkt.

„Laura Kuhn."

„Frau Kuhn, ich möchte Ihnen mein Beileid ausdrücken."

Die männliche Stimme, die sich einen Weg in ihr Ohr bahnte, klang kalt und schneidend. Innerlich seufzte Laura auf. Sie wollte keine Anteilnahme. Sie wollte ihre Ruhe.

„Danke. Mit wem spreche ich?"

„Das ist unwichtig."

Bevor Laura etwas erwidern konnte, fuhr der Anrufer fort: „Ihr Mann schuldet uns Geld. Viel Geld."

„Entschuldigen Sie, ich …"

„Geld, das wir von Ihnen bekommen werden. Haben Sie das verstanden?"

Die eiskalte Stimme drang Laura unter die Haut.

„Mit wem spreche ich?"

„Sie hören nicht zu."

Laura hörte deutlich die Verärgerung, die sich unter diese Worte mischte.

„Das ist unwichtig. Vor Ihrer Tür liegt ein Päckchen für Sie. Wir melden uns wieder."

Das plötzliche Tuten der leeren Leitung dröhnte in Lauras Gedanken. War das ein schlechter Scherz?

Als die Türklingel ertönte, zuckte Laura zusammen. Was ging hier vor? Zögernd ging sie vom Wohnzimmer hinüber in den Hausflur und versuchte, durch die milchige Glasscheibe der Eingangstür etwas zu erkennen. Draußen war niemand zu sehen. Was ging hier vor? Langsam näherte sie sich der Tür, um sie vorsichtig aufzuziehen. Auf der Fußmatte lag ein kleines Päckchen, eingewickelt in braunes Packpapier. Laura zog ihren Bademantel fester um den Körper, trat vor die Tür und blickte sich um. Der kleine Vorgarten und die Auffahrt zum Haus waren leer. Auch auf der Straße war keine Menschenseele zu sehen. Die Morgenluft war angenehm mild und der friedliche Anblick der Wohngegend passte überhaupt nicht zu der inneren Unruhe, die sich mit jedem Atemzug in ihrem Körper ausbreitete. Mit flauem Magen griff sie nach dem angekündigten Gegenstand und kehrte in die Küche zurück, wo sie ihn hastig auf den Tisch warf und schnell einen Schritt zurücktrat.

Sie stand einfach da und starrte auf das braune Etwas auf ihrem Tisch. Es war ein schlichtes Päckchen ohne Versandaufkleber, ohne Beschriftung, und doch ging etwas Bedrohliches von ihm aus. Laura kam es so vor, als würde sich von dem Gegenstand etwas Dunkles auf sie zubewegen. *Sie hören nicht zu.* Eine Gänsehaut nahm sie auf ihren Armen wahr, dann gab sie sich einen

Ruck und riss das Papier von dem Karton. Sie zerrte an dem Klebestreifen, mit dem das Päckchen verschlossen war, und kippte den Inhalt auf den Tisch. Es klirrte leise. Einzelne rote Stückchen aus einer Art Kunststoff breitete sich vor ihr auf dem Tisch aus. Was hatte das zu bedeuten? Laura überprüfte, ob sich noch etwas darin befand, doch das Paket war leer. Mit gerunzelter Stirn nahm sie eines der Stücke in die Hand und drehte es hin und her. Mit einem plötzlichen Aufschrei ließ sie es fallen. Das waren Splitter eines Rücklichts. Ihr Herz pochte wild und ihr Atem ging hektisch. Roberts Unfall. Splitter eines Rücklichts. *Wir melden uns wieder.* Panisch wischte sie alles in den Pappkarton zurück und versenkte diesen, ohne nachzudenken, im Müll. Sie musste hier raus.

Johanna Neumann

Freitag, 11. August, 16:25 Uhr

Im Wageninneren war es trotz des leicht geöffneten Fensters unerträglich heiß. Johannas schwarzes, schlichtes Trägertop klebte ihr mittlerweile am Rücken. Im Stillen verfluchte sie sich, kein Wasser mitgenommen zu haben. Von ihrem Platz am Straßenrand aus konnte sie das Anwesen der Kuhns beobachten, ohne gleich selbst gesehen zu werden. Sie konnte nicht sagen, was genau sie hier wollte, doch tief in ihrem Inneren hatte sich das Bedürfnis festgesetzt, mit Laura Kuhn zu sprechen. Es war wie ein Virus, der ihren Körper befallen hatte und gegen dessen Symptome sie machtlos war. Diesem Gefühl folgend, hatte sie sich den Freitagnachmittag freigenommen und saß nun mit einer hastig geschriebenen Trauerkarte in ihrem Wagen in Häverstädt. Die Wohngegend wirkte nobel. Große Häuser mit eleganten Gärten. Auf dem gepflegten Rasen standen Statuen aus Stein oder Büsche, die kunstvoll in Form geschnitten waren. Hoffentlich fiel sie keinem der Nachbarn auf. Nicht, dass jemand wegen einer herumlungernden Frau die Polizei rief. Nicht einmal einen Plan hatte sie. Sie würde kaum einfach zur Tür gehen können, um dort zu klingeln.

Nein, sie müsste Laura Kuhn wie zufällig über den Weg laufen, wenn sie die Karte in den Briefkasten einwerfen wollte. Doch war diese überhaupt zu Hause? Und falls ja, würde sie ihr Haus heute noch verlassen?

Nach über einer Stunde fuhr ein schwarzer Mercedes in die Einfahrt des Hauses. Am Steuer erspähte Johanna eine blonde Frau. Ein schneller Blick auf ihr Handy verriet ihr, dass es bereits 17:23 Uhr war. Auch eine neue SMS war eingegangen. Johanna ignorierte die Nachricht ihrer Mutter. Dafür hatte sie nun wirklich keine Zeit. Inständig hoffte sie, dass Laura Kuhn in dem Wagen saß, auch weil ihre Blase seit einiger Zeit unangenehm auf sich aufmerksam machte. Sie hatte Glück. Die Blondine, die aus dem Auto stieg, war die Witwe des Anwalts. Ohne weiter nachzudenken, stieg Johanna aus dem Wagen und marschierte durch die drückende Hitze auf das Haus der Kuhns zu.

In ihrer schwarzen Stoffhose und der dazu passenden, kurzärmligen Bluse mit den dezenten goldfarbenen Mustern am Ärmelrand sah Frau Kuhn umwerfend aus, stellte Johanna ein wenig neidvoll fest. Erst als Johanna direkt vor ihr stand, erkannte sie die Blässe in Laura Kuhns Gesicht und den leichten Schatten, der sich unter ihre Augen gegraben hatte.

„Frau Kuhn?"

Johanna begegnete ein fragender Blick.

„Entschuldigen Sie bitte, ich wollte Ihnen", schnell kramte Johanna in ihrer Handtasche herum und zog den grauen Umschlag mit der Trauerkarte hervor, „diese Karte bringen."

Laura Kuhn starrte auf den Umschlag, als hätte er Antworten auf Fragen, die sie sich stellte.

„Ich bin Johanna Neumann. Vom Mindener Tageblatt. Wissen Sie noch?"

Noch immer waren Lauras Augen auf den Umschlag gerichtet.

„Ich wollte Ihnen mein Beileid ausdrücken."

Kaum hatte sie die Worte ausgesprochen, veränderte sich Lauras Haltung schlagartig, als hätte Johannas Beileidsbekundung ein inneres Programm aktiviert. Ihr Mund verzog sich zu einem schmalen Lächeln, das so gequält wirkte, dass Johanna ein schlechtes Gewissen bekam.

„Danke, wie aufmerksam."

Johanna war sich nicht sicher, ob Laura sich an sie erinnerte oder ob sie wie einem Reflex folgend eine gewünschte Reaktion zeigte. Zumindest sah sie ihr nun wieder ins Gesicht.

„Ich war einkaufen. Lebensmittel."

Laura nickte, wie um sich selbst zu bestätigen, dass das richtig war, dann ging sie zur Beifahrerseite ihres Wagens und zog zwei Stofftüten heraus. Eine der zwei Taschen glitt ihr aus der Hand und ein Teil des Einkaufs verstreute sich auf den Boden. Unsicher betrachtete Laura ihre Besorgungen.

„Warten Sie, ich helfe Ihnen." Während Johanna ungefragt, die Einkäufe einsammelte und mit ins Haus brachte, begann sie zu zweifeln, ob diese Frau etwas mit dem Tod von Manuel Nowak oder dem ihres Mannes zu tun haben könnte. Wie eine kaltblütige Mörderin benahm sie sich jedenfalls nicht.

Von innen wirkte das Anwesen noch größer als von außen. Der offene Eingangsbereich war in hellen Farbtönen gehalten. Auf einer schlichten Kommode stand kunstvoll angeordnet ein wuchtiger Blumenstrauß in einer ausladenden Glasvase. Ob Frau Kuhn diese Blumen selbst auswählte, überlegte Johanna, oder hatte sie eine Angestellte, die das für sie erledigte? Sie folgte Frau Kuhn in die Küche, wobei sie die Einkaufstasche fest an sich presste. Sonnenlicht fiel durch großzügige Fenster in den Raum. Der weiße Marmor der Arbeitsplatten glänzte strahlend. Eine einzelne Rose mit großen, tiefroten Blüten stand in einer sehr schmalen Vase auf dem Küchentisch.

„Danke."

Laura nahm Johanna die Tasche ab, stellte sie auf den Boden und begann die Lebensmittel auszupacken. Für einen Moment waren nur das Rascheln von Verpackungen und das Klappern von Schranktüren zu hören. Unsicher blieb Johanna mitten im Raum stehen. Es kam ihr vor, als hätte Laura Kuhn vergessen, dass sie überhaupt hier war.

„Entschuldigen Sie", sagte Frau Kuhn schließlich, nachdem sie alles verstaut hatte, „ich stehe total neben mir. Das Ganze ist so …", sie suchte nach dem richtigen Wort, „so unwirklich."

Johanna nickte.

„Setzen Sie sich doch. Kann ich Ihnen etwas zu trinken anbieten?"

„Ein Wasser wäre toll", bat Johanna. Ihre Kehle fühlte sich nach der Warterei im Auto wie ausgedörrt an. Sie setzte sich an den großen Esstisch, wobei sie sich bemühte, den Druck ihrer Blase zu ignorieren. Die Rose vor ihr auf dem Tisch verströmte einen intensiv süßen, würzigen Duft.

Johanna beobachtete, wie Laura sich einem Hängeschrank zuwandte und nach oben griff. Dabei rutschte ihr Blusenärmel den Oberarm hinauf und entblößte einen dunklen, violetten Bluterguss auf Lauras heller Haut.

„Du lieber Himmel, was haben Sie denn gemacht?"

Die Frage schoss aus Johanna heraus, bevor ihr bewusst wurde, dass das ziemlich unangebracht war. Während Laura zwei Gläser aus dem Schrank nahm, begutachtete sie den Bluterguss, als wäre er eben noch nicht da gewesen. Sie schloss den Schrank und strich behutsam den Stoff über ihren Oberarm zurück.

„Ach, das ist nur ein blauer Fleck. Ich bin manchmal so ungeschickt."

Sie lächelte verlegen und begann, Mineralwasser in die Gläser zu füllen. Das sieht nach weit mehr aus als bloß nach einem blauen Fleck, schoss es Johanna durch den Kopf. Laura setzte sich ihr gegenüber an den Tisch. Johanna griff dankbar nach dem Glas Wasser, welches sie ihr entgegenhielt.

„Danke. Ich möchte Sie auch gar nicht stören. Ich gehe gleich wieder“, sagte Johanna zwischen zwei großen Schlucken.

„Das alles muss sehr schlimm für Sie sein. Es tut mir wirklich leid, was Sie durchmachen.“

Zum ersten Mal sah Laura ihr direkt in die Augen.

„Erst Manuel und …“, Lauras Stimme brach. Sie schüttelte nur stumm den Kopf.

In Johannas Fingerspitzen erwachte ein zartes Kribbeln, als würde ein Marienkäfer zaghaft über ihre Haut krabbeln. Langsam breitete sich das Kitzeln aus. Sie musste fragen.

„Der Unfall, was … was ist denn passiert?“

Bei diesen Worten beobachtete sie Laura genau, doch diese zeigte kaum eine Reaktion. Ihre Antwort kam leise, beinahe tonlos.

„Der Wagen ist von der Straße abgekommen“, wieder schüttelte Laura den Kopf, „einfach so.“

Einfach so. Die Worte hallten in Johanna nach. Das Kribbeln steigerte sich.

„Wird der Wagen untersucht?“

„Ich, ich weiß nicht. Doch, kann sein. Da war ein Polizist. Ich glaube, er hat so etwas gesagt.“

Würde David ihr hierzu Informationen nennen können? In Gedanken ratterte Johanna schon eine Liste möglicher Gründe herunter, warum sie ihn dringend treffen musste. Beim Blick in Lauras blasses Gesicht überfiel sie ein schlechtes Gewissen. Vor ihr saß eine Frau, die offensichtlich erschüttert und völlig aufgelöst war.

„Ich sollte gehen“, sagte sie.

Im Hausflur konnte Johanna ihre Blase nicht länger ignorieren. „Dürfte ich noch kurz Ihre Toilette benutzen?“, bat sie zögerlich.

Tatsächlich tat es ihr leid, hier noch weiter zu stören.

„Ja, natürlich. Gehen Sie einfach nach oben. Es ist gleich links die erste Tür.“

Schnell huschte sie die breiten Marmorstufen hinauf. An den Wänden im Flur des oberen Stockwerkes hingen etliche Fotos. Laura und Robert Kuhn am Tag ihrer Hochzeit. Ein gut aussehendes Paar, das glücklich in die Kamera lächelte. Andere Aufnahmen zeigten, wie Johanna vermutete, die jeweiligen Eltern des Paares. Es gab Fotos von Festen, und auf einem entdeckte Johanna den jungen Robert Kuhn, der stolz seine Examensurkunde in die Kamera hielt. Auch von Laura gab es ein Foto, auf dem sie noch sehr jung aussah. Sie stand in einer kleinen Gruppe von Menschen und blickte verträumt in die Ferne. Es war ein gelungener Schnappschuss.

Johanna zückte ihr Handy. Man konnte nie wissen, wozu das gut war. Schnell fotografierte sie ein paar der Bilder ab. Nicht ohne dass sich ein flaues Gefühl ihre Speiseröhre hinunterfraß.

Das Badezimmer war ein großer, heller Raum. Johanna hatte mit einer Gästetoilette gerechnet, doch nun stand sie direkt im Bad der Familie Kuhn. Links von ihr befand sich der Duschbereich. Ein überdimensional großer Duschkopf, der an eine Gießkanne erinnerte, hing von der Decke. Als Absperrung diente eine Milchglasscheibe. Rechts von ihr waren zwei Waschbecken angebracht, über denen ein in die Wand eingelassener Spiegelschrank eingebaut war, der sich in der Mitte nach links und rechts öffnen ließ. Sie wusste natürlich, dass sie das nicht tun sollte, doch sie musste einen kurzen Blick in den Schrank werfen. Es war eine dumme Angewohnheit von ihr. Das flaue Gefühl vom Flur dehnte sich in ihrem Magen aus, während sie die erste Schranktür öffnete. Reine Berufskrankheit, beruhigte sie sich. Krankhafte Neugier, hörte sie Davids Stimme im Inneren flüstern.

Die linke Seite hatte Robert Kuhn benutzt. Rasierschaum, Rasierer, Aftershave und ein paar Pflegeprodukte standen ordentlich aufgereiht nebeneinander. Auf der rechten Seite herrschte ein ziemliches Durcheinander von Tiegeln und Töpfchen. Ein braunes Glasfläschchen erregte Johannas Aufmerksamkeit. Vorsichtig drehte sie die Flasche so, dass sie das Etikett lesen konnte. Schlagartig explodierte das anhaltende Unwohlsein in ihrem Magen und schnell schloss sie daraufhin die Schranktür. *Diazepam*. Dieses Medikament kannte sie nur zu gut.

Johanna Neumann

Samstag, 12. August, 05:00 Uhr

Keuchend und mit trockenem Mund schreckte Johanna in ihrem Bett nach oben. Ihr Herz hämmerte in einem ungleichmäßigen Rhythmus gegen die Rippen. Das Rauschen ihres Blutes dröhnte ihr in den Ohren. Hektisch tastete sie nach dem Schalter der Nachttischlampe und fummelte daran herum, bis endlich ein greller Lichtschein die Dunkelheit ihres Schlafzimmers auseinanderriss. Niemand war hier. Erleichtert atmete sie auf. Natürlich war niemand hier, beruhigte sie sich. Erschöpft ließ sie ihren Oberkörper zurück ins Bett fallen.

Sofort bereute sie ihre Entscheidung. Ihr schwarzes T-Shirt, auf dem in weißen Lettern der Schriftzug *Nordlicht* stand, klebte schweißnass auf ihrer Haut. Auch das Bettlaken fühlte sich klamm unter ihr an. Fröstelnd stand Johanna auf und tappte auf nackten Füßen zum Kleiderschrank hinüber.

„Hört das denn nie auf", fluchte sie leise, während sie die Schranktür aufriss. Angewidert zerrte sie sich das verschwitzte T-Shirt über ihren Kopf vom Körper, schmiss es auf den Fußboden und griff wahllos nach einem neuen Kleidungsstück aus dem Schrank. In dem trockenen Oberteil fühlte sie sich etwas wohler. Ihre dünne Trainingshose, in der sie geschlafen hatte, behielt sie an.

Ein Blick auf ihr Handy verriet ihr, dass es erst 05:02 Uhr war. Müde stopfte sie ihr Telefon in die Tasche ihrer Hose. Es war viel zu früh, um aufzustehen, doch Johanna wusste aus Erfahrung, dass an Schlaf nicht mehr zu denken war. Noch zu oft schlichen sich die Bilder der Vergangenheit in ihre Träume und verwehrten ihr die Nachtruhe.

In ihrer kleinen Küche, die sie mittlerweile zumindest einigermaßen eingeräumt hatte, machte sie sich einen starken Kaffee, mit dem sie sich auf ihr Sofa im Wohnzimmer zurückzog. Unter ihre Flanelldecke gekuschelt saß sie dort und starrte aus dem Fenster, dessen Jalousie nur halb heruntergelassen war. Draußen kämpfte die Morgendämmerung gegen die Dunkelheit, und das matte Licht einer Straßenlaterne beleuchtete einen kleinen Abschnitt der Straße. Der Anblick war friedlich und Johanna versuchte, einfach zu atmen und an nichts zu denken. Doch das war noch nie ihre Stärke gewesen. Ähnlich wie die Mücken um das Licht der Straßenlaterne schwirrten, fielen die Gedanken über Johanna her und sie konnte nicht vor ihnen fliehen.

Ohne Vorwarnung fand sie sich neben David auf dem Kieler Urnenfriedhof am Eichhof wieder. Sie roch sein leicht herbes Aftershave. Ihre Wangen waren feucht. Die Augen brannten. Es kostete sie eine unglaubliche Kraft, aufrecht stehenzubleiben und nicht vor aller Augen zusammenzubrechen. Doch das durfte sie den Eltern von Rebekka nicht auch noch antun. Schließlich war sie es gewesen, die ihre Tochter in Gefahr gebracht hatte. Auch wenn David noch so oft betonte, dass Rebekka eine erwachsene Frau gewesen war, die ihre eigenen Entscheidungen getroffen hatte, lastete die Schuld schwer auf ihr.

In Kiel verunsicherte zu der Zeit eine Einbruchsserie die Bevölkerung und die Polizei fahndete nach mindestens zwei Tätern. Zu Beginn waren die Verbrecher vorsichtig gewesen. In der Regel brachen sie ein, wenn die Hausbesitzer nicht anwesend waren. Bis auf die gestohlenen Wertgegenstände fehlte nichts. Doch inzwischen wurden die Diebe dreister. Sie beschmierten die Wände, verwüsteten die Zimmer und zerstörten mutwillig das Mobiliar. Bei ihrem letzten Einbruch befand sich ein älteres Ehepaar im Haus und der Mann, der die Ganoven zur Rede stellen wollte, wurde mit einer Pistole niedergeschlagen.

Als Redakteurin beim Kieler Abendblatt berichtete Johanna über die Einbrüche, hielt mit der Pressestelle der Polizei Kontakt und fieberte der Ergreifung der Täter entgegen. Natürlich wusste niemand, wo der nächste Einbruch stattfinden würde, und die Polizei konnte nicht präventiv sämtliche Häuser überwachen lassen, doch Johanna hielt es für eine gute Idee, zumindest ein paar mögliche Ziele auszukundschaften. Und Rebekka war dumm genug, sie dabei zu begleiten.

Johanna zitterte unter ihrer Decke. Träge schüttelte sie den Kopf. Warum in Gottes Namen war sie nicht allein gefahren? Sie biss sich auf die Unterlippe und konzentrierte sich auf ihre Atmung. Einatmen. Kurz die Luft anhalten. Ausatmen. Einatmen. Im Jetzt bleiben. Sie merkte erst, dass ihr Tränen die Wangen hinabliefen, als sie deren salzigen Geschmack auf der Lippe spürte. Was machte sie hier in Minden? Und wie konnte es sein, dass schon zwei Menschen gestorben waren? Sie hatte beobachtet, wie ein Mann in den Tod gestürzt war. Und als ob das nicht ausreichte, verstarb jemand, den sie zumindest kennengelernt hatte. Es war, als würde der Tod ihr folgen. Sie schüttelte sich. Und dann dieser vermisste Junge. Mit jedem Tag, den er nicht gefunden wurde, sanken die Chancen, dass er gesund wieder auftauchte. Denk an etwas anderes, befahl sie sich.

Lustlos entsperrte sie den Bildschirm ihres Handys. Sie öffnete die Online-Version des Mindener Tageblatts und erstarrte. *Leichenfund im Gevattersee.* Hastig überflog sie den kurzen Bericht.

Am Freitag haben Taucher der Polizei auf der Suche nach dem vermissten Lucas K. eine tote Person im Gevattersee gefunden. Dutzende Einsatzkräfte haben die Leiche geborgen. Nach ersten Angaben der Polizei handelt es sich höchstwahrscheinlich um eine Frau, deren Körper bereits länger im Gevattersee gelegen habe. Die Identität des Leichnams ist unbekannt. Eine Obduktion soll genauere Hintergründe ergeben.

Johanna ließ ihr Handy sinken. Überall lauerte der Tod. Warum? Der Anfang eines Trauerspruchs kam ihr in den Sinn. Der Tod ordnet die Welt neu. Doch sie wollte ihre Welt ordnen, ohne dabei dem Tod zu begegnen.

Schnell beendete sie MT-online, wobei ihr Blick an dem Icon der Dating-App hängen blieb. Ein Date war das Letzte, wonach ihr jetzt der Sinn stand, aber sie brauchte dringend etwas, um sich abzulenken.

Es kam ihr oberflächlich vor, einen Mann nur wegen seines Aussehens auszuwählen, aber gut, wenn so die Spielregeln waren. Als Erstes erschien das Foto eines unsicher in die Kamera blickenden Mannes, der Johanna mit seinen braunen Haaren und dem runden Gesicht ein wenig an einen Monchhichi erinnerte. Sie wischte das Bild beiseite und entschied sich für ein klares Nein. Der nächste Kandidat lächelte selbstbewusst in die Kamera. Er war blond, trug sein Haar an den Seiten kurz und in der Mitte leicht nach oben gestylt. Sofort dachte Johanna an David und daran, wie er sich oft unwissentlich durch seine Haare fuhr. Sie liebte seinen zerzausten Anblick danach. Abgelehnt, dachte sie. Nach ein paar Fotos machte ihr die Sache langsam Spaß. Es ließ sie an etwas anderes denken. Gerade erschien ein Mann in einem schlichten, hellblauen Hemd auf ihrem Display.

Ein wenig schüchtern, aber sehr sympathisch lächelte er ihr entgegen. Er trug eine Brille, deren dunkles Gestell zu seinem braunen Haar und dem Dreitagebart passte. Irgendwie kam ihr das Gesicht vage bekannt vor. Doch; sie hatte diesen Mann schon einmal gesehen. Nur wo? Aufmerksam betrachtete Johanna das Foto. Aber es fiel ihr einfach nicht ein, egal wie lange sie auf das Bild starrte. Gut, das würde sie herausfinden. Mit einem Wisch über ihr Smartphone kam er in die engere Auswahl. Nett aussehen tat er schließlich auch.

Johanna Neumann

Sonntag, 13. August, 13:27 Uhr

Nach dem fürchterlichen Samstag, den sie gestern allein in ihrer Wohnung verbracht hatte, genoss Johanna es nun umso mehr, an der Reling zu stehen und sich die leichte Brise ins Gesicht wehen zu lassen. Ein paar Haarsträhnen lösten sich aus ihrem Pferdeschwanz und kitzelten sie im Gesicht. Kurz schloss sie die Augen, genoss die Wärme der Sonne und lauschte den Geräuschen der Weser unter ihr. Seichte Wellen, die gegen die Schiffswand schlugen. Über ihr kreischte eine Möwe.

„Dachte ich mir doch, dass ich dir hiermit eine Freude machen kann."

Für einen Moment ließ sie die Augen noch geschlossen, dann sah sie zu David, der mit einem breiten Grinsen im Gesicht neben ihr stand. Sie musste blinzeln, weil hinter ihm die Mittagssonne an einem wolkenlosen Himmel strahlte.

„Wem würde eine Schiffsfahrt bei diesem Wetter denn nicht gefallen?", gab sie lachend zurück.

Aber natürlich freute sie sich, dass David sie für heute mit einer Fahrt über die Weser überrascht hatte. Vielmehr eine Fahrt zur Schachtschleuse mit Schleusung, wie er ihr eben offenbart hatte. Kurz genossen sie beide die Aussicht. Links von ihnen zog die historische Fischerstadt von Minden mit ihren kleinen Fachwerkhäusern aus dem 16. und 17. Jahrhundert vorüber. Noch immer eingerahmt von der einstigen Festungsmauer. Johanna lauschte auf die scheppernde Durchsage der Schiffslautsprecher. Der mittelalterliche Siedlungskern war bis heute als geschlossenes Gebiet erhalten. Damals lebten dort, wie der Name vermuten lässt, die Mindener Fischer. Direkt am westlichen Flussufer der Stadt. Johanna versuchte, sich den ersten Hafen der Stadt vorzustellen, der zu dieser Zeit zwischen der Fischerstadt und der Stadt Minden gelegen hatte. Es wollte ihr beim besten Willen nicht gelingen. Während das Ufer langsam grüner wurde und die Stadt sich weiter zurückzog, nahm sie sich vor, der Fischerstadt bald einen Besuch abzustatten. Sie wollte unbedingt durch die engen Gassen schlendern und die alten Innenhöfe sehen, die dort noch erhalten waren. Ob David Lust hatte, sie zu begleiten?

Sie löste ihren Blick von der Landschaft und blickte zu David hinüber. Gedankenverloren starrte er auf das Wasser hinaus. Seine Hände umklammerten die Reling. Ein kleines Motorboot fuhr vorbei. Am Steuer saß ein Mann in Shorts und T-Shirt und neben ihm ein kleiner Junge, der über seiner Kleidung eine knallorange Schwimmweste trug. Der Kleine winkte mit beiden Händen zu ihnen herüber. Johanna fiel der angespannte Ausdruck in Davids Gesicht auf.

„Gibt es schon etwas Neues von dem vermissten Jungen?“, fragte sie vorsichtig.

„Noch nicht.“

„Heute sind es schon vier Tage, oder?“

David nickte.

„Die Kollegen tun, was sie können“, sagte David, ohne besonders optimistisch dabei zu klingen. Er winkte dem Jungen zu, bis dieser aus ihrem Sichtfeld verschwunden war. Während sie David beobachtete, spürte sie einen kleinen Stich in ihrem Brustkorb. Damals hatte er sich Kinder mit ihr gewünscht. Doch sie verbot sich, weiter daran zu denken. Noch immer lauerten die negativen Gedanken von gestern in ihrem Hinterkopf, bereit, alles mit einem dunklen Schleier zu überziehen. Ein vermisster Junge, zwei Tote und eine Wasserleiche, schoss es Johanna durch den Kopf. Minden entwickelte sich mehr und mehr zu einem Albtraum.

„Der Unfall von Robert Kuhn ist merkwürdig. Findest du nicht?“, rutschte ihr die Frage heraus, bevor sie sich bremsen konnte.

Als sie den Schatten sah, der über Davids Gesicht huschte, hätte sie sich am liebsten auf die Zunge gebissen. Aber wenn er verärgert war, ließ er es sich nicht anmerken. Stattdessen zog er nur kurz seine linke Augenbraue hoch.

„Merkwürdig?“

„Na ja, nur zwei Tage, nachdem jemand anderes mit seinem Drachen in den Tod gestürzt ist, hat er einen tödlichen Autounfall. Und der Wagen ist einfach so von der Straße abgekommen. Also, du musst zugeben, das ist merkwürdig!"

„Was meinst du damit? Der Wagen ist einfach so von der Straße abgekommen?"

Er musterte sie jetzt interessiert.

„Den Medien gegenüber haben wir keine Angabe zum Unfallhergang gemacht."

Seine braunen Augen verengten sich, während er sie nicht mehr aus dem Blick ließ. Mist, dachte Johanna. Sie schüttelte den Kopf. Zum einen, weil sie sich über sich selbst ärgerte, und zum anderen, um ihn zu beruhigen.

„Vielleicht habe ich mit Laura Kuhn gesprochen."

„Du hast was?"

„Bitte mach keine große Sache daraus. Ich wollte ihr lediglich eine Beileidskarte in den Briefkasten werfen und habe sie dabei zufällig angetroffen."

Das war zumindest sehr nah an der Wahrheit.

„Rein zufällig?"

Davids Stimme ließ keinen Zweifel daran, dass er ihr kein Wort glaubte.

„Ja, genau", ihre Antwort klang schroffer als beabsichtigt. Warum musste sie sich vor David eigentlich rechtfertigen? Außerdem gehörte es zu ihrem Job als Reporterin, ihrem Gespür nachzugehen. Auch wenn Johanna wusste, dass dies nicht ganz der Realität entsprach, beruhigte sie der Gedanke.

David Gilbert

Sonntag, 13. August, 13:55 Uhr

Das war typisch Johanna, ärgerte sich David, während er die Reling fester umklammerte. Sie hatte mit Laura Kuhn gesprochen. Das durfte nicht wahr sein.

Der Anblick einer völlig verängstigten Johanna tauchte aus seinen Erinnerungen auf. Ihre flüsternde Stimme und die sichtliche Panik darin, als sie ihn angerufen hatte. *Jemand ist hier. Du musst kommen!*

„Jo, tu dir das nicht an", bat er sie.

„Du wolltest neu anfangen, oder?"

Sie antwortete nicht.

„Es gab einen Absturz und einen Unfall. Das eine hat mit dem anderen nichts zu tun."

Den bitteren Beigeschmack dieser Lüge schluckte er hinunter und fügte sanfter hinzu: „Belass es einfach dabei."

Für die nächsten Minuten blickten beide schweigend in das Wasser der Weser hinunter. David beobachtete die Wellen, die, vom Schiffsbug geschaffen, gemächlich zum Ufer rollten und dort brachen. Nicht zum ersten Mal kam ihm der Gedanke, dass ein anderer Job vielleicht genau das Richtige für Johanna wäre. Verdammt noch mal, was hatte Jo sich dabei gedacht? Einfach zu Laura Kuhn zu fahren.

Er selbst hatte bisher zweimal mit der Witwe gesprochen, gemeinsam mit Yvonne. Zunächst im Fall Nowak und anschließend selbstverständlich nach dem tragischen Unfalltod ihres Mannes. David sah die zierliche Frau mit den traurigen Augen deutlich vor sich. Hatte Johanna mit einer Mörderin gesprochen? Verärgert blickte er unverwandt weiter in den Fluss hinein, als suchte er dort die Antwort auf seine Frage. Doch er konnte nicht einmal erkennen, was sich unter der obersten Schicht des dunklen Wassers verbarg.

Seit Jahren hatte es keinen Mord mehr in Minden gegeben. Und kaum tauchte Johanna auf, steckte er in einer Mordermittlung. Als er glaubte, zwei leere Augenhöhlen im Wasser zu erkennen, die ihn fixierten, hob er hastig den Kopf und starrte stur geradeaus.

Die Schiffslautsprecher erlösten ihn aus seiner Stagnation. Vor ihnen lag nun die Schachtschleuse. Die Türme der Anlage ragten mit ihren roten, spitz zulaufenden Dächern in den hellblauen Himmel hinein. Als ihr Schiff, die Poseidon, in den Schleusenkanal einfuhr, stupste Johanna ihn mit dem Ellbogen an und warf ihm ein zaghaftes Lächeln zu. Kurz sah er sie ernst an, bevor er die Augen verdrehte.

„Du bist unmöglich“, beschwerte er sich lachend.

Dann konzentrierten sich beide auf die Durchsage. Mithilfe der Schachtschleuse würden sie nun den Höhenunterschied von dreizehn Metern überwinden, um von der Weser auf den Mittellandkanal zu gelangen. David hatte nicht gewusst, dass der Mittellandkanal mit seinen 325,3 Kilometern Länge die längste künstliche Wasserstraße in Deutschland war. Während er weiter zuhörte, lauschte er dem Rauschen der einfließenden Wassermassen, welche das Schiff nach und nach in die Höhe hoben. Die dunklen Wände der Schleusenkammer waren zum Greifen nah. Von ihnen ging eine beunruhigende Kälte aus. Oder bildete er sich das ein? Machte er sich nicht vielmehr Sorgen um Johanna?

Bisher war Laura Kuhn seine einzige Verdächtige. Natürlich wollte er nicht, dass Jo Kontakt zu ihr hatte. Zumal sich an dem Wagen von Robert Kuhn laut Bericht höchstwahrscheinlich jemand zu schaffen gemacht hatte. Genauere Angaben erwartete David am Montagmorgen. Was, wenn der Unfall absichtlich herbeigeführt worden war? Außerdem hatte Laura Kuhn Zugang zu Diazepam. Als er von ihr wissen wollte, ob sie das Medikament kenne, hatte sie ihm ohne Umschweife erklärt, dass ihr Hausarzt ihr dieses Medikament seit Jahren verschreibe. Nur wie und vor allem warum hätte sie Manuel Nowak die Arznei verabreichen sollen? David betrachtete Johanna, die halb über der Reling hing und hinab ins Wasser starrte. Wenn er sie bitten würde, sich von Laura Kuhn fernzuhalten, erreichte er damit vermutlich genau das Gegenteil. Aber war nicht exakt dies einer der Gründe, warum er Johanna so mochte?

David Gilbert

Montag, 14. August, 10:38 Uhr

Mit weit geöffnetem Mund gähnte David Gilbert, während er in die Hahler Straße einbog. Seit heute Morgen wurden die Todesfälle von Manuel Nowak und Robert Kuhn nun ganz offiziell als Mordermittlungen eingestuft und er war zum Leiter der Mordkommission ernannt worden. Es würde eine anstrengende Woche werden. Er musste sowohl im Fall Nowak und Kuhn als auch im Fall der Wasserleiche vorankommen.

In zwanzig Minuten hatte er einen Termin in der Kanzlei des verstorbenen Anwalts. Das Gebäude da vorne musste es sein. Wenn möglich, verzichtete David auf das Navigationssystem seines Wagens. Er hatte überhaupt nichts gegen die moderne Technik einzuwenden, aber er wollte sich auch nicht komplett davon abhängig machen. Nun steuerte er seinen Dienstwagen auf den kleinen Parkplatz, der laut Hinweisschild zur Kanzlei Robert Kuhn und Partner gehörte. Das imposante Altbaugebäude mit der großzügigen weißen Fassade und einem Erker lag direkt am Mindener Glacis.

Das Glacis in Minden war wie ein grüner Gürtel, der um die Innenstadt führte. Im Frühling war er mit Julia durch den Stadtpark spaziert. Die kleine Hanne hatte die knapp fünf Kilometer über friedlich im Kinderwagen geschlafen. David erinnerte sich, dass sie auch an der Kanzlei vorbeigekommen waren. Von hier aus waren sie weiter zur Schiffsmühle geschlendert, wo sie eine Pause eingelegt hatten. Zu der Zeit war zwischen ihm und Julia noch alles in Ordnung gewesen. Oder redete er sich das ein?

Du solltest dich besser auf den Fall konzentrieren, ermahnte er sich, als sein Blick an einem Motorrad hängen blieb, das auf der anderen Straßenseite parkte. Eine schwarze Kawasaki Z650. Das wäre eine Maschine für ihn. Ein starker Motor mit 125 PS und knapp 100 Nm Drehmoment. Nicht schlecht. Vielleicht irgendwann, dachte David. Als Familienvater, der ohnehin einen gefährlichen Job hatte, war ein Motorrad nicht das passende Hobby für ihn. Das Unfallrisiko war selbst als besonnener Fahrer einfach zu hoch. Leider.

„Guten Morgen."

Die junge Frau hinter dem Schreibtisch war in ein Gespräch am Telefon vertieft. Mit einer ausladenden Geste und einem professionellen Lächeln lud sie David dazu ein, auf einem der drei Ledersitze in der Ecke des Raums Platz zu nehmen. Auf dem Glastisch, um den die Sitzmöbel drapiert waren, standen kleine Flaschen mit diversen Erfrischungsgetränken bereit. David fühlte sich unbehaglich. Die Einrichtung machte mehr als deutlich, dass hier Klienten mit Geld erwartet wurden.

Das Leder knarzte zu laut in seinen Ohren, während er sich setzte und sich bemühte, eine angenehme Sitzposition zu finden. Kurz spähte er auf sein Handy und tippte dann eine Nachricht an Julia. *Ich denke an dich.* Er musste Julia zeigen, wie viel sie ihm bedeutete. Er hatte Glück, eine so tolle Frau an seiner Seite zu haben. Sie hatte nichts dagegen gehabt, dass er gestern Zeit mit Johanna verbracht hatte, und das, obwohl ihr zu Hause die Decke auf den Kopf fiel. Kurz überlegte er, Johanna zu schreiben. Doch vielleicht tat ihnen zu viel Nähe nicht gut.

„Natürlich. Ich richte es Herrn Grundmann aus."

An der Stimmlage der Angestellten hörte David deutlich, dass sich das Gespräch dem Ende näherte. Er steckte sein Handy in die Jackentasche und blickte auf.

„Vielen Dank. Auf Wiederhören."

Sie lächelte ihm freundlich zu. Ihr dichtes, braunes Haar hatte sie am Hinterkopf zu einem strengen Knoten gebändigt. Einzelne Strähnen fielen ihr locker ins Gesicht.

„Entschuldigung. Sie sind bestimmt Herr Gilbert von der Kriminalpolizei, richtig?"

„Ja", antwortete er, während er sich vom Sessel erhob und zu ihr an den Schreibtisch kam.

„Herr Grundmann ist noch in einem Gespräch mit einem Mandanten", fügte sie hinzu.

„Ich weiß, ich bin ein wenig zu früh. Aber ich hätte auch an Sie ein paar Fragen."

Kurz kniff sie die Augen zusammen, dann setzte sie ihr professionelles Lächeln wieder auf.

„Wie kann ich Ihnen weiterhelfen?“

Diesmal deutete David auf die Ledersessel. Eine angenehme Gesprächsatmosphäre zu schaffen, war bei einer Befragung immer von Vorteil.

„Ich würde mir zuerst gerne Ihren vollständigen Namen und Ihre Adresse aufschreiben“, bat er die junge Frau, nachdem sie beide Platz genommen hatten.

„Vanessa Conti.“

Sie nannte ihm auch ihre Adresse und David notierte beides auf seinem Notizblock.

„Seit wann arbeiten Sie hier in der Kanzlei?“

Ihr Blick wanderte kurz zur Seite an die weiße Zimmerwand, als würde dort die Antwort auf seine Frage stehen. Dabei fiel David ein kleines Tattoo direkt an ihrem Haaransatz auf. Ein Kolibri, wenn er sich nicht irrte. Es wunderte ihn, dass ein Tattoo bei einer so noblen Kanzlei erlaubt war. Allerdings war es kaum zu erkennen und sie konnte es jederzeit unter ihrem Haar verstecken.

„Seit zwei Jahren. Ich habe hier direkt nach meiner Ausbildung angefangen.“

„Wie gut kannten Sie Robert Kuhn?“

Bevor sie antwortete, kniff sie ihre Augenlider zweimal schnell hintereinander zusammen. Schien ein nervöser Tick zu sein, überlegte David.

„Robert, also Herr Kuhn, war mein Chef. Ihm gehörte die Kanzlei.“

Sie schluckte hastig und sprach dann weiter: „Nach seinem Tod“, sie stoppte und David konnte sehen, wie sie nach den richtigen Worten suchte, „Herr Grundmann muss sehen, wie es mit der Kanzlei weitergeht.“

Er nickte verständnisvoll.

„Sie und Herr Kuhn haben sich geduzt?“

„Wir duzen uns hier alle untereinander.“

„Wer ist alle?“, wollte David wissen.

„Zusammen mit mir arbeitet hier noch Dilara. Sie ist auch Rechtsanwaltsfachangestellte. Wir beide teilen uns hier die Arbeit“, fügte sie erklärend hinzu und David meinte, einen gewissen Stolz in ihrer Stimme mitklingen zu hören.

„Und natürlich Herr Grundmann. Also Jochen.“

„Hatten Sie auch privat Kontakt zu Herrn Kuhn?“

Wieder ein nervöses Zucken.

Vanessa Conti schüttelte den Kopf. „Nein.“

„Ist Ihnen in letzter Zeit etwas Ungewöhnliches an Herrn Kuhn aufgefallen?“

„Ungewöhnlich? Was meinen Sie damit?“

„Hat er sich zum Beispiel anders als sonst üblich verhalten?“

Sie antwortete nicht sofort, stattdessen schien sie angestrengt nachzudenken. Wieder kniff sie die Augenlider zusammen. Dann schüttelte sie langsam den Kopf.

„Nein. Robert war wie immer.“

„Gab es vielleicht einen besonderen Fall oder einen verärgerten Mandanten?“, wollte David wissen.

„Nicht, dass ich wüsste, aber vielleicht fragen Sie das Herrn Grundmann."

Täuschte David sich, oder war bei der letzten Frage ein kurzer Schatten über ihre Gesichtszüge gehuscht.

„Natürlich. Könnten Sie mir noch den vollständigen Namen Ihrer Kollegin und deren Adresse notieren. Ich würde sie auch gerne noch kontaktieren."

Sein Gespräch mit Robert Kuhns Partner hatte ihn auch nicht weitergebracht. Robert schien ein tadelloser Anwalt und Kollege gewesen zu sein.

David stand auf dem Parkplatz und dachte über das Gehörte nach. Er würde noch mit Frau Bilici, der anderen Angestellten, sprechen müssen.

Draußen in der Morgensonne war es angenehm warm. Doch laut Wettervorhersage sollten es heute über dreißig Grad werden. David blickte in den hellblauen, wolkenlosen Himmel. Die Hitze des Sommers zermürbte ihn allmählich. Er freute sich bereits auf den Herbst.

Er fuhr sich mit der Hand durch die Haare und prüfte die Nachrichten auf seinem Handy. Nichts. Ein wenig war er enttäuscht. Julia hatte seine Nachricht gelesen. Das sah er an den Häkchen hinter seinem gesendeten Text. Vielleicht hatte sie so viel mit Hanne zu tun, dass ihr keine Zeit für eine Antwort blieb.

Während er den Autoschlüssel in das Schloss seines Wagens schob, ließ er seinen Blick noch einmal über die Umgebung der Kanzlei schweifen. Auf der gegenüberliegenden Seite parkte noch immer die Kawasaki. Ein junger Mann stand daneben. In der Hand einen schwarzen Helm. Er trug Jeans und ein dunkles T-Shirt mit dem Aufdruck einer Band, die David nichts sagte. Sein helles Haar war kurz geschnitten. Er war ziemlich schmal, wirkte aber nicht schmächtig. Im Gegenteil. Mit leicht zusammengekniffenen Augen sah er zu David hinüber. Seine Mimik schien ausdruckslos.

Als David ihm direkt in die Augen sah, starrte er ihn einfach weiter an. Komischer Typ, dachte David. Er stieg in den Wagen und spürte noch immer die Augen des jungen Mannes auf sich. Langsam steuerte er den Dienstwagen vom Parkplatz auf die Hahler Straße, ohne dass der Fremde ihn aus den Augen ließ. David warf einen Blick in den Rückspiegel und prägte sich das Kennzeichen des Motorrads ein. Man konnte nie wissen.

Johanna Neumann

Montag, 14. August, 11:02 Uhr

Schon wieder blickte Johanna dem Tod entgegen. Natürlich hätte sie jemand anderes aus der Redaktion bitten können, diesen Artikel für sie zu übernehmen. Doch würde das nicht einen merkwürdigen Eindruck bei ihren Kollegen hinterlassen? Bereits vor dem Absturz des Drachenfliegers hatte sie sich dazu bereit erklärt, über den aktuellen Zustand des Botanischen Gartens in Minden zu berichten. Woher hätte sie wissen können, dass sich hinter dieser Bezeichnung ein alter Friedhof verbarg? Sollte sie etwa zugeben, dass einige alte Grabstätten ausreichten, um ein inneres Grauen in ihr heraufzubeschwören? Unbewusst schüttelte sie den Kopf und biss sich auf die Unterlippe.

Nein, du schaffst das, motivierte Johanna sich, während sie mit dem Handy in der Hand auf dem schmalen Weg zwischen der Kurt-Tucholsky-Gesamtschule und dem Botanischen Garten stand. Zwei Steintore, zwischen denen ein altmodischer, gusseiserner Zaun verlief, führten in die Gartenanlage hinein. Am Mauerwerk des rechten Tores entdeckte Johanna eine Hinweistafel.

Historische Spaziergänge lautete die Überschrift. Der Text handelte von der Infrastruktur und der Versorgung des Alten Friedhofs. Johanna überflog den Text und machte ein Foto von der Tafel. Vielleicht stand in dem Informationstext noch etwas Brauchbares für ihren Artikel. Obwohl sie die Hintergrundinformationen bereits zusammenhatte. Der mittlerweile unter Denkmalschutz stehende Alte Friedhof war 1808 von der Martini-Kirchengemeinde angelegt worden. Er lag damals etwas außerhalb der einstigen städtischen Festungsmauer. Die preußische Regierung hatte ein Gesetz erlassen, welches Bestattungen innerhalb der Stadt verbot. Besonders interessant fand Johanna die Tatsache, dass dieser Umstand auf die französische Besatzung zurückzuführen war, unter der die Stadt Minden damals gestanden hatte. Aus hygienischen Gründen war Frankreich damals dazu übergegangen, seine Friedhöfe außerhalb der Städte anzulegen. Und diese Regelung musste von den Preußen übernommen werden.

Lange Zeit war der Alte Friedhof die wichtigste Begräbnisstätte der Stadt Minden gewesen. Dies änderte sich ab 1904 mit der Eröffnung des Nordfriedhofs. Bevor der Alte Friedhof in den Fünfzigerjahren zum Botanischen Garten wurde, war er in den 1920er-Jahren zu einer Parkanlage umgestaltet worden. Zum Glück für mich, dachte Johanna. Denn sie fühlte sich durch das viele Grün mehr an einen Park als an einen Friedhof erinnert. Es war ein friedlicher, ruhiger Ort mitten in der Innenstadt.

Langsam schlenderte sie den mit Kies bedeckten Weg entlang. Die kleinen Steine knirschten unter ihren Turnschuhen. Ein Geräusch, das beruhigend auf Johanna wirkte. Ebenso wie das Zwitschern der Vögel, die emsig zwischen den Bäumen hin und her flogen. Gleich die erste größere Begräbnisstätte ließ sie innehalten. *Ruhestätte der Familie Gustav Bruns* las sie die goldene Inschrift auf dem mittleren der drei schwarzen Grabsteine.

Oh, warum hatte sie bei der Recherche nicht auf Gräber von bekannten Persönlichkeiten geachtet?

Gustav Bruns war niemand anderes als der Sohn von Johann Christian Conrad Bruns, dem Gründer des Mindener Verlagshaus J.C.C. Bruns. Immerhin der Verlag, der die Zeitung herausbrachte, für die sie seit diesem Monat arbeitete. Johanna machte ein paar Aufnahmen, auch wenn sie diese nicht für den Artikel brauchen würde. Schließlich ging es nicht um prominente oder besonders kunstvoll gestaltete Grabanlagen, sondern um den Zustand des Alten Friedhofs allgemein. Welche Art Grabstein Laura Kuhn wohl für ihren verstorbenen Mann auswählen wird?, schoss es Johanna durch den Kopf. Sie wusste es nicht, ging aber fest davon aus, dass Robert Kuhns Leichnam noch nicht von der Polizei zur Bestattung freigegeben worden war.

Plötzlich huschte ein Eichhörnchen neben ihr aus dem Gebüsch heraus und vertrieb die dunklen Gedanken. Sie beobachtete, wie das flinke, rötlich-braune Tier ein Stück den Weg entlangrannte. Dann kletterte es blitzschnell auf der anderen Seite des Fußweges einen Baumstamm hinauf und verschwand in der Krone. Lächelnd spazierte Johanna dem Eichhörnchen hinterher. Eine Weile blickte sie nach oben, doch sie hatte das Tier aus den Augen verloren. Neben dem Baumstamm stand ein massiver Grabstein. Große Farnblätter umschlossen das Grabmal. Nur seine Spitze ragte noch aus dem Grün heraus wie eine längst verblasste Erinnerung.

Das war ein ideales Motiv, um auf den zum Teil ungepflegten Zustand des Botanischen Gartens aufmerksam zu machen. Zum Glück reichte die Qualität ihrer Handykamera für den Zeitungsdruck aus. Sonst hätte sie sich extra eine neue Kamera für die Arbeit kaufen müssen. Und zusätzliche Kosten konnte sie nach dem Umzug wirklich nicht gebrauchen. Johanna setzte sich wieder in Bewegung. Sie musste sich hier im Botanischen Garten noch ein wenig umsehen. Außerdem brauchte sie noch ein paar aussagekräftige Fotos.

Mit dem Handy in der Hand folgte sie gemächlich dem Weg, der sie zwischen hohen Fichten, Buchen und Sträuchern hindurchführte. Sie suchte nach Anzeichen von Vandalismus, um auch davon einige Aufnahmen zu machen. In der letzten Woche hatte sie sowohl mit der Stadtsprecherin von Minden als auch einem Beamten von der Kreispolizeibehörde Minden-Lübbecke gesprochen. Vandalismus war ein zunehmendes Problem im Botanischen Garten. Ebenso wie Diebstahl. Doch wozu stahl jemand einen gusseisernen Zaun? fragte Johanna sich. Wer tat so etwas?

Als ihr Handy vibrierte, zuckte sie kurz zusammen. Seit wann war sie so schreckhaft? Sie hatte eine neue Nachricht in ihrer Dating-App. Ein wenig aufgeregt öffnete sie die Mitteilung.

Was hältst du davon, wenn wir einfach ins kalte Wasser springen? Wie wäre es mit einem Treffen diese Woche?

Johanna musste lächeln, obwohl ihr noch immer nicht nach einer Verabredung zumute war. Sie klickte auf das Foto des Mannes, mit dem sie am Sonntagabend kurz gechattet hatte. Anscheinend hatte ihm ihr Foto gefallen. Wieso nur kam er ihr so bekannt vor? Es juckte sie in den Fingern, das herauszufinden. Aber hatte sie Lust auf eine Verabredung? Eigentlich nicht. Darüber würde sie sich später Gedanken machen. Gerade wollte sie die App schließen, als eine weitere Mitteilung von ihm eintraf.

Natürlich bist du eingeladen, du mysteriöse Frau.

Johanna schmunzelte. Im Chat hatte sie so gut wie nichts Persönliches von sich erzählt. Das hebe ich mir für ein richtiges Treffen auf, war ihre Begründung gewesen. Statt ihm zu antworten, aktivierte sie ihre Kamera. Zwischen den Stämmen zweier Buchen sah sie zerrissene Plastiktüten, aus denen Verpackungsfolie und anderer bunter Müll herausquoll. Der Müllberg wirkte so fehl am Platz wie ihre Gedanken, die von dem unbekannten Mann gerade zu David wanderten. Sie dachte an seine glänzenden Augen auf der Poseidon am Sonntag. Ein warmes Gefühl überschwemmte sie. Mit David verband sie Geborgenheit und das Meer. Am liebsten würde sie ihn anrufen. Aber das verbot sie sich selbst. Zu gerne würde sie ihn außerdem fragen, ob der Unfall von Robert Kuhn wirklich nur ein Unfall war oder ob nicht mehr dahintersteckte. Sie sah sein wütendes Gesicht schon vor sich, sollte sie ihm diese Frage stellen. Lächelnd machte sie lieber ein Foto von dem Plastikmüll, der links von ihr im Gebüsch verstreut lag. Nicht als Aufmacherfoto für ihre Story geeignet, aber als zusätzliche Aufnahme sicher gut. *Wilder Müll* würde ihre Bildunterschrift lauten.

Laura Kuhn

Dienstag, 15. August, 11:46 Uhr

Es gelang Laura nicht, dieses Gefühl, etwas Verbotenes zu tun, abzuschütteln. Es hüllte sie ein wie die schwüle Luft eines drohenden Gewitters. Hastig riss sie die beiden Fenster auf, als könnte sie ihre Emotionen auf diese Weise vertreiben. Seit Roberts Tod hatte sie sein Arbeitszimmer nicht mehr betreten. Und auch vorher war sie so gut wie nie in seinem Allerheiligsten gewesen. Unschlüssig blickte sie sich um und schritt durch den Raum. Würde sie hier finden, wonach sie suchte? Hinter dem massigen Schreibtisch aus furniertem Holz stand ein wuchtiger Ledersessel in einem warmen Cognac-Ton. Dahinter thronte ein Regal, ordentlich bestückt mit Ordnern und Fachbüchern. Laura ließ ihre Finger über die Buchrücken gleiten: Deutsche Gesetze, Steuerstrafrecht und EStG. Sie wusste, das EStG für Einkommensteuergesetz stand. Viel mehr wusste sie nicht von Roberts Arbeit. Doch einmal, als er gute Laune gehabt hatte, hatte er ihr gestanden, dass die meisten Bücher nur für die Mandanten in seinem Regal standen. In der Regel arbeitete er mit umfangreichen, digitalen Datenbanken. Die lieferten ihm per Sucheingabe treffsichere Ergebnisse. So etwas könnte sie in diesem Moment auch gebrauchen. Wo nur sollte sie mit ihrer Suche beginnen?

Als sie an heute Morgen dachte, fraß sich ein kalter Schauer ihre Wirbelsäule hinunter. Jemand beobachtete sie. Im Briefkasten hatte sie heute zwischen etlichen Briefen einen schlichten, braunen Umschlag ohne Anschrift und Absender entdeckt. Mit flauem Magen war sie in die Küche geeilt und hatte das Kuvert noch im Stehen mit zitternden Fingern aufgerissen. Minutenlang hatte sie wie betäubt auf den Inhalt gestarrt. Fotos. Fotos, auf denen sie selbst zu sehen war. Sie als unscharfe Silhouette hinter dem Küchenfenster. Sie, wie sie die Haustür öffnete. Und eine Nahaufnahme von ihr auf der Terrasse hinter dem Haus. Wer immer dieses Foto im Garten von ihr gemacht hatte, muss in dem kleinen Wäldchen gestanden haben. Die Vorstellung, von einem Fremden, der sie durch einen Zoom bespitzelte, ließ sie frösteln. Als das Telefon schrillte, hatte sie vor Schreck kurz aufgeschrien. Diesmal war ihr die Stimme des Anrufers noch kälter vorgekommen als das letzte Mal.

„Keine Polizei. Sie schulden uns hunderttausend Euro."

Das war alles gewesen. Er hatte ihre Antwort nicht einmal abgewartet.

Wem schuldete Robert Geld? Lauras Fingerspitzen glitten über die kühle Oberfläche des Schreibtischs.

Beinahe zaghaft setzte sie sich auf die Kante des Sessels. Es war ein merkwürdiges Gefühl. Irgendwie erwartete sie, dass Robert jeden Moment zur Tür hereinstürmen und sie mit wütendem Blick taxieren würde. Stattdessen hörte sie draußen im Garten Amseln zwitschern und das helle Lachen eines Kindes, das so gar nicht zu ihrer Stimmung passen wollte. Wann war sie nur zu dieser ängstlichen und nichtsnutzigen Frau verkümmert?

Mit einem Ruck öffnete sie die obere Schreibtischschublade. Verschiedene Füller, Büroklammern, Notizzettel und anderes Büromaterial lagen ordentlich sortiert in speziellen Aufbewahrungsboxen. Bei dem Anblick zog sich Laura der Magen zusammen. Sie knallte die Schublade zu, nur um sie sofort wieder aufzureißen, die Boxen herauszuziehen und deren Inhalt achtlos in der Schublade zu verteilen. Danach ging es ihr etwas besser. In den beiden Schubladen darunter fand sie aktuelle Fallakten. Alle waren versehen mit Haftnotizen, beschriftet mit Roberts gestochen scharfer Handschrift. Wenn Laura das richtig beurteilen konnte, ging es hauptsächlich um Steuersünder. War einer der Mandanten der Meinung, Robert schuldete ihm etwas? Wie konnte sie das herausfinden? Sie rieb sich über die Augen und zog am Griff der untersten Schublade. Verschlossen. Adrenalin schoss wie ein Stromschlag durch ihren Körper. Wo war der Schlüssel? Einem Impuls folgend tastete sie die Unterseiten des Schreibtisches ab. Erfolglos. Wahrscheinlich hatte sie zu viele Krimis gelesen. Sie rannte ins Schlafzimmer und durchsuchte Roberts Nachttisch. Fand allerdings nur ein Börsenmagazin und seine Rolex. Denk nach. Denk nach, zwang sie sich selbst. Sein Portemonnaie. Sie eilte die Marmorstufen hinunter in den Flur. Auf der Garderobe lag noch immer das kleine Päckchen mit Roberts persönlichen Gegenständen. Die Polizei hatte ihr die Sachen ausgehändigt. Und tatsächlich. Versteckt in einem schmalen Seitenfach seines Portemonnaies steckte ein kleiner Schlüssel.

Ein leises Klicken, nachdem sie den Schlüssel gedreht hatte, verriet ihr, dass die untere Schublade nun offen war, doch Laura konnte sich nicht überwinden, sie aufzuziehen. Komm schon, befahl sie sich wütend. Sie umklammerte den Griff, und erst als ihre Finger zu schmerzen begannen, riss sie die Schublade auf. Während sie den Inhalt auf dem Schreibtisch ausbreitete, hatte sie das ungute Gefühl, beobachtet zu werden. Das war natürlich Unsinn. Doch obwohl sie das wusste, fühlte sie sich unwohl. Vor ihr lagen zwei braune Umschläge, ganz ähnlich demjenigen, den sie heute Morgen bekommen hatte, und ein schwarzer Schnellhefter aus Pappe.

Vorsichtig, als könnte sich im Inneren eine Sprengladung befinden, öffnete sie den Hefter. Darin fand sie, ordentlich nach Datum sortiert, Rechnungen für diverse Hotels in und um Minden. Besonders häufig für das Hotel Bad Minden an der Portastraße. Das machte überhaupt keinen Sinn. Warum sollte Robert in einem

Hotel nächtigen, das mit dem Auto nur wenige Minuten entfernt von seinem Zuhause lag? Warum wohl?, fuhr sie sich selbst an. Sicher nicht, um dort zu übernachten.

Wie in Trance griff Laura nach einem der braunen Umschläge. Er war nicht verschlossen. Langsam zog sie einige Fotografien daraus hervor und starrte lange auf das oberste Bild des kleinen Stapels. Natürlich hatte sie es gewusst. Doch den Beweis in den eigenen Händen zu halten, tat trotzdem weh. Ein paar Tränen tropften auf das Foto des nackten Frauenkörpers, der sich lasziv auf einem Sofa rekelte. Sie wischte die Aufnahme an ihrer Stoffhose trocken und blätterte durch die Bilder. Auf allen war der nackte Körper einer Frau zu sehen. Soweit Laura das beurteilen konnte, handelte es sich immer um dieselbe Person. Sie veränderte lediglich ihre Position. Mal quollen dem Betrachter die Brüste entgegen, dann wieder das blanke Hinterteil. Irritierend war, dass auf keiner Fotografie der Kopf der Frau zu sehen war. Alle Fotos zeigten den Körper nur bis zum Hals. Laura hatte keine Ahnung, wer das auf den Bildern sein könnte. Nicht einmal eine Haarfarbe hatte sie als Anhaltspunkt, da die Frau sich sowohl die Achsel- als auch die Schambehaarung abrasiert hatte. Sie legte die Bilder zur Seite und griff nach dem zweiten Umschlag. Auch dieser war nicht verschlossen. Er enthielt einen zusammengefalteten Zettel. Jemand hatte mit Kugelschreiber nur einen Satz geschrieben.

Ich weiß Bescheid über dich!

Worüber wusste er Bescheid? Über Robert und diese Frau? Über die Männer, denen Robert Geld schuldete? Oder waren der Anrufer und der Briefschreiber dieselbe Person? Hatte Robert nicht bezahlt und war deshalb gestorben? Und warum war Robert nicht zur Polizei gegangen? Wie Blitze prasselten die Fragen auf sie ein.

Du solltest zur Polizei gehen. Alles in ihr schrie danach, aber während sie nach dem schnurlosen Telefon auf dem Schreibtisch griff, flüsterte ihr die eisige Stimme ins Ohr. *Sie hören nicht zu. Keine Polizei.*

Sie traf eine Entscheidung. Schnell tippte sie die einzige Nummer in das Telefondisplay ein, die sie auswendig kannte. Vielleicht konnte er ihr helfen.

Beinahe konnte er ihre Angst über den Rasen hinweg spüren. Mit Genugtuung beobachtete er, wie ihr blasses Gesicht an einem der Fenster auftauchte. Die Augen groß und hilflos. Es bereitete ihm eine hämische Freude, sie so zu sehen. Die würde ihm keine Probleme machen. Die nicht. Dieses Mal würde es anders laufen. Und zwar so, wie er es wollte. Dass der Anwalt ihm Probleme machen würde, damit hatte er nicht gerechnet. Doch er konnte sich anpassen. Bei ihr war er besser vorbereitet. Außerdem gehörte sie zu der Sorte Frau, die machte, was man ihr sagte. Das hatte er gleich beim ersten Mal kapiert, als er sie zusammen mit ihrem schmierigen Ehemann gesehen hatte. Eigentlich genau das, was er an einer Frau mochte. Allerdings war die ihm zu flach und zu dürr. Beim Sex wollte er schließlich etwas in der Hand halten.

Er fuhr sich mit dem Arm über den verschwitzten Nacken. Seine Haut dort brannte höllisch. Immer wieder kratzten ihn kleinere Äste. Der dichte Busch war ein gutes Versteck, aber lange hielt er es hier nicht mehr aus. Seit dem frühen Morgen hockte er hier. Gut für ihn, dass das Grundstück auf dieser Seite an ein kleines Wäldchen grenzte, dessen Büsche und Sträucher ihn vor ungewollten Blicken schützten. Später würde er sich leicht vom Acker machen können.

Seine Mundwinkel verzogen sich zu einem Grinsen. Er dachte an die Splitter des Rücklichts, die er ihr geschickt hatte. Und jetzt die Fotos. Die Einfälle waren genial gewesen. Er kicherte leise. Bestimmt war sie verrückt vor Angst. Aus dem Fenster drangen polternde Geräusche zu ihm herüber. Wahrscheinlich suchte sie nach den Bargeldreserven von diesem Mistkerl. Die hunderttausend Euro waren zum Greifen nah.

Morgen würde er sie noch zappeln lassen und ihr dann sagen, wann und wo sie ihm das Geld zu übergeben hatte. Er rieb die Hände aneinander. Er hatte sich noch nicht entschieden, ob sie das Geld irgendwo ablegen oder ob er sie treffen sollte. Er könnte eine Maske tragen. Ein wenig Spaß würde er sich erlauben. Wusste sie eigentlich, was ihr Kerl so getrieben hatte? Sie konnte froh sein, den los zu sein. Während er sich vorstellte, wie sie blass und kleinlaut vor ihm stand, verspürte er ein angenehmes Ziehen im Unterleib. Seine Hand wanderte in den Schritt seiner Jeans, während er das Fenster im Auge behielt. Er stellte sich vor, wie sie dort drinnen ängstlich kauerte und wie willig sie alles tun würde, was er von ihr verlangte. Sein Mund verzog sich zu einem wohligen Lächeln, während er seine Hose öffnete.

Johanna Neumann

Dienstag, 15. August, 16:12 Uhr

Im Raum surrte die Klimaanlage. Johanna spürte, wie sich die feinen Härchen auf ihren Armen aufstellten. Sie trug eine leichte, kurzärmelige, olivgrüne Bluse zu einem weiten, braunen Rock. Draußen waren es bestimmt um die dreißig Grad. Für einen Augusttag war es ungewöhnlich heiß. Sie hatte vergessen, wie versessen einige ihrer männlichen Kollegen auf die Klimaanlage waren, sodass sie jetzt fror. Kurz schloss sie die Augen. Das Tippen auf Computertastaturen mischte sich mit dem Rascheln von Papier und gedämpften Stimmen. Johanna genoss diese Geräusche des Büros. Sie beruhigten sie. Trotzdem konnte sie sich, als sie die Augen wieder öffnete, nicht auf den Text ihres Artikels konzentrieren. Sie schrieb an einem Bericht über eine Sonderausstellung des Mindener Museums, doch ihre Gedanken schweiften immer wieder ab.

Vor ihr erschien der Anblick von Laura Kuhn, wie sie völlig verloren in ihrer Küche gestanden hatte. Immer wieder dachte Johanna an Laura und an den verunglückten Robert Kuhn zurück. Ohne dass sie etwas dagegen tun konnte. Es kam ihr vor wie ein ungebetener Traum, der sich Nacht für Nacht in ihr Bewusstsein grub.

Die Polizei hatte bisher keine Angabe darüber gemacht, ob es sich bei dem Tod des Drachenfliegers um einen Unfall handelte. Doch Johanna war sich sicher, dass es weit mehr als ein Unglücksfall war. Und sie ahnte, dass nicht Manuel Nowak in den Tod hätte stürzen sollen.

Sie öffnete einen Artikel aus dem Archiv, den sie bei ihrer Recherche entdeckt hatte, als sie über den Absturz berichten musste.

Manuel Nowak war bei Weitem nicht der erste verunglückte Drachenflieger. Allerdings war er der Erste, der seinen Sturz nicht überlebt hatte. Bereits 2009, 2010 und zuletzt 2016 stürzte ein Drachenflieger vom Himmel. Alle drei Piloten, es waren jedes Mal Männer gewesen, landeten in einem Baum und konnten gerettet werden. Platzwunden, Prellungen und ein gebrochenes Nasenbein waren die schlimmsten Verletzungen. Hatte Manuel Nowak einfach Pech gehabt? Und wenn Jemand den Unfall herbeigeführt hatte, hatte dieser Jemand dann den Tod des Fliegers gewünscht? Oder hatte er ihm nur einen Schreck versetzen wollen?

Traute sie Laura Kuhn so etwas zu? Johanna öffnete ein neues Fenster auf ihrem Rechner. Wie von allein glitten ihre Finger über die Tastatur. *Laura Kuhn Min-*

den. Konnte Google ihr mehr über Laura erzählen? Das zuerst angezeigte Suchergebnis gehörte zu der Kanzlei von Robert Kuhn. Da Johanna diese Website bereits kannte, scrollte sie weiter. Es gab Einträge, die sie zu LinkedIn, Facebook, XING und zu verschiedenen Artikeln des Mindener Tageblatts führten. Doch sie stieß nur auf Beiträge zu Robert Kuhn oder auf Frauen, die mit Nachnamen Kuhn hießen, aber eben nicht Laura Kuhn waren. Auch die Bildersuche brachte sie nicht weiter. Zwar war Laura auf einigen wenigen Fotos zusammen mit ihrem Mann zu sehen, doch die dazugehörigen Internetseiten lieferten nur unzureichende Informationen.

Vielleicht hatte sie auf Instagram mehr Glück. Sie griff nach ihrem Handy, das neben ihrer Tastatur bereitlag, öffnete dort ihre Instagram-App und gab Laura Kuhn im Suchfeld ein. Tatsächlich. Ein kurzer Adrenalinschauer vor Glück fegte durch ihren Körper. Laura Kuhn hatte einen öffentlichen Account unter ihrem eigenen Namen.

Auf dem ersten Foto, das Johanna angezeigt wurde, war Laura zusammen mit ihrem Mann am Ufer der Weser zu sehen. Laura trug ein weißes Trägerkleid und Robert hatte lächelnd seinen Arm um ihre Hüfte gelegt. Das Bild war im Juli dieses Jahres hochgeladen worden. Johanna vermutete, dass die Aufnahme auch aus dieser Zeit stammte. Dieses Foto war vor nicht allzu langer Zeit aufgenommen worden. Im Hintergrund entdeckte Johanna die Mindener Schiffsmühle. Gerade erst hatte ihr ein Kollege Fotografien von dem hölzernen Mühlengebäude gezeigt. Es war einer von vielen Ausflugstipps, die er für die Leser der Zeitung zusammenstellte. In dem Nachbau der antiken Schiffsmühle konnten Besucher entdecken, wie im 18. Jahrhundert gemahlen wurde.

Johanna scrollte weiter durch die Abbildungen. Auf fast allen zeigte sich Laura zusammen mit Robert. Zwischen den einzelnen Beiträgen verging meist ein Monat. Die Fotos hatten in der Regel nur kurze Textunterschriften. *Robert und ich im Theater. Kurzurlaub in Berlin.* Auf Johanna wirkten die emotionslosen Texte lieblos und unpersönlich. Und noch etwas störte Johanna. Sie brauchte einen Moment, bis sie es fassen konnte. Es war Lauras Blick. Selbst wenn sie lächelte, wirkten ihre Augen wachsam, wie die einer in die Enge getriebenen Katze. Johanna scrollte zum nächsten Foto und vergrößerte den Bildausschnitt von Laura Kuhn. Was geht in dir vor?, fragte sie sich. Sie studierte die Einzelheiten auf dem Foto. Robert hatte, wie so oft, seinen Arm um Laura gelegt. Allerdings erwiderte Laura diese Umarmung nicht. Sie hielt mit beiden Händen die Riemen ihrer Handtasche umklammert. Im Hintergrund fiel Johanna ein junger Mann auf. Mit seinen blonden Haaren und dem weißen Tanktop stach er deutlich aus dem Bild hervor. Sie musste genau hinsehen, aber ganz offensichtlich starrte der junge Mann zu Laura und Robert hinüber. Hatte das etwas zu bedeuten? Oder war es Zufall? Johanna klickte sich weiter durch die Galerie. Diesmal auf der Suche nach dem Unbekannten.

Auf den Fotos der älteren Beiträge war er nicht zu entdecken. Johanna überflog nochmals die aktuelleren Bilder. Und tatsächlich. Auf dem Bild, das sie sich zuerst angesehen hatte, entdeckte sie ihn. Er sah vom Ufer der Weser in Richtung Kamera. In der Hand trug er einen schwarzen Motorradhelm. Hatte das etwas zu bedeuten? Konnte das überhaupt Zufall sein? Wie gerne hätte Johanna David angerufen und mit ihm darüber gesprochen. Doch sie wusste, er würde ihr nicht zuhören. Sie konnte seine Stimme deutlich vernehmen. Du musst dir endlich abgewöhnen, Zusammenhänge zu sehen, wo keine sind. Nein, sie musste das allein in den Griff bekommen. Aber konnte sie sich selbst trauen?

David Gilbert

Mittwoch, 16. August, 08:15 Uhr

„Frau Bilici. Danke, dass Sie gekommen sind."

Die junge Frau lächelte schüchtern. Sie war vierundzwanzig, trug einen schwarzen Blazer und einen dazu passenden knielangen Rock. Eine weiße Bluse rundete ihr Erscheinungsbild ab. Genauso stellte David Gilbert sich die Mitarbeiterin einer Kanzlei vor. Er vermutete, dass dies ihr erster Besuch auf einer Polizeiwache war. Sie hatte ihre Hände in den Schoß gelegt, rieb nervös ihre beiden Daumen aneinander und sah sich verlegen im Raum um. „Ich weiß nicht genau, warum ich hier bin", gestand sie ihm.

Innerlich atmete David tief durch. Diesen Teil des Gesprächs fand er immer am schlimmsten.

„Wie Sie wissen, hatte Ihr Arbeitgeber Robert Kuhn einen tödlichen Autounfall."

Dilara Bilici nickte.

„Nun, wir müssen aufgrund der Umstände davon ausgehen, dass es sich höchstwahrscheinlich um Mord handelt."

Auch wenn die junge Frau vor ihm nicht unter Verdacht stand, beobachtete David ihre Reaktion sehr genau. Ihre Augen weiteten sich und ihre Daumen verharrten in der Bewegung.

„Er wurde ermordet?", fragte Frau Bilici leicht stotternd.

Anscheinend war diese Information neu für sie.

„Davon müssen wir leider ausgehen."

Er schwieg einen Moment, um ihr die Gelegenheit zu geben, das Gesagte zu verarbeiten.

Sie wirkte nun noch unsicherer als zu Beginn des Gesprächs.

„Und wie kann ich Ihnen helfen?"

„Ich würde gerne wissen, ob Ihnen an Herrn Kuhn in letzter Zeit etwas Ungewöhnliches aufgefallen ist? Gab es jemanden, der ihn nicht mochte? Hatte er Feinde? Alles, was Sie wissen, kann uns weiterhelfen."

Ihre Augen wanderten unruhig über den Fußboden, während sie mit dem Körper weiter nach hinten auf dem Stuhl rutschte. Etwas ging in ihr vor. David war sich sicher.

„Frau Bilici?", fragte er behutsam.

„Ich weiß nicht, ob das wichtig ist", sagte sie leise.

„Alles, was Sie wissen, kann hilfreich für uns sein."

„Es ist nur", sie unterbrach sich kurz.

„Ich darf das eigentlich nicht erzählen. Und ich möchte niemanden schlecht machen", fügte sie hastig hinzu.

„Ich verspreche Ihnen, dass ich das, was Sie mir erzählen, vertraulich behandeln werde. Sie erzählen mir, was Sie wissen, und ich überprüfe, ob es für den Fall relevant ist."

Sie atmete tief ein und nickte dann. Mit sehr leiser Stimme berichtete sie.

„Also, es passierte im letzten Monat, da kam abends ein wütender Mandant in die Kanzlei. Es muss kurz vor 18 Uhr gewesen sein. Nur Robert und ich waren noch da.“

Unsicher blickte sie David an, wie eine Schülerin, die sich nicht sicher war, ob ihre Antwort richtig war. Er nickte ihr aufmunternd zu.

„Der Mann stürmte einfach an mir vorbei. Ich bin ihm hinterhergerannt, aber er ist direkt in Roberts Büro marschiert und hat ihn angeschrien. Er brüllte, dass Robert das Letzte wäre und dass ihn das seine Zulassung kosten würde. So wie er sich vor Robert aufgebaut hatte, hatte ich Angst, dass er ihn schlagen könnte.“

Sie machte eine Pause.

„Erinnern Sie sich an den Namen des Mandanten?“

Sie nicke.

„Herr Koehler. Erik Koehler. Ich erinnere mich an seinen Namen, weil er in den Wochen zuvor einige Male in der Kanzlei gewesen war.“

Ein Adrenalinstoß jagte durch Davids Körper. Herr Koehler. Sein Name war im Verlauf der Ermittlungen bereits aufgetaucht. Das war interessant.

„Wie hat Herr Kuhn reagiert?“

„Er war sehr ruhig. Er sagte mir, er werde sich um Herrn Koehler kümmern und ich solle bitte die Tür schließen.“

„Wissen Sie, vorüber sich der Mandant so aufgeregt hat?“

Sie sah kurz zur Seite und an ihrem Hals und ihren Wangen bildeten sich rote Flecken.

„Ich habe nicht gelauscht“, beeilte sie sich zu sagen, „aber der Mann hat unglaublich laut geschrien. Er beschuldigte Robert, mit seiner Frau geschlafen zu haben.“

Die roten Flecken wurden dunkler.

„Er hat das allerdings anders ausgedrückt“, fügte sie noch hinzu.

Interessant. Eifersucht war ein mögliches Motiv. Und das galt für den betrogenen Ehemann, aber auch für Laura Kuhn, wenn sie davon gewusst hatte.

„Was passierte als Nächstes?“

„Nach einiger Zeit wurde es leiser. Robert schien Herrn Koehler beruhigt zu haben. Er kam erst nach fast einer Dreiviertelstunde wieder aus dem Büro und verließ die Kanzlei. Er hat mir sogar einen schönen Feierabend gewünscht.“

„Sind Sie sicher, dass er so lange bei Herrn Kuhn im Büro war?“

„Ja, wie gesagt, es passierte kurz vor Feierabend. Ich war mir unsicher, was ich tun sollte. Ich entschied mich zu warten, falls ich die Polizei rufen müsste.“

„Hat Herr Kuhn nach diesem Vorfall noch mit Ihnen gesprochen?“

„Ja, er hat sich bei mir entschuldigt und sich bedankt, dass ich länger geblieben bin. Er meinte, das alles sei ein riesiges Missverständnis gewesen und er habe die Sache mit Herrn Koehler regeln können."

„Und haben Sie ihm das geglaubt."

Frau Bilici sah ihn erschrocken an.

„Ja, warum auch nicht?"

„Mhm, verstehe. In welchem Verhältnis standen Sie zu Robert Kuhn? Mir ist aufgefallen, dass Sie ihn Robert nennen."

Natürlich wusste David von Frau Conti, dass sich die Mitarbeiter in der Kanzlei duzten, aber es gab schließlich auch andere mögliche Gründe für die vertraute Anrede. Frau Bilici wurde blass, wodurch die roten Flecken noch deutlicher sichtbar wurden.

„Er war mein Chef", antwortete sie hastig und klang dabei ein wenig nervös.

„Die Frage war reine Routine", beruhigte er die Frau. Sie schien eine vorsichtige, vielleicht ängstliche Person zu sein, was ihre panische Reaktion durchaus erklärte.

„Frau Bilici, Sie haben mir sehr geholfen. Es war richtig, mir von diesem Streit zu erzählen."

„Robert bat mich, mit niemandem darüber zu sprechen. Er versicherte mir, dass diese Anschuldigungen völlig absurd seien", antwortete sie etwas entspannter.

„Das heißt, Herr Grundmann und Frau Conti wissen nichts von diesem Streit?"

„Nein. Nein, natürlich nicht", beteuerte Frau Bilici hastig.

Zum ersten Mal in diesem Gespräch hatte David das Gefühl, dass sie ihn anlog.

Dilara Bilici

Mittwoch, 16. August, 09:37 Uhr

„Bitte, Vanessa, du musst zur Polizei gehen."

Dilara Bilici hatte das Gefühl, ein winziger Vogel würde in ihrer Kehle sitzen und wild mit den Flügeln schlagen. Die Worte kamen kaum aus ihr heraus.

Vanessa antwortete nicht. Sie sah Dilara nicht einmal an, sondern starrte stattdessen auf den Computerbildschirm, der vor ihr auf dem Tisch aufragte. Ihre Augenlider blinzelten hektisch.

„Vanessa."

Dilara hörte selbst den flehenden Tonfall in der eigenen Stimme. Doch ihre Kollegin reagierte noch immer nicht. Deren Finger flogen über die Computertastatur. Routiniert füllte Vanessa ein elektronisches Formular aus. Dilara starrte auf die frisch manikürten Fingernägel, die blitzschnell auf die einzelnen Buchstaben tippten. Hatte Vanessa ihr eigentlich zugehört? Robert war ermordet worden. Ermordet!

Endlich drehte ihre Kollegin sich zu ihr herum. Ein dezenter Lidschatten unterstrich das Blaugrau ihrer Augen. Mit jedem Blinzeln schlugen die langen Wimpern auf und ab.

„Was würde das ändern?", herrschte sie Dilara in einem trotzigen Tonfall an.

„Ich habe die Polizei belogen. Das ist nicht richtig."

Die Flügelschläge in ihrer Lunge raubten Dilara beinahe die Luft.

Vanessa blickte kurz zur geschlossenen Bürotür von Herrn Grundmann hinüber, dann legte sie ihre Hand auf die von Dilara.

„Du hast nicht gelogen, Dilara. Du hast etwas nicht erzählt. Das ist nicht dasselbe."

Ihre Stimme war nun deutlich sanfter.

„Du weißt, dass es nicht so einfach ist", widersprach Dilara.

„Doch", zischte Vanessa genervt.

„*Das* hat nichts mit dem Tod von Robert zu tun. Es würde rein gar nichts ändern, wenn du es der Polizei erzählst."

Während Vanessa die Sätze schnell hintereinander abfeuerte, spürte Dilara überdeutlich die Hand ihrer Kollegin auf der eigenen.

„Robert ist tot. Es gibt nichts, was wir dagegen tun können", beendete sie ihren Vortrag.

Dilara spürte den Worten von Vanessa nach.

„Außer uns beiden weiß niemand davon", redete Vanessa plötzlich weiter. Dabei sah sie ihr direkt in die Augen. Diesmal blinzelte sie nicht.

„Es ist unser Geheimnis. Wenn wir beide den Mund halten, braucht es niemand zu erfahren. Bitte. Du hast es mir versprochen."

Ein Funken Angst schimmerte in Vanessas Augen. Doch nach einem weiteren Blinzeln war die Angst verschwunden. Vielleicht hatte sie recht. Dilara hatte Vanessa ihr Wort gegeben. Aber das war, bevor Robert Kuhn ermordet worden war.

„Oder glaubst du etwa, ich habe Robert umgebracht?"

Vanessas Augen wurden groß. In ihnen spiegelte sich die plötzliche Erkenntnis, dass Menschen genau das denken könnten.

„Das … das denkst du nicht, … oder?"

Dilara sah ihre Kollegin an und bemühte sich, ruhig zu atmen. Was, wenn außer ihnen beiden noch jemand von dieser Sache wusste? Vielleicht hatte die Ehefrau von Robert Kuhn etwas mitbekommen. Dilara spürte, wie Vanessas Hände sich in ihre Oberarme gruben. Ihr Oberkörper wurde sanft hin- und hergeschüttelt.

„Dilara, das glaubst du doch nicht?"

Der sonst so heitere Tonfall ihrer Kollegin klang mittlerweile matt und erschöpft.

Hastig schüttelte Dilara den Kopf. Nein, das glaubte sie nicht. Kraftlos ließ Vanessa die Arme sinken. Sie wirkte plötzlich sehr zerbrechlich, als würde eine lange Krankheit, die zuvor ohne Spuren in ihrem Körper gewütet hatte, nun ihre wahren Ausmaße zeigen.

„Nein", antwortete Dilara bestimmt und Vanessas Züge entspannten sich etwas. In diesem Moment öffnete sich die Tür von Grundmanns Büro. Unschlüssig blieb er im Türrahmen stehen. Das blaue Hemd, das er zu seinem Anzug trug, war zerknittert, seine Haut blass und auf seiner Stirn hatte sich eine tiefe Furche eingegraben.

„Die Damen, wie wäre es mit einem Kaffee?"

Er lächelte matt und stutzte dann.

„Ist alles in Ordnung?"

Dilara spürte den Blick von Vanessa auf sich.

„Ja, natürlich. Der Kaffee kommt sofort", antwortete Dilara fröhlicher, als ihr zumute war. Sie warf Herrn Grundmann und auch Vanessa ein schwaches Lächeln zu. Doch das Thema Robert Kuhn war für sie noch nicht erledigt. Sie musste nachdenken.

David Gilbert

Mittwoch, 16. August, 10:28 Uhr

Endlich hatte David eine handfeste Spur, der er nachgehen konnte. Ein Streit mit einem aufgebrachten Mandanten. Und der Name Erik Koehler tauchte im Zusammenhang mit Robert Kuhn nicht zum ersten Mal auf. Frau Kuhn war so kooperativ gewesen und hatte der Polizei eine Auflistung der zuletzt geführten Telefongespräche ihres Mannes zur Verfügung gestellt. Dabei stellte sich heraus, dass es der Anruf von Erik Koehler gewesen war, der den Anwalt am Samstag vom Drachenfliegen abgehalten hatte. Ein Umstand, den Manuel Nowak mit dem Leben bezahlte. Zwar wusste David noch nicht, wie er diesen Umstand bewerten sollte, aber ein Gespräch mit Herrn Koehler würde ihn bestimmt weiterbringen. Er hatte sowieso vorgehabt, mit ihm zu sprechen. David bog mit seinem Wagen vom Klausenwall in die Vinkestraße ein und fuhr von dort auf den Parkplatz am Großen Domhof. Direkt vor dem Postgebäude ergatterte er einen Parkplatz.

Als er seinen Parkschein hinter der Windschutzscheibe anbrachte, begannen die Glocken des Doms zu läuten. Zuerst ertönte ein hohes, lautes Glockengeläut, zu dem sich nach kurzer Zeit dunklere Töne mischten. Automatisch blickte David zu dem Kirchengebäude aus hellem Sandstein hinüber. Das imposante Gebäude mit seinen Giebeln und den großen Maßwerkfenstern erweckte eine gewisse Ehrfurcht in ihm, auch wenn er nicht wirklich religiös war. Er riss sich vom Anblick des Gebäudes los und hastete in Richtung Bäckerstraße in der Innenstadt.

Erik Koehler war der Inhaber eines exklusiven Schmuckgeschäfts auf dieser Einkaufsstraße, und er würde dem Geschäftsmann einen spontanen Besuch abstatten. Wenn er wirklich etwas mit dem Mord an Robert Kuhn zu tun hatte, wollte er ihn mit seinen Fragen überraschen. Herr Koehler zu sich auf das Revier zu bitten, schien David in diesem Fall nicht die richtige Strategie zu sein.

Als David an dem kleinen Teeladen mit den grün-weißen Markisen vorbeikam, öffnete eine junge Frau die Tür und ein angenehmer Geruch nach Minze stieg ihm in die Nase. Vielleicht könnte er auf dem Rückweg einen Tee für Julia kaufen. Es war eines ihrer Lieblingsgetränke. Im Sommer und im Winter. Er ließ den Laden und die kleine Gasse hinter sich zurück und marschierte dann nach rechts. Es war erst kurz vor elf und die Fußgängerzone lag bis auf ein paar vereinzelte Gestalten ziemlich verlassen vor ihm. Er folgte der Bäckerstraße bis fast an ihr Ende und blieb vor dem Schaufenster eines Juwelierladens stehen. Der Name Koehler stand in großen, goldenen Lettern über der Eingangstür. David warf einen Blick auf die Auslage. Dort lagen Ketten, Armreifen und Ohrringe gut sichtbar drapiert. Ihm fiel auf, dass kein Preis an den Schmuckstücken zu entdecken war. Für David ein untrügliches Zeichen dafür, dass der Laden weit oberhalb seiner Preisklasse lag. Doch er kam schließlich nicht als Kunde. Er straffte die Schultern und betrat zusammen mit einem leisen, dezenten Glockenton das Geschäft.

Der viereckige Raum war an den Wänden mit kleinen Vitrinen bestückt, in denen unübersehbar an künstlichen Händen und Hälsen verschiedenste Schmuckstücke ausgestellt wurden. Hinter der Vitrine direkt gegenüber von der Eingangstür stand Herr Koehler. David erkannte das breite, aufgedunsene Gesicht des Juweliers von dessen Website wieder. Hier im Laden wirkte der Mann noch unsympathischer auf ihn als auf dem Foto des Internetauftrittes. Der Blick aus seinen dunklen Augen wirkte verschlagen, seine Haltung dagegen spiegelte Unterwürfigkeit wider.

„Einen schönen guten Morgen", begrüßte er seinen vermeintlichen potenziellen Kunden mit einem breiten Lächeln, das ebenso verschlagen schien wie der Ausdruck in seinen Augen. Dennoch war seine Stimme überraschend angenehm, stellte David fest. Tief und samtig. Sie passte gar nicht zu dem Rest.

„Guten Morgen."

„Sind Sie auf der Suche nach etwas Bestimmtem?“, fragte er hilfsbereit.

David ließ sich Zeit mit seiner Antwort. Seine Augen wanderten durch den Laden und blieben letztlich am Gesicht des Juweliers hängen.

„Ich würde gerne mit dem Inhaber sprechen.“

Falls dies ein ungewöhnlicher Wunsch für einen Kunden war, ließ sich sein Gegenüber nichts anmerken.

„Gerne, er steht direkt vor Ihnen. Was kann ich für Sie tun?“

David trat nah an die Vitrine heran, die sich zwischen ihnen befand, und hielt ihm seinen Ausweis von der Kripo entgegen. Dabei musterte er den Mann sehr genau.

„Also sind Sie Herr Koehler?“, wollte David wissen, obwohl er die Antwort schon kannte.

„Ja, richtig.“

Für den Moment eines Wimpernschlags huschte der Schatten der Verunsicherung über das Gesicht von Herrn Koehler, um gleich darauf von einer hilfsbereiten Miene abgelöst zu werden.

„Wie kann ich Ihnen weiterhelfen?“, wollte er wissen.

„Kannten Sie Robert Kuhn?“

David hatte sich entschieden, direkt auf den Punkt zu kommen.

Das aufgedunsene Gesicht zog sich zusammen und der rechte Mundwinkel zuckte unwillkürlich. David spürte die Anspannung, die sich zwischen sie legte. Er konnte sie beinahe greifen.

„Also?“, wollte er wissen.

„Herr Kuhn war mein Anwalt“, presste Herr Koehler zwischen seinen Zähnen hervor.

„War?“, hakte David nach.

„Ich denke, Sie wissen genau, dass er tot ist.“

Herrn Koehlers Augen verengten sich, wodurch sie in dem breiten Gesicht winzig wirkten. Winzig und gefährlich.

„Wie gut kannten Sie Herrn Kuhn?“

„Wie gesagt, er war mein Anwalt.“

„Das beantwortet meine Frage nicht.“

David registrierte, wie sich die Muskeln im Gesicht des Juweliers anspannten und er kurz darauf ein wenig in sich zusammensackte. Er blickte sich in dem leeren Laden um, als wollte er sicher gehen, dass auch wirklich niemand das Gespräch belauschte.

„Wenn Sie mich fragen, der Typ war ein eingebildetes Arschloch. So ein feiner Pinkel, der sich für was Besseres hielt und der keinen Anstand besaß.“

Er atmete hörbar aus.

„Da Sie hier auftauchen, hat Ihnen die süße Angestellte wahrscheinlich erzählt, dass der feine Herr Anwalt und ich einen Streit hatten.“

Wütend wischte er einen unsichtbaren Staubfussel von der Oberfläche der Vitrine.

„Und?“

„Und was?“

„Stimmt es. Hatten Sie einen Streit?“

Herr Koehler schnaubte gereizt.

„Warum interessiert Sie das?"

David beobachtete die zuckende Ader, die sich plötzlich am Hals des Mannes bildete.

„Wir müssen nach dem jetzigen Stand davon ausgehen, dass Herr Kuhn ermordet wurde. Deshalb frage ich Sie noch einmal. Hatten Sie vor Kurzem eine Auseinandersetzung mit ihm?"

Er schien sichtlich überrascht von dieser Tatsache oder aber er war ein besserer Schauspieler, als David es ihm zutraute.

„Ja. Ja, zum Teufel. Ich habe dem Mistkerl gehörig die Meinung gegeigt. Der Arsch hat mit meiner Frau gevögelt. Stellen Sie sich das vor. Ich bezahle dem eine Menge Geld und er besorgt es hinter meinem Rücken meiner Frau. Wollten Sie das hören?"

Aufgebracht starrte er David an. Dieser ließ ihn zappeln und sagte nichts. Manchmal bekam man die besten Antworten auf Fragen, die man gar nicht erst stellte. In der Stille, die sich zwischen die beiden Männer schob, klang der Atem des Juweliers unangenehm laut.

„Mensch, deswegen bring ich doch keinen um. Das ist mir meine Alte nicht wert."

Noch immer schwieg David.

„Sie verdächtigen mich doch wohl nicht?"

Seine Stimme war einige Oktaven höher gerutscht und auf seiner Stirn hatte sich ein Schweißfilm gebildet.

„Wo waren Sie am Montagabend, dem siebten August, Herr Koehler? Zwischen achtzehn und zwanzig Uhr?"

Die Halsschlagader pochte heftiger. Herr Koehler stützte sich mit beiden Händen auf der glänzenden Vitrine ab. Fast tat er David leid.

„Das … ich …“, stammelte er.

„Beantworten Sie bitte meine Frage.“

„Am Montag?“

„Montag, der siebte August. Das war letzte Woche.“

„Das Geschäft ist an Wochentagen bis achtzehn Uhr geöffnet. Danach mache ich die Abrechnung. Wahrscheinlich bin ich gegen halb sieben nach Hause gefahren.“

Ein Schweißtropfen lief ihm die Schläfe hinab und er wischte fahrig mit der Hand darüber.

„Jetzt mal ehrlich, ich bring doch keinen um.“

Genau das versuche ich ja herauszufinden, dachte David.

„Am Samstag, dem fünften August, haben Sie Herrn Kuhn auf seinem Handy angerufen. Worum ging es in dem Gespräch?“

Der Juwelier schaute verblüfft. Sein Blick wanderte suchend durch den Laden.

„Am fünften August. Ich weiß nicht.“

„Das war ein Samstag. Nur zwei Tage, bevor Robert Kuhn seinen tödlichen Unfall hatte. Es war Ihr letztes Gespräch mit ihm.“

„Ach ja, ich erinnere mich.“

Die Antwort kam sofort. David hegte keinen Zweifel daran, dass Herr Koehler von Anfang an um den Inhalt des Gesprächs gewusst hatte.

„Ich hatte eine Frage zu einem wichtigen Dokument von Finanzamt."

„An einem Samstag? Das ist wohl kaum üblich, oder?"

Die Augen des Juweliers verengten sich etwas. Er setzte ein selbstgefälliges Grinsen auf.

„Sagen wir so, nach der Sache mit meiner Frau war Herr Kuhn überaus zuvorkommend. Und das habe ich mir zunutze gemacht."

Er lachte kurz auf, verstummte jedoch sofort wieder, als David dieses Lachen ignorierte.

„Ich werde Ihr Alibi überprüfen lassen, Herr Koehler. Wir haben in dieser Sache nicht das letzte Mal miteinander gesprochen."

Etwas gefiel David nicht an der Aussage des Mannes und er würde herausfinden, was das war.

„Sagt Ihnen der Name Manuel Nowak etwas?", wollte David abschließend wissen.

Erik Koehler runzelte die Stirn, dann schüttelte er langsam den Kopf.

„Nein, warum fragen Sie", wollte er wissen.

„Herr Koehler, die Fragen stelle ich."

David musste daran denken, dass er erst vor ein paar Tagen das Gleiche zu Johanna gesagt hatte. Insgeheim hoffte er, dass er auch die richtigen Fragen stellte.

Johanna Neumann

Mittwoch, 16. August, 14:04 Uhr

Johanna musste sich zwingen, auf ihren Computerbildschirm zu sehen. Immer wieder schweifte sie mit ihren Gedanken ab, wobei ihre Augen ziellos durch das Großraumbüro wanderten. Konzentrier dich, befahl sie sich genervt. Seit ihrer Mittagspause, die sie gemeinsam mit Mariam im Pausenraum des Verlagsgebäudes verbracht hatte, gelang es ihr einfach nicht, sich intensiv mit ihrem Artikel zu befassen. Kein Wunder. In ihrem Bericht ging es um den Bau eines neuen Gebäudes für die Kreispolizei Minden-Lübbecke. Schon vor der Pause war ihr die Arbeit daran schwergefallen. Ständig musste sie an David denken und wie von selbst schlichen ihre Gedanken weiter von ihm zu Robert und Laura Kuhn. Ob es neue Erkenntnisse zum Unfall von Robert Kuhn gab? Die Pressestelle der Polizei hielt sich bedeckt. Nein, nein, nein. Johanna schüttelte den Kopf. Sie zwang sich, die letzten Sätze ihres Artikels zu lesen.

Ein Neubau des Polizeigebäudes ist unumgänglich, da der 1984 bezogene Altbau an der Marienstraße erhebliche Mängel aufweist. Zu nennen sind Wassereinbrüche im Flachdach, Spannungsrisse, veraltete Sanitäranlagen und mangelnde Barrierefreiheit.

Johanna rümpfte die Nase. Da schrieb selbst der Praktikant bessere Artikel, ärgerte sie sich. Ob sie David zu diesem Thema befragen sollte? Auch wenn er selbstverständlich überhaupt nicht ihr Ansprechpartner in dieser Angelegenheit war. Zumindest hätte sie so einen Grund, ihn anzurufen. Und bei dieser Gelegenheit könnte sie ihm erzählen, was ihr aufgefallen war. Dieser Mann, den sie auf Instagram entdeckt hatte, auf den Fotos von Laura Kuhn, er ging ihr nicht mehr aus dem Kopf. Es war sein Blick, mit dem er den Anwalt und seine Frau fixiert hatte. Irgendetwas stimmte da nicht.

Und was, bitte schön, sollte David mit dieser Information anfangen, giftete eine innere Stimme sie an, die verdammt viel Ähnlichkeit mit Johannas alter Deutschlehrerin hatte. Nein, sie würde ihm auf keinen Fall wegen eines seltsamen Gefühls auf die Nerven gehen. Johanna klemmte ihre Unterlippe zwischen die oberen Schneidezähne. Sie sah zu ihrer Kollegin und zu ihrem Kollegen hinüber. Mariam ihr gegenüber blickte aufmerksam auf ihren Computerbildschirm und ließ die Finger im Rekordtempo über die Tastatur gleiten. Am nächsten Arbeitsplatz, der ebenfalls aus zwei sich gegenüberstehenden Tischen bestand, saß ein einzelner Kollege, der mit zu lauter Stimme telefonierte. Wie hieß er noch? Jürgen? Jochen? Sie hatte seinen Namen vergessen.

Mit einem schlechten Gewissen öffnete Johanna eine neue Seite auf ihrem Rechner und loggte sich bei Instagram ein. Nach ein paar Klicks erschienen die Fotos von Laura Kuhn auf ihrem Bildschirm. Diesmal nahm sie sich mehr Zeit, um die einzelnen Bilder zu betrachten. Während Robert Kuhn stets selbstbewusst in die Kamera blickte, schien es seiner Frau unangenehm zu sein, fotografiert zu werden. Warum hatte sie dann einen öffentlichen Account?, fragte sich Johanna. Den jungen Mann mit den blonden Haaren und dem Helm entdeckte sie lediglich auf den beiden Fotos, die sie bereits kannte. Die letzte Aufnahme war im Juli und die davor im April hochgeladen worden. Es war schwer zu erkennen, aber es schien, als würde er Robert Kuhn mit zornigem Blick fixieren. Oder bildete Johanna sich das ein? So kam sie nicht weiter.

Sie tippte den Namen Robert Kuhn in das Suchfeld von Instagram ein, doch sie fand kein passendes Nutzerkonto. Johanna experimentierte mit verschiedenen Schreibweisen seines Namens, doch ihre Suche blieb erfolglos. Der Name der Kanzlei brachte sie ebenfalls nicht weiter. Einen Versuch war es wert gewesen, dachte sie, auch wenn es sie verwundert hätte, wenn die Kanzlei auf Instagram vertreten gewesen wäre.

Einem Impuls folgend, öffnete Johanna ein weiteres Fenster auf ihrem Rechner und rief die Website des Anwaltsbüros auf. Wie schön, dass die Mitarbeiter mit Vor- und Nachnamen vorgestellt wurden. Das erleichterte ihr die Suche. Doch sowohl zu Robert Kuhns Partner, Jochen Grundmann, als auch zu der Angestellten, Dilara Bilici, fand sie nichts.

Johanna massierte sich den Nacken. Als sie aufblickte, ruhte Mariams Blick auf ihr. Ihre Kollegin legte den Kopf schief und kniff die Augen zusammen, wobei sich auf ihrer Stirn einige Falten bildeten. Johanna wollte sich gerade vor Mariam rechtfertigen, warum sie nicht an ihrem Artikel schrieb, bis ihr einfiel, dass diese auf keinen Fall wissen konnte, dass sie momentan mit etwas ganz anderem beschäftigt war.

„Freitag", sagte Mariam. Dazu nickte sie wissend mit dem Kopf.

„Was?"

Johanna wurde heiß. Am Freitag war sie bei Laura Kuhn gewesen.

„Komm Freitag mit."

Johanna hatte keine Ahnung, wovon Mariam sprach.

„Ich gehe jeden Freitag ins Fitnessstudio. Komm das nächste Mal mit. Ich verspreche dir, danach sind deine Verspannungen wie weggeblasen", erlöste Mariam sie aus ihrer Unwissenheit.

Innerlich atmete Johanna auf.

„Überleg es dir", strahlte Mariam sie an. Dann widmete sie sich ohne ein weiteres Wort zu verlieren wieder ihrem Artikel.

Johannas Blick fiel auf die Zeitanzeige in der unteren, rechten Ecke des Bildschirms. So ein Mist, es war bereits 15:11 Uhr. Statt deine Zeit zu vertrödeln, solltest du lieber deinen Artikel schreiben, sagte sie sich. Heute Abend musste er fertig sein.

Trotzdem blieb sie auf Instagram. Jetzt konnte sie schließlich auch noch nach Vanessa Conti suchen. Also tippte sie den Namen in das Suchfeld ein. Noch bevor sie das kleine, runde Foto, das zusammen mit dem Nutzernamen vanessa.conti angezeigt wurde, eingehend betrachtete, spürte sie bereits ein leichtes Kribbeln in ihren Fingerspitzen. Ein Klick auf das Bild, und die Angestellte lächelte ihr von mehreren Fotos entgegen. Na bitte, freute Johanna sich. Wenigstens etwas. Sie überflog die Angaben des Profils. 851 Beiträge und 1963 Follower. *Tra il dire e il fare c'è di mezzo il mare*, stand in geschwungenen Buchstaben unter dem Profilbild. War das italienisch? Johanna war sich nicht ganz sicher. Laut angezeigter Übersetzung stand dort: Zwischen Reden und Tun liegt das Meer. Der Sinnspruch gefiel Johanna. Als Nächstes ließ sie ihren Blick über eine scheinbar endlose Folge von Selfies wandern. Alle zeigten Vanessa Conti aus verschiedenen Blickwinkeln an verschiedenen Orten. Einige Plätze davon erkannte Johanna. Wie zum Beispiel den Weserstrand mit der Strandbar oder das Denkmal des Weserspuckers in der Innenstadt. Auf einigen Bildern lächelte Vanessa Conti allein in die Kamera. Immer fröhlich, manchmal auch verführerisch oder ausgelassen mit einem Cocktail in der Hand.

Plötzlich steigerte sich das Kribbeln ihrer Fingerspitzen und lief von dort durch ihre Arme hindurch. Es fühlte sich an, als würde dieser Teil ihres Körpers unter

Strom stehen. Sie erkannte ihn sofort. Zusammen mit Vanessa Conti lächelte ihr der Mann, der ihr im Hintergrund von Laura Kuhns Fotos aufgefallen war, entgegen. Neugierig rief Johanna es auf. Sie schätzte ihn auf Mitte zwanzig. Seine blonden Haare waren auffallend hell. Das Blau seiner Augen erinnerte sie an die Farbe eines Regenhimmels. Der Beitrag stammte vom Februar dieses Jahres. *Für immer*, stand darunter. Die beiden sahen glücklich zusammen aus. Johanna klickte sich durch die Aufnahmen. Sie fand einige der beiden. Mal schauten sie sich verliebt in die Augen, küssten sich oder hielten Händchen und blickten dabei verträumt in die Ferne, als würden sie dort ihre Zukunft sehen können. *Nur du & ich, Glücklicher könnte ich nicht sein, Ti amo, Liebe meines Lebens* stand unter den Aufnahmen.

Auf der Suche nach der Identität des Mannes durchforstete Johanna die Kommentare und die dazugehörigen Profile. Doch ihre Suche blieb erfolglos.

„Wie wäre es mit einer Kaffeepause", unterbrach Mariam ihre Gedanken. Schnell wechselte Johanna zu ihrem Artikel hinüber, da Mariam bereits aufgestanden war und zu ihr an den Schreibtisch herüberkam. Interessiert musterte ihre Kollegin die paar Zeilen, die, wie es Johanna vorkam, beinahe anklagend auf dem weißen Hintergrund standen.

„Ich muss passen. Irgendwie komme ich heute nicht richtig voran", wimmelte Johanna sie mit einem Kopfnicken auf den Artikel ab.

„Gerade dann solltest du eine Pause machen."

Mariam war sich dessen sicher nicht bewusst, aber sie klang durch und durch wie eine Mutter, die ihr Kind von etwas überzeugen wollte.

„Ich gehe kurz zur Toilette, dann hole ich dich ab, in Ordnung?"

Johanna atmete durch. Ein Kaffee würde nicht schaden und danach wollte sie sich ganz und gar auf ihren Artikel konzentrieren.

„In Ordnung", gab sie nach.

Kaum war Mariam außer Sichtweite, kehrte sie zu Instagram zurück. Es gab noch etwas, das sie wissen wollte. Sie suchte nach dem zuletzt geposteten Foto von Vanessa Conti und dem Unbekannten. Die letzte Aufnahme war im März dieses Jahres hochgeladen worden. Und nur einen Monat später tauchte der Mann auf einem Foto von Laura Kuhn wieder auf. Hatte das etwas zu bedeuten?

Erik Koehler

Mittwoch, 16. August, 18:42 Uhr

Der Tag hatte überhaupt kein Ende nehmen wollen. Am liebsten hätte Erik Koehler sein Geschäft sofort nach dem Besuch des Beamten geschlossen, doch er hatte sich nicht getraut. Was, wenn er sich dadurch verdächtig machte?

Seine Frau Melissa brachte ihm nichts als Ärger ein, schoss es ihm durch den Kopf. Hatte er das verdient? Er tat doch schließlich alles für sie. Er verdiente anständig. Bot ihr einen guten Lebensstil, behandelte sie freundlich. Erfüllte ihr all ihre Wünsche. Egal, ob sie neue Möbel oder einen exklusiven Urlaub auf Bali wollte. Herrgott, er war nicht perfekt, aber er gab sich Mühe.

Erschöpft rüttelte Erik Koehler zweimal fest an der Ladentür, um zu überprüfen, ob diese auch wirklich geschlossen war. Ein dumpfes Scheppern ertönte. Gut. Die Sicherheitsgitter vor den Schaufenstern waren alle heruntergelassen. Die Alarmanlage hatte er eingeschaltet. Oder? Doch, beruhigte er sich. Auf sich selbst konnte er sich schließlich verlassen.

Hatte er mit dem Anwalt einen Fehler begangen? Er schleppte sich die Bäckerstraße entlang in Richtung Schlagde, wo er seinen Wagen geparkt hatte. Dabei hoffte er inständig, dass an seinem Scheibenwischer kein Knöllchen hängen würde. Zwar hatte er heute Morgen ein Parkticket gezogen, aber seine maximale Parkdauer von drei Stunden hatte er mehr als ausgereizt. Und wenn schon, dachte er. Lieber ein Knöllchen, als am Ende der Welt zu parken und bei der Hitze durch die halbe Stadt zu laufen. Die Schlagde lag eben am nächsten zu seinem Geschäft. Ginge es nach Melissa, würde er mit dem Fahrrad zur Arbeit fahren. Aber das war für ihn keine Option.

Obwohl Erik Koehler erst ein paar Meter gegangen war, lief ihm der Schweiß bereits den Nacken hinab. Es war einfach noch zu warm. Außerdem taten ihm seine Beine vom langen Stehen weh. Fast am Ende der Bäckerstraße bog er nach links ab. Er marschierte auf das Fitnessstudio zu, in dem Melissa ihn so gerne anmelden würde. Schatz, da könntest du direkt nach der Arbeit noch trainieren, war ihr Lieblingsargument. Direkt nach der Arbeit wollte er Feierabend machen und sich nicht körperlich verausgaben. Im zweiten Stock sah er hinter den großen Glasfenstern einige Besucher des Studios an den Geräten schwitzen. Und das bei der Hitze, dachte er. Nicht mit ihm. Auf keinen Fall.

In der Unterführung, die zu den Parkplätzen am Ufer der Weser führte, stank es widerwärtig nach Urin. Er hielt den Atem an. Ein Obdachloser saß teilnahmslos an einer der mit Graffiti beschmierten Wände. Erik Koehler vermied es, den Mann anzusehen. Er war froh, als er seinen Wagen erreichte. So wie es aussah, hatte er Glück gehabt. Unter keinem seiner Scheibenwischer hing ein Knöllchen.

Ohne darüber nachzudenken, ging er noch ein paar Schritte weiter über den ehemaligen Uferhafen und Umschlagplatz, bis er direkt vor der Weser stand. Durch die Hitze der letzten Monate war der Wasserstand niedrig. Der Fluss zog scheinbar gemächlich an ihm vorbei. In seiner Mitte zeichnete die Strömung ein zartes Muster ins Wasser. Doch Erik Koehler wusste, dass dieses Bild trügerisch war. Die Strömung war stark und gefährlich und hatte schon Menschen in den Tod gerissen. Melissa war eine leidenschaftliche Schwimmerin, die in diesem Jahr am Weserschwimmen teilgenommen hatte. Stolz hatte sie ihm erzählt, dass die Weser bei normalem Wasserstand mit drei Metern pro Sekunde durchs Flussbett ströme. Ein unterschätzes Risiko. Wie so vieles im Leben, sinnierte er. Manche Bedrohungen schlichen sich in das eigene Leben ein, ohne dass man sie hätte kommen sehen. Hatte er wirklich eine drohende Gefahr verharmlost?

War er vorsichtig genug gewesen? Warum hatte er sich darauf nur eingelassen? Was, wenn die Polizei ihn festnahm? Schlimmer noch, wenn sie ihn als Mörder beschuldigten. Er sah schon die Schadenfreude auf den Gesichtern seiner Schwiegereltern vor sich.

Laura Kuhn

Donnerstag, 17. August, 12:56 Uhr

„Haben Sie das Geld?“

Es kam Laura so vor, als würde die Temperatur im Raum schlagartig fallen, sodass diese ebenso frostig war wie die Stimme des Anrufers. Und obwohl sie wusste, dass sie sich das einbildete, begann sie zu frieren.

„Nein. Das ist nicht so einfach.“

„Verarsch mich nicht!“, schrie der Unbekannte ins Telefon und Laura zuckte zusammen.

„Aber so viel Geld habe ich nicht. Die Konten laufen alle über meinen Mann. Ich habe noch keinen Zugang dazu und selbst wenn, gibt es Auflagen bei so großen Summen. Ich brauche Zeit, um Ihnen die Hunderttausend zu besorgen.“

„Sie lügen! Ich will mein Geld.“

Seine Stimme wurde noch unbeherrschter und überschlug sich beinahe. Laura hatte das Gefühl, dieses Mal mit einer völlig anderen Person zu sprechen.

„Noch eine Woche. Wenn ich die hunderttausend Euro dann nicht kriege, werden Sie es bereuen. Und keine Polizei. Die konnte Ihrem Mann auch nicht helfen.“

Mit schwitzigen Händen umklammerte Laura das Telefon. Aufgelegt. Sie spürte, wie die Panik in heißen Wellen hinter ihren Rippen pulsierte. Das Telefon fiel zu Boden und sie sank in die Knie, die Hände in die weichen Fasern des Wohnzimmerteppichs gekrallt. Warum? Was hatte sie getan? Womit hatte sie das verdient? Ein Schluchzen entrann ihrer Kehle. War Robert bei der Polizei gewesen? Hätte die Polizei ihr das nicht gesagt? Wusste die Polizei von der Affäre und dem Drohbrief? Oh Gott, hatte sie damit nicht sogar ein Motiv? Hatte der Kriminalbeamte sie deshalb so eingehend gemustert? Lauras Magen zog sich zusammen, in ihrem Mund sammelte sich Speichel und mit einem lauten Geräusch erbrach sie sich auf den Teppich. Ihr Mageninhalt ergoss sich als stinkend gelbbrauner Fleck auf den weißen Baumwollfasern. Der Geruch von Galle stieg ihr in die Nase und ließ sie abermals würgen. Nein. Reiß dich zusammen. Du musst etwas unternehmen. Mühsam rappelte sie sich auf, um in die Küche zu gehen. Vorsichtig trank sie einen Schluck kaltes Wasser. Sie brauchte Hilfe.

„Laura, du musst damit zur Polizei gehen."

Im Gesicht ihres alten Schulfreundes spiegelten sich Sorge und Fassungslosigkeit, nachdem sie ihm alles erzählt hatte. Am Telefon hatte sie ihn weinend gebeten, so schnell wie möglich zu ihr zu kommen. Keine halbe Stunde später hatte er vor ihrer Haustür gestanden. Obwohl er eigentlich hätte arbeiten müssen. Auf Pietsch war eben schon immer Verlass gewesen.

Zwischen ihnen auf dem Küchentisch standen zwei dampfende Tassen Kaffee. Ihre Hände hatten bei der Zubereitung so sehr gezittert, dass er ihr alles aus der Hand genommen und sie zu einem der Küchenstühle geschoben hatte.

„Ich weiß, aber …“

Sie schwieg.

„Aber was?“, fragte er.

„Ich glaube, die Polizei denkt, ich hätte etwas mit Roberts Tod zu tun. Beim letzten Mal hat mich dieser Beamte gefragt, ob ich mich mit Autos auskennen würde.“

Sie verzog das Gesicht.

„Wenn es dem Erpresser um die Affäre geht, dann … dann habe ich auch noch ein Motiv.“

Ein Schluchzen befreite sich aus ihrer Kehle. Als sie die sanfte Berührung ihres Freundes an ihrem Oberarm spürte, lösten sich die Tränen.

„Ein Motiv hattest du so oder so.“

„Aber außer dir weiß das niemand!“, fuhr sie ihn an, was ihr augenblicklich leid tat. Mit zittrigen Händen nahm sie einen Schluck aus ihrer Tasse. Ihr Kaffee schmeckte viel zu bitter. Sie hatte vergessen, Zucker dazuzugeben.

„Pietsch, es tut mir leid. Ich wollte dich nicht anschreien.“

Mit der Hand wischte sie sich die Tränen von der Wange.

„Schon gut."

„Nein, ist es nicht. Ich … ich wusste nur nicht, an wen ich mich sonst hätte wenden können."

Schon wieder sammelten sich Tränen in ihren Augen. Laura blinzelte, um nicht zu weinen.

„Laura, wer immer dieser Anrufer ist. Er ist gefährlich."

Pietsch schwieg.

„Ich weiß."

Einen Moment sagten beide nichts.

„Aber wenn ich ihm das Geld gebe, dann wird alles gut", sagte Laura und legte so viel Überzeugung wie möglich in ihre Worte.

„Glaubst du das wirklich?", wollte er von ihr wissen, und so wie er die Frage stellte, war klar, dass er vom Gegenteil überzeugt war.

„Außerdem hast du das Geld doch gar nicht. Ich gehe mit dir zur Polizei, wenn du möchtest. Ich meine, was, wenn der Anrufer etwas mit Roberts Tod zu tun hat?", gab er zu bedenken.

Laura sah, wie sich ein merkwürdiger Ausdruck über sein Gesicht zog.

„Und wenn Robert vor seinem Tod tatsächlich bei der Polizei gewesen ist? So wie der Anrufer es gesagt hat. Was hat Robert das genutzt?", wollte sie wissen.

Dabei spürte sie, wie sich die Angst um ihren Oberkörper legte – wie ein Seil, das immer straffer gezogen wurde.

Er seufzte.

„Ich gehe heute noch zur Bank und sehe, wie viel ich zusammenbekomme. Bitte, Pietsch. Ich kann nicht zur Polizei. Du weißt, warum."

In ihrer Erinnerung hörte sie noch einmal Roberts freundliche Stimme am Telefon, wie er ihr mitgeteilt hatte, dass er einen Freund zum Abendessen mitbringen würde. Sie spürte die Erleichterung, nicht mit ihrem Mann allein sein zu müssen, nachdem er am Tag zuvor die Beherrschung verloren hatte. Die Tage danach waren die schlimmsten für sie. Wenn die Angst ihre Klauen tief in ihren Körper getrieben hatte und ihr jede Bewegung, jede Äußerung gefährlich vorkam. Und diesmal war es um ein Vielfaches gefährlicher. Sie hatte Robert hintergangen, und obwohl sie wusste, dass er nicht in ihr Innerstes blicken konnte, hatte sie derartige Angst vor seinen kalten, musternden Augen. Hatte Angst, dass ihm ein einziger Blick auf sie genügen würde, um zu wissen, was sie getan hatte. Ein Freund zum Abendessen war wie ein unsichtbarer Schutzschild. Als sie den Schlüssel in der Haustür hörte, atmete sie tief durch, setzte das Lächeln einer zufriedenen Ehefrau auf und zwang sich, in den Flur zu gehen. Nur dieses eine Mal noch, sagte sie sich. Und dann erkannte sie, wen Robert dort zum Essen mitgebracht hatte. Ein jäher Schwindel erfasste sie. Sie musste sich an der Flurwand abstützen, um nicht zu Boden zu stürzen. Das Lächeln von Robert, als er in ihrem Blick ihre Niederlage erkannte, glich dem eines

Dämons. Kalt, sich am Elend ergötzend und siegesgewiss. Und wie immer hatte er ihr eine einzelne Rose mitgebracht. Rot wie Blut, dachte sie würgend bei deren Anblick.

„Laura, mein Schatz. Ist dir nicht gut?"

In seiner Stimme lag unverkennbarer Hohn.

„Ich möchte dir meinen guten, alten Freund Walter Steinbeck vorstellen."

Robert packte sie am Arm. Seine Finger krallten sich schmerzhaft in ihr Fleisch. Er zerrte sie zu dem Mann, der noch immer in der Tür stand. Seine Gestalt war unscheinbar. Ein rundes Gesicht, normale Statur.

„Walter, darf ich vorstellen, das ist Laura, meine Frau."

Er zog sie viel zu fest an der Hüfte zu sich, gab ihr einen Kuss auf die Wange und fügte hinzu: „Meine Frau, ohne die ich nicht leben kann."

Vor ihr stand der Polizeibeamte, den sie gestern um Hilfe gebeten hatte, nachdem Robert am Morgen gewalttätig geworden war. Er hatte sie mit seinem Ledergürtel geschlagen. Wieder und wieder, bis sie erschöpft am Boden lag. Laura wusste, dass es ihre eigene Schuld gewesen war. Sie hatte unachtsam gehandelt. Noch bevor sie den Mund aufgemacht hatte, musste ihr klar sein, dass sie einen Fehler beging. Robert hatte am Kleiderschrank gestanden und ihr einen Kleiderbügel entgegengehalten. Darauf ein schlichtes, schwarzes Kleid. Darin wirst du bezaubernd aussehen, hatte er ihr sanft versprochen. Mit einem lapidaren „Wenn du meinst" hatte sie ihm das Kleid aus der Hand genommen und es hinterher bitter bereut.

Sie erinnerte sich, wie sie weinend und zitternd auf der Polizeiwache saß und dem Beamten ihre Geschichte anvertraut hatte. Wie sie nicht verstanden hatte, warum sie nochmals zurück in diese Hölle müsse. Warum kein Arzt sie untersuchen solle. Der Beamte hatte ihr versichert, es seien nur ein paar Tage und dann werde er sie in einem Frauenhaus unterbringen. Sie solle durchhalten. Und nun stand er vor ihr. Seine Begrüßung war schlimmer als jede körperliche Misshandlung, die Robert ihr hätte antun können.

„Schön, Sie kennenzulernen."

NEIN. Laura schüttelte heftig den Kopf. So einen Fehler würde sie nicht noch einmal begehen.

„Keine Polizei. Ich kann nicht."

Pietsch atmete tief durch.

„Also, was schlägst du vor?", fragte Pietsch. Und so wie er Laura dabei ansah, wusste sie, dass er ihr helfen würde.

Laura Kuhn

Donnerstag, 17. August, 17:15 Uhr

Nervös nestelte Laura an dem Verschluss ihrer Clutch herum. Sie musste daran denken, wie Robert ihr die Tasche zum letzten Hochzeitstag geschenkt hatte. Warum fiel ihr das ausgerechnet jetzt ein? Weil du wegen deines toten Ehemanns bei der Bank bist und du nie wieder einen Hochzeitstag mit ihm feiern musst, antwortete ihr unverzüglich eine innere Stimme. Und genau das hatte sie schließlich gewollt, oder nicht? Sie verscheuchte die Gedanken und versuchte, sich auf etwas anderes zu konzentrieren.

Die Bankangestellte hatte beim Herausgehen die Glastür des Büros offen stehen gelassen. Aus dem großen Empfangsbereich der Bank drangen gedämpfte Stimmen und das Rattern eines Geldautomaten zu ihr herüber. Je länger Laura in diesem engen Büro wartete, desto nervöser wurde sie. In ihrem Magen fühlte es sich an, als würde ein Hornissenschwarm darin wüten. Am liebsten wäre sie aufgestanden und gegangen. Doch sie zwang sich, auf dem schwarzen Bürostuhl sitzen zu bleiben.

„Laura, entschuldige bitte, dass du warten musstest."

Während Sven Weissmüller seine Bürotür schloss und ihr kurz den Rücken zukehrte, legte Laura ihre Clutch auf dem Tisch ab und stand auf. Ihr Bankberater trug eine schwarze Chino-Hose zusammen mit einem schlichten, weißen Hemd. Das Braun seines Gürtels schien mit dem seiner Anzugschuhe abgestimmt zu sein. Sein Anblick erinnerte sie so stark an Robert, dass ihr Puls sich beschleunigte. Doch als ihr ehemaliger Kommilitone sich umdrehte und sie zur Begrüßung kurz in den Arm schloss, beruhigte sie sich. Der Hornissenschwarm löste sich nicht auf, wurde aber deutlich ruhiger.

„Danke, Sven, dass du dir so kurzfristig Zeit für mich nimmst."

„Das ist doch selbstverständlich."

Mit einem Nicken deutete er auf den Stuhl, auf dem Laura bis eben gesessen hatte. Sven selbst nahm ihr gegenüber Platz. Laura fiel auf, dass er mittlerweile einen kurzen, sehr gepflegten Bart trug, der an den Schläfen mit seinen schwarzen, raspelkurzen Haaren verschmolz. Das Älterwerden stand ihm.

„Laura", er räusperte sich.

Sie wusste genau, was jetzt kommen würde. Es schien eine Art universelle Tonlage für Beileidsbekundungen zu existieren. Laura wollte keine einzige mehr hören. Doch den Gefallen tat er ihr nicht.

„Ich möchte dir noch mal mein Beileid aussprechen. Es tut mir unglaublich leid. Ich kann mir nicht vorstellen, wie es dir geht."

Insgeheim hoffte sie, dass Sven nicht ganz so betroffen vom Tod ihres Mannes war, wie es den Anschein hatte. Schließlich gab es einen guten Grund, warum ausgerechnet er ihr Bankberater war.

„Danke, Sven."

Sie schlug bewusst die Augen nieder, nur um ihm gleich darauf einen unsicheren Blick zuzuwerfen. Mit Eyeliner hatte sie dafür gesorgt, dass ihre Augen extra groß wirkten. Wann war sie derart berechnend geworden?

„Es ist fürchterlich."

Sie machte eine kurze Pause. Dann fuhr sie fort: „Wir wollten uns trennen. Wusstest du das?"

Leise schluchzte sie auf.

„Entschuldige, was für ein Unsinn. Woher sollst du das gewusst haben?", brachte sie stotternd hervor.

„Laura."

Sven stand auf. Er setzte sich neben sie und berührte sie sanft an der Schulter.

„Das tut mir wirklich sehr leid."

„Ich fühle mich furchtbar. Ich bin entsetzt über Roberts Tod. Aber … aber ich fühle mich nicht halb so unglücklich, wie ich es sein müsste", schluchzte sie.

Das war nicht gelogen, sie fühlte sich wirklich furchtbar, allerdings hing das nur indirekt mit Roberts Tod zusammen.

„Ich bin ein fürchterlicher Mensch."

„Nein, nicht doch."

Sven drehte ihren Bürostuhl zu sich herum, sodass Laura ihn direkt ansehen musste.

„Bitte. Rechtfertige dich nicht vor mir!“

Laura beobachtete, wie er nach den richtigen Worten suchte. Er ließ ihren Stuhl los. Seine Finger glitten nervös über den groben Baumwollstoff seiner Hose.

„Es … also, als du vor einem Jahr das Konto bei mir eröffnet hast, da … Ich habe vermutet, dass bei euch etwas nicht stimmt.“

Vermutet oder gehofft, fragte Laura sich traurig. Ein geheimes Konto, von dem ihr Mann auf keinen Fall etwas erfahren durfte. War das ein üblicher Kundenwunsch?

„Es tut gut, mit dir darüber zu sprechen. Danke, Sven.“

„Nicht dafür.“

„Vielleicht können wir uns demnächst außerhalb der Bank treffen. Das haben wir lange nicht mehr gemacht“, schlug sie mit einem geschickt eingesetzten Augenaufschlag vor.

„Ähm, natürlich. Gerne.“

Sven rückte den Kragen seines Hemdes zurecht, als wäre ihm heiß geworden. Sie lächelte ihn an. Er schaffte es nicht, ihr in die Augen sehen.

„Ich bin heute aus einem bestimmten Grund hier. Wie du weißt, war Robert der alleinige Kontoinhaber unseres Hauptkontos, und von den Geschäftskonten natürlich sowieso.“

Der Themenwechsel vom Privaten zum Geschäftlichen veranlasste Sven dazu, sich wieder auf seinen ursprünglichen Platz zu setzen. Hinter dem Tisch wirkte seine Körperhaltung gleich viel selbstbewusster als noch vor wenigen Augenblicken. Bevor er antwortete, räusperte er sich.

„Bis auf das Konto, das Robert für dich eröffnet hat, und natürlich deinem eigenen, das du im letzten Jahr eingerichtet hast“, bei diesen Worten konnte er sie kaum ansehen, „ist Robert der alleinige Kontoinhaber. Das stimmt. Leider hat er dir für den Fall seines Todes keine Vollmacht über seine Konten erteilt.“

Missbilligend verzog er die Lippen. Eine unbewusste Geste.

„Das ist nicht ungewöhnlich. Die meisten Menschen beschäftigen sich nicht gerne mit ihrem eigenen Tod.“

Laura hatte keinen Zweifel daran, dass dies nicht der einzige Grund für Robert gewesen war, ihr keine Vollmacht auszustellen.

„Als du uns von Roberts Tod in Kenntnis gesetzt hast, haben wir seine Konten inklusive der Onlinebanking-Zugänge und der Bankkarten sperren lassen. Aber mach dir keine Sorgen. Wir führen sie als Nachlasskonten weiter. Das heißt, sämtliche Aufträge wie Lastschriften und Daueraufträge für die Grundsteuer, die Strom- und Heizkosten sowie Versicherung werden weiter ausgeführt. Die monatliche Zahlung auf dein Konto läuft auch weiter. Finanziell bist du gut aufgestellt.“

Er wirkte zufrieden. Auf seinem Gesicht erschien ein vorsichtiges Lächeln, das ihr signalisieren sollte, dass finanziell alles in bester Ordnung war. Sie sah ihm direkt in die Augen.

„Sven, ich brauche Bargeld.“

Sein Lächeln verschwand und wich einem fragenden Gesichtsausdruck. Bevor er etwas erwidern konnte, sagte sie: „Hunderttausend Euro."

Vor Überraschung verschluckte er sich an seinem eigenen Speichel. Während er noch hustete, redete sie weiter.

„Ich muss wissen, wie viel ich bis nächste Woche bekommen kann."

Sven Weissmüller hatte sich wieder im Griff. Er setzte eine professionelle Miene auf.

„Du benötigst hunderttausend Euro? In bar?"

„Genau."

Sven räusperte sich wieder.

„Du hast natürlich die Möglichkeit, das Geld von deinen beiden Konten abzuheben. Aber … nun, das wäre nicht annähernd genug."

„Deshalb brauche ich deine Hilfe. Welche Optionen habe ich noch, um an das Geld zu kommen."

Laura konnte deutlich sehen, wie Sven bei den nächsten Sätzen mit sich selbst rang. Es klang, als würden die Wörter wie zäher Honig über seine Lippen kommen.

„Mhm, wir können einige Eventualitäten durchspielen. Wofür brauchst du das Geld?"

„Das würde ich gerne für mich behalten."

Eine Weile sah er sie schweigend an, wobei er seine Lippen zu einem dünnen Strich zusammenzog.

„Ohne konkreten Verwendungszweck wird es schwierig für mich, dich bei deinem Wunsch zu unterstützen."

Laura antwortete nicht.

„Laura, normalerweise dürfte ich dir das nicht sagen."

Sven fummelte erneut an seinem Kragen herum. Er warf einen verstohlenen Blick zur Bürotür und fuhr ein wenig leiser fort: „Robert hat erst im letzten Monat eine größere Menge Bargeld abgehoben. So viel, dass es mir bei der Durchsicht der Konten aufgefallen ist."

Sein Blick huschte zurück zur Tür.

„Gibt es etwas, worüber du mit mir sprechen möchtest?"

Keine Polizei. Die konnte Ihrem Mann auch nicht helfen. Laura wollte hier raus. Der Hornissenschwarm begann in ihrem Innersten zu toben. Am liebsten hätte sie laut geschrien. Es hätte sie nicht einmal gewundert, wären statt eines Schreies Hornissen aus ihrem Mund geströmt.

David Gilbert

Freitag, 18. August, 13:47 Uhr

Im Inneren des Dienstwagens war es trotz der laufenden Klimaanlage unangenehm stickig. Die kühle Luft kämpfte gegen die angestaute Hitze sowie David gegen seinen rebellierenden Magen. Mit feuchten Händen umklammerte er das aufgeheizte Leder des Lenkrades, während er dem Grimpenwall folgte. Er reihte sich in die Spur der Linksabbieger ein, um über die Weserbrücke raus aus der Innenstadt zu fahren. Auf der Brücke erhaschte er einen Blick auf den Weserstrand mit seinen bunten Sonnenschirmen. Was würde er darum geben, jetzt im Sand in der Sonne zu schwitzen statt hier im Auto.

„David, bist du in Ordnung?"

Kurz blickte er zu seiner Kollegin Yvonne hinüber. Sie hatten vereinbart, dass er diesmal die Gesprächsführung übernehmen würde. Mehr als ein kurzes Nicken brachte er nicht zustande. Dann konzentrierte er sich wieder auf den Verkehr. Natürlich war er in Ordnung. Er musste es schließlich sein. Das gehörte zu seinem Job. Auch wenn die Last der zu überbringenden Nachricht sich von Kilometer zu Kilometer enger um seinen Magen legte.

„Kaum zu glauben, dass der Engelbrecht die Obduktion unserer Wasserleiche schon abgeschlossen hat", meinte Yvonne beiläufig.

David brummte zustimmend. Tatsächlich hatte der Pathologe kaum eine Woche gebraucht, um seinen Bericht bei ihm abzugeben. Und glücklicherweise konnte die Leiche anhand ihres Gebisses zweifelsfrei identifiziert werden. Auch dieser schnelle Erfolg ging auf den Pathologen zurück. Der Zustand der Leiche hatte ihm verraten, dass diese schon über Jahre im Gevattersee gelegen haben musste, und er dachte an einen alten, ungeklärten Vermisstenfall zurück.

„Erinnerst du dich noch an die Geschichte von damals?", wollte David von seiner Kollegin wissen.

„Natürlich! Ich meine, das ist Minden. Früher ist hier doch kaum etwas passiert." Die Art und Weise, wie Yvonne das Wort *früher* betonte, ließ keinen Zweifel daran, dass dies schon seit einer Weile nicht mehr der Fall war. „Das war damals eine große Sache. Die Frau ist spurlos verschwunden. Wie lange ist das jetzt her?"

„Laut den Akten fünfzehn Jahre, und der Zustand der Toten lässt vermuten, dass sie seit dieser Zeit auch im See gelegen hat."

„Wie fürchterlich. Weißt du, auch wenn das Baden im Gevattersee verboten ist, gibt es viele Mindener, die dort trotzdem schwimmen gehen."

Yvonne schüttelte sich.

„Mir hat der Sohn der Vermissten leid getan", erzählte sie weiter.

„Meine Tochter ging in seine Parallelklasse. Es wurde viel getratscht und gemutmaßt. Manche behaupteten, die Frau wäre durchgebrannt und hätte Mann und Kind sitzen lassen. Andere dagegen waren überzeugt, ihr müsste etwas Schlimmes passiert sein, weil sie niemals ihren Sohn allein gelassen hätte. Es gab keine Hinweise, was mit ihr passiert sein könnte. Letztlich wurde der Fall nie geklärt. Bis heute."

David antwortete nicht sofort. Zur Mittagszeit war viel los auf der Viktoriastraße und gerade drängelte sich ein Bus vom Straßenrand zurück in den Verkehr.

„Ich denke, wir müssen von einem Gewaltverbrechen ausgehen", teilte er seine Gedanken schließlich mit seiner Kollegin.

„Selbstverständlich kann Engelbrecht nicht sicher angeben, ob die Verletzung des Schädels vor oder nach dem Tod stattgefunden hat. Aber laut seiner Aussage wäre eine solche Verletzung tödlich gewesen. Und so wie die Leiche im See versenkt wurde, wollte jemand ganz offensichtlich nicht, dass die Tote gefunden wird."

Yvonne gab ein zustimmendes Brummen von sich.

„Was meinst du, wie der Sohn die Nachricht aufnehmen wird?", wollte sie wissen.

David fiel die leichte Anspannung in Yvonnes Stimme auf.

„Wir werden sehen", antwortete er möglichst ruhig.

Um sie beide ein wenig abzulenken, erkundigte er sich: „Auf welche Schule ist deine Tochter damals eigentlich gegangen?"

Yvonne warf ihm einen fragenden Blick zu.

„Auf das Herder-Gymnasium."

„Seid ihr zufrieden mit der Schule gewesen?"

„Warum? Suchst du schon nach einer passenden Schule für Hanne?", überlegte Yvonne laut lachend.

David lachte mit.

„Hey, ich komme nicht von hier. Es ist nie zu früh, sich zu informieren."

Beide entspannten sich ein wenig.

Florian Gerste

Freitag, 18. August, 14:12 Uhr

Florian Gerste legte beide Hände um das Glas mit der gekühlten Cola. Niedergeschlagen beobachtete er, wie die Kohlensäure in kleinen Blasen an die Oberfläche aufstieg und sich dabei um die Eiswürfel legte, die in der braunen Flüssigkeit trieben. Das kühle Kondenswasser, das am Glas hinabtropfte und seine Haut benetzte, beruhigte seine angespannten Nerven wie ein kühlender Balsam. Sein Blick wanderte ziellos durch die Gardine des Küchenfensters hinaus in den Vorgarten. Die Sommerhitze hatte das grüne Gras längst in eine gelbe, trockene Fläche verwandelt. Es regnete diesen Sommer viel zu wenig. Verdammte Klimakatastrophe, dachte er. Im Grunde war er wie das Gras. Auch in seinem Leben hatte es eine Katastrophe gegeben und nach und nach war alle Farbe aus seinem Dasein gewichen. Tief in seinem Innersten hoffte er auf einen Regenschauer, der ihn heilen würde. Doch er hatte keine Ahnung, wie dieser aussehen müsste. Er ärgerte sich über sich selbst, dass er heute solch trübsinnigen Gedanken nachhing. Dabei war es nur natürlich, dass ihn das, was passiert war, zum Nachdenken brachte. Er war nicht abergläubisch. Natürlich nicht. Trotzdem fühlte es sich an wie ein Zeichen. Es musste einfach ein Zeichen an ihn sein.

Florian hörte auf, das vertrocknete Gras anzusehen, um sein Handy zu entsperren. Er musste auf andere Gedanken kommen. In dem Moment nahm er aus dem Augenwinkel eine Bewegung wahr.

Vor seinem Haus parkte ein blauer VW Passat, aus dem ein Mann und eine Frau ausstiegen. Beide sahen sich kurz um. Florian musterte sie interessiert. Ihn schätzte er auf Anfang dreißig. Ein sportlicher Kumpeltyp. Sie war deutlich älter. Etwas korpulent um die Hüfte. Wollten die zu ihm? Anscheinend, denn gerade öffnete der Mann das Gartentor und die zwei marschierten den kurzen, gepflasterten Weg zu seiner Haustür entlang. Da hörte Florian auch schon das Läuten der Türglocke. Er stöhnte leise. Gesellschaft war das Letzte, wonach ihm heute der Sinn stand.

Ein paar Minuten später saßen ihm die Besucher mit ernsten Mienen am Küchentisch gegenüber. Sie hatten sich als David Gilbert und Yvonne Osterfelde von der Mordkommission Minden vorgestellt. Mordkommission. Sein Mund fühlte sich trocken an. Er wollte schlucken, doch seine Kehle war ausgetrocknet und es gelang ihm nicht. Hastig würgte er einen Schluck seiner Cola herunter.

„Haben Sie verstanden, was ich gesagt habe?", fragte der ermittelnde Beamte.

Florians Gedanken wirbelten durcheinander, als würde ein Tornado in seinem Kopf wüten. Bilder seiner Mutter blitzten aus der Erinnerung auf, mischten sich mit den Worten *Leiche* und *Obduktion*. Ihm war schwindelig.

„Sind Sie in Ordnung?"

Die Beamtin fing seinen Blick auf. Ihre Stimme klang warm und fürsorglich.

„Brauchen Sie psychologischen Beistand?", fragte sie.

„Nein, nein, es geht. Tut mir leid", antwortete er mit brüchiger Stimme.

„Ich habe Sie verstanden. Ich … es ist … mir fehlen einfach die Worte."

Florin rieb sich mit der Hand über die Augen.

Der Polizeibeamte nickte ihm verständnisvoll zu.

„Und Sie glauben, es handelt sich um …", Florian schluckte, bevor er das Wort herausbrachte, „… Mord?"

„Es spricht einiges dafür. Zumindest schließen wir das aus der Art und Weise, wie Ihre Mutter im See gefunden wurde."

Florian war dem Polizisten dankbar, dass er diesmal auf das Wort *Leiche* verzichtete, auch wenn es eigentlich keinen Unterschied mehr machte. Fünfzehn Jahre waren eine lange Zeit. Fünfzehn Jahre, in denen er auf die Polizei gewartet hatte, und nun war sie da. Er schloss die Augen.

„Sie hat mich nicht allein gelassen. Das wusste ich."

Als er seine Augen öffnete, sahen ihn die beiden Beamten aufmerksam an.

„Wir werden in dem Fall Ihrer Mutter natürlich ermitteln. Ich möchte Ihnen aber nicht zu viele Hoffnungen machen. Durch die lange Zeit im Gevattersee sind quasi alle Spuren vernichtet und wir haben keine Tatwaffe oder Ähnliches. Trotzdem würden wir gerne zu einem späteren Zeitpunkt nochmals mit Ihnen sprechen. Aber ich denke, Sie sollten diese Nachricht jetzt erst einmal verarbeiten."

Florian blickte den davonfahrenden Beamten hinterher. Er spürte, wie sich die Erinnerungen an den Sommer vor fünfzehn Jahren an die Oberfläche seines Bewusstseins kämpften. Unaufhaltsam drangen sie nach oben, wie glühende Lava, die sich gewaltsam ihren Weg aus dem Erdreich bahnte.

Sein vor Wut tobender Vater, der nicht fassen konnte, dass seine Frau nicht mehr da war. Diese bodenlose Wut, die nach und nach in Verbitterung umschlug. Das langsame Verblassen der Emotionen in seinen Augen, wenn er Florian ansah, bis er selbst das irgendwann nicht mehr schaffte.

Florian spürte wieder die Blicke seiner Mitschüler und Lehrer auf sich. Fühlte die Trauer, die sich tief in seinem Körper festgesetzt hatte. Es hatte Jahre gedauert, bis Florian das Telefon läuten oder die Türglocke hören konnte, ohne dass sein Herz hinter seinen Rippen explodierte. Und nun hatten sie ihre Leiche gefunden. Was würde mit dem Körper seiner Mutter passieren? Er hatte die Polizisten nicht danach gefragt. Zu viel war ihm durch den Kopf gegangen. Bei der Beerdigung damals war der Sarg leer gewesen. Konnte er seine Mutter noch mal beerdigen?

Johanna Neumann

Samstag, 19. August, 19:00 Uhr

„Gefällt es dir hier?“, fragte Mariam, wobei sie mit ihren Händen den Biergarten umschloss.

Johanna sah sich um. Sie saßen in einem Hinterhof direkt in der Mindener Innenstadt. Die umgebenden Steinmauern waren mit Efeu bewachsen, überall standen Pflanzen und sogar ein Baum wuchs hier. An seinem Stamm kletterten ebenfalls Efeuranken nach oben. Dazu Lichterketten, bunte Kissen auf Holzbänken und die Fassade des alten Fachwerkhauses. Johanna fand es unglaublich gemütlich.

„Es ist toll“, antwortete sie fröhlich, „dein Kleid ist übrigens sehr hübsch.“

Mariam trug ein knielanges Trägerkleid in zwei verschiedenen Blautönen, die sanft ineinanderflossen.

„Danke.“ Mariam strahlte.

„Ich habe es selbst genäht. Es kaschiert perfekt meine paar Kilo zu viel.“

Sie strich sich sanft über den Bauch, der in dem Kleid nicht weiter auffiel.

„Du, ich freue mich, dass das heute klappt“, sagte sie dann.

„Als ob ich eine Wahl gehabt hätte", lachte Johanna. Seit ihrem ersten Tag hatte Mariam ihr in den Ohren gelegen, dass sie beiden sich näher kennenlernen müssten.

Mariam lachte etwas zu laut. Doch es klang ungemein sympathisch in Johannas Ohren.

„Ach, ich kenne das doch. Als ich nach Minden gezogen bin", sie schüttelte den Kopf, „meine Güte, war das schwierig. Bis du hier jemanden kennenlernst. Die Mindener sind nett, aber so was von zugeknöpft. Und wortkarg."

Johanna schmunzelte in sich hinein. Wortkarg war eine Eigenschaft, die überhaupt nicht zu ihrer Kollegin passte. Zu ihr selbst allerdings schon. Schließlich kam sie aus Kiel, wo ein „Moin, Moin!" schon als Gesabbel galt. Johanna sagte aber nichts.

„Wo hast du denn vorher gelebt?", wollte sie von Mariam wissen.

„Ich komme ursprünglich aus Stuttgart. Du, ich sag dir, da sind die Leute ganz anders. Viel offener."

Nachdem die Kellnerin ihnen die bestellten Gerichte gebracht hatte, aßen die beiden einen Moment schweigend. Johanna trank gierig einen großen Schluck Wasser, um das Brennen auf ihrer Zunge etwas zu mildern. Mit jedem Bissen von ihrem Thai-Curry brannte es etwas mehr. Es schmeckte köstlich, aber vielleicht hätte sie bei der Bestellung nicht sagen sollen, das Curry dürfe gerne scharf sein.

„Mariam, stimmt es, dass der vermisste Junge wieder aufgetaucht ist?", fragte sie und legte ihre Gabel auf dem Teller ab.

Mariam, die sich gerade ein gewaltiges Stück Cannelloni in den Mund stopfte, nickte heftig. Als sie aufgekaut hatte, entgegnete sie.

„Ja, zum Glück. Seit Mittwoch schon."

Sie klang erleichtert.

„Hast du den Artikel nicht gelesen?"

Johanna schüttelte den Kopf. In Gedanken war sie viel zu oft bei Laura und Robert Kuhn gewesen. Und es fiel ihr schwer genug, sich auf ihre eigenen Artikel zu konzentrieren. Und da Mariam die letzten Tage viel außer Haus unterwegs gewesen war, hatte ihr niemand den neusten Tratsch erzählt.

„Ich habe nur in der Küche gehört, dass der Junge wieder da ist. Da war ich zunächst einmal beruhigt, aber mehr weiß ich nicht."

Mariam nahm einen weiteren Bissen von ihren Nudeln und kaute genüsslich, bevor sie antwortete.

„Stell dir vor, der Junge hatte sich die ganze Zeit in der Gartenlaube seiner Großeltern versteckt."

„Was?"

Mariam schnaubte geräuschvoll durch die Nase.

„Und weißt du, warum?" Es war eine rein rhetorische Frage, denn Mariam sprach einfach weiter. „Sie haben ihm nicht erlaubt, Fortnite zu spielen. Kannst du dir das vorstellen?"

Mariam sah Johanna ungläubig an.

„Fortnite? Was ist das?"

„Ein Computerspiel. Eins von diesen Ballerspielen, bei dem es nur darum geht, alles und jeden zu erschießen."

Ihre Kollegin verdrehte die Augen und machte eine wegwerfende Handbewegung.

Johanna war sprachlos. Sie trank noch einen Schluck Wasser und stellte erleichtert fest, dass sich ihre Zunge fast wieder normal anfühlte.

„Aber er ist doch erst zehn. Wie konnte er sich fast eine ganze Woche verstecken?"

„Du, der hat das, so wie es aussieht, geplant. Er ist vorher einkaufen gegangen und hat sich dann mit dem Ersatzschlüssel in die Gartenlaube geschlichen. Da drin gibt es sogar fließend Wasser. Wäre das mein Sohn, der würde nie wieder Computer spielen."

So bestimmt, wie Mariam das sagte, glaubte Johanna ihr das sofort. Unfassbar.

„In dem Alter hätte ich mich das nie getraut", staunte Johanna.

„Ganz allein irgendwo übernachten, ohne dass meine Eltern wüssten, wo ich bin."

Sie schüttelte den Kopf.

„Die Kinder von heute sind von einem anderen Kaliber als wir", lachte Mariam.

„Und wie wurde er gefunden?", wollte Johanna noch wissen.

„Die Laube steht im Kleingartenverein am Fort C. Einer der anderen Besitzer hat den Jungen gesehen, als er sich abends aus der Hütte geschlichen hat."

Mariam lachte.

„Eine Toilette gibt es in diesen Häuschen nämlich nicht."

Mariam schien das unwahrscheinlich lustig zu finden, denn nun musste sie richtig lachen. Laut und ansteckend. Johanna lachte mit. In diesem Moment war sie froh, mitgekommen zu sein. Sie griff nach ihrer Gabel und nahm noch einen Bissen dieses ehrlichen Currys.

Mariam schien etwas Wichtiges eingefallen zu sein, denn sie wedelte mit ihrer Hand in der Luft herum, während sie einen Schluck Rotwein trank.

„Aber du weißt, dass es was Neues zu unserer Wasserleiche gibt, oder?"

Unsere Wasserleiche. Interessante Wortwahl, dachte Johanna.

„Nein. Aber du bringst mich bestimmt auf den neusten Stand", gab sie zurück.

Mariam knallte ihr Besteck auf den Tisch.

„Die Pressestelle der Polizei ist natürlich geizig, was Informationen angeht. Von der weiß ich nur, dass die Leiche identifiziert wurde. Und dass es einen Zusammenhang mit einem Vermisstenfall gibt."

Mariam beugte sich ein wenig zu Johanna hinüber und zwinkerte ihr zu.

„Du, ich weiß, wer das ist."

Sie strahlte Johanna an und die machte ihr die Freude und fragte: „Wer?"

„Das muss die Leiche von Susanne Gerste sein."

„Woher weißt du das denn?“

„Das war nicht schwer rauszubekommen. Wir wissen, dass unsere Wasserleiche eine Frau ist. Und in den letzten Jahren gab es nur einen Vermisstenfall, bei dem es um eine Frau ging und der nicht aufgeklärt wurde.“

Triumphierend sah sie Johanna an und hob den Zeigefinger.

„Warte.“

Mariam griff nach ihrem Handy, das auf dem Tisch lag, und tippte wild auf dem Display herum. Dann drehte sie es zu Johanna und präsentierte ihr wie eine Magierin das Foto eines Mannes.

„Das ist ihr Sohn.“

Johanna hätte beinahe ihre Gabel fallen lassen. Sie spürte, wie ihre Fingerspitzen zu kribbeln begannen. Wie das Kribbeln von dort über ihren Körper wanderte und sich in ihren Knochen festsetzte.

„Stell dir vor. Der Sohn lebt nach wie vor in Minden. Sogar noch im Elternhaus. Wie gerne würde ich den interviewen.“

Johanna lächelte Mariam an und hoffte, dass ihr Lächeln nicht so gequält aussah, wie es sich anfühlte. Sie bemühte sich, ihrer Stimme einen ganz beiläufigen Tonfall zu geben, als sie fragte: „Und wahrscheinlich weißt du genau, wo das Haus sich befindet, richtig?“

Julia Gilbert

Sonntag, 20. August, 09:12 Uhr

Müde rieb sich Julia Gilbert den Schlaf aus den Augenwinkeln und schlürfte in ihrem Schlafanzug zur Küche, aus der ihr der Geruch von Kaffee und Croissants entgegenschlug. Als sie Hannes helle Kinderstimme hörte, blieb sie kurz vor der Tür stehen.

„Mama. Schläft?"

„Ja, meine Süße. Mama schläft noch. Wir lassen sie heute ausschlafen."

„Ausschlafen."

„Aber Papa ist wach."

„Papa. Wach", juchzte die Kleine.

„Seit fünf Uhr, du verrücktes Kind."

Das warme Lachen von David mischte sich mit dem Kichern seiner Tochter. Wahrscheinlich kitzelte er ihr wieder die kleinen Füßchen, die im Hochstuhl frei in der Luft baumelten.

Lächelnd betrat sie die Küche.

„Was ist denn hier los?"

„Mama!", strahlte Hanne sie an und hob die kleinen Ärmchen in die Luft. Julia atmete kurz durch und machte sich bereit, wieder voll und ganz als Mutter zu funktionieren. Doch zu ihrer Überraschung hob David Hanne aus dem Stuhl, warf sie hoch in die Luft und wirbelte sie einmal im Kreis herum, sodass sie vor Vergnügen kreischte.

„Mama trinkt erst mal einen Kaffee", sagte er zu Julia. Mit dem Kind auf dem Arm kam er zu ihr und gab ihr einen Kuss auf die Wange.

„Guten Morgen, mein Schatz. Hast du gut geschlafen?"

Wie er sie so ansah mit den leichten dunklen Schatten unter seinen braunen Augen, die vor Müdigkeit viel kleiner wirkten als sonst, nagte sofort ein schlechtes Gewissen an ihr. Die vergangene Woche war ein Albtraum gewesen, alles schien aus dem Ruder zu laufen. Hanne hatte unaufhörlich geweint, gequengelt und Julia keinen Augenblick für sich allein gegönnt. Und all ihre aufgestaute Frustration hatte sich an David entladen, der ihre Laune ohne weitere Reaktion über sich hatte ergehen lassen.

„Ja", antwortete sie dankbar und legte ihre Arme um ihn und Hanne. David hatte noch immer sein T-Shirt an, das er im Bett getragen hatte. Er roch nach Schlaf und Kaffee.

Julia ließ sich auf einen der vier Küchenstühle an den gedeckten Frühstückstisch plumpsen. David setzte Hanne zurück in ihren Hochstuhl, drückte der Kleinen ein Brötchen in die Hand und goss Julia Kaffee in ihren Becher. Zum Glück ging es Hanne seit gestern wieder besser. Der Husten war verschwunden und sie weinte nicht mehr bei jeder Kleinigkeit. Gerade höhlte sie mit ihren pummeligen Fingern das Innere des Brötchens aus und steckte sich den Inhalt genüsslich in den Mund.

„Möchtest du dich noch mal schlafen legen?“, bot sie David an, während sie sich die dampfende Tasse Kaffe an die Lippen führte.

Ihr Ehemann lächelte sie an, und genau dieses Lächeln war der Grund, warum sie sich damals in ihn verliebt hatte. Wenn er lächelte, breitete sich automatisch eine Wärme in ihr aus.

„Nein, heute gehöre ich ganz meinen beiden Frauen.“

Er warf einen liebevollen Blick auf Hanne.

„Schön. Wir haben schließlich schon die letzten beiden Sonntage auf dich verzichtet.“

Augenblicklich verschwand das Lächeln aus Davids Gesicht und die Atmosphäre im Raum veränderte sich spürbar. Warum nur sagte sie immer das Falsche? Julia ärgerte sich über sich selbst. Aber es stimmte schließlich. Die letzten beiden Sonntage musste sie allein mit Hanne verbringen, weil ihr Mann sich mit seiner Ex-Freundin getroffen hatte. Auch wenn sie es ihm gegenüber niemals zugeben würde, mochte sie Johanna nicht. Die Eifersucht hatte ihre langen Klauen in sie geschlagen, seit David ihr das erste Mal von Johanna erzählt hatte. Seine Stimme bekam einen anderen Klang und seine Augen nahmen einen sonderbaren Ausdruck an. Und dann diese Sache in Kiel. Sogar Urlaub hatte er ihretwegen genommen. Urlaubstage, die für sie und

Hanne gedacht waren. Ob Johanna das überhaupt wusste? Und warum musste sie ausgerechnet nach Minden ziehen? Es gab sicher mehr als genug Orte, in denen sie als Redakteurin arbeiten konnte, aber nein, sie zog nach Minden.

„Ich hatte dich gefragt. Du sagtest, das sei in Ordnung", erwiderte David. Dabei bearbeitete er sein Croissant mit dem Messer, dass sie Angst um seine Finger bekam.

Julia zwang sich zu einem zarten Lachen.

„Verzeih bitte, so war das gar nicht gemeint. Ich freue mich, dass du heute Zeit hast."

Sie merkte selbst, dass ihr Lächeln kläglich scheiterte.

David ließ das Messer sinken.

„Was hältst du davon, wenn wir nach dem Frühstück mit Hanne auf den Spielplatz gehen?", schlug er versöhnlich vor.

Dankbar stellte sie fest, dass er ihre Entschuldigung annahm.

„Gerne."

Mit Hanne in der Mitte, die ihr gelbes Lieblingskleid trug, schlenderten sie die Kornackerstraße in Dützen entlang. Links von ihnen lagen große Felder, von denen einige bereits abgeerntet waren. Julia entdeckte einen Bussard. Mit ausgebreiteten Flügeln zog er seine Kreise durch die Luft. Dahinter ragte das Wiehengebirge empor. Die Luft war angenehm warm. Julia atmete tief ein. Ein Urlaub konnte kaum schöner sein.

„Fliegen“, forderte Hanne.

David lächelte Julia an. Eine Augenbraue hochgezogen. Wollen wir?, wollte er wissen.

„Na gut!“, rief Julia gedehnt langsam und bei jedem dritten Schritt zogen sie ihre Tochter an den Händen in die Luft. Mit einer immer wieder vor Freude kreischenden Hanne spazierten sie die Dützer Dorfstraße hinunter, bis sie den alten Friedhof mit dem Kriegerdenkmal erreichten.

„Genug geflogen“, sagte David und hob Hanne auf seine Schultern.

Warum konnte es nicht immer so sein, fragte sich Julia.

„Das ist schön.“

Aus müden Augen sah er sie an.

„Finde ich auch.“

Sie hakte sich bei ihm ein.

„Die Arbeit macht dir gerade sehr zu schaffen, oder?“

Er antwortete nicht sofort.

„Ich stehe unter ziemlichem Druck“, sagte er schließlich.

„Leg dich nach dem Spielplatz doch noch mal schlafen, ich kümmere mich schon um Hanne“, bot sie an und er lächelte dankbar.

„Julia, was hältst du davon, wenn wir am nächsten Wochenende grillen.“

„Warum nicht.“

„Wir könnten Ben einladen“, und nach einer kaum merklichen Pause fügte er hinzu, „und Johanna.“

Ohne es zu wollen, versteifte sie sich und ließ Davids Arm los.

„Natürlich nur, wenn du möchtest."

„Papa. Reiten", drängte Hanne plötzlich, der wohl zu langweilig wurde.

„Reiten?", stöhnte David.

„Reiten", schrie Hanne.

„Überleg es dir", sagte David. Er zwinkerte ihr zu, wieherte wie ein Pferd und lief auch schon los, dem Spielplatz entgegen.

Julias Zufriedenheit verwandelte sich schlagartig in Eifersucht. Konnte nicht ein Tag vergehen, ohne dass Johanna sich in ihr Leben mischte?

Johanna Neumann

Sonntag, 20. August, 19:24 Uhr

In der Wohnung hatte Johanna es nicht mehr ausgehalten. Mit geschlossenen Augen stand sie nun in Leggins und Sporttop auf dem Bürgersteig vor dem Haus und streckte ihr Gesicht der Abendsonne entgegen. Sie spürte die angenehme Wärme auf Stirn und Wangen. Ein seichter Wind trug das Zirpen von Grillen zu ihr herüber. Tief atmete sie ein. Es fiel ihr schwer, die Tage allein zu verbringen. Nicht einmal arbeiten konnte sie heute. Gut, die letzten Kartons in ihrer Wohnung warteten noch immer darauf, ausgepackt zu werden. Doch dazu hatte sie sich nicht aufraffen können. Auch den längst überfälligen Anruf bei ihrer Mutter schob sie vor sich her. Sei nicht so streng zu dir selbst, forderte sie sich selbst auf. Lauf eine Runde, und es wird dir besser gehen.

Sie sah den Meißener Mühlenweg entlang und entschied sich, in Richtung Burgweg zu laufen. In Kiel war sie regelmäßig joggen gegangen. Doch das war vor Rebekkas Tod gewesen. Sie würde es langsam angehen und eine entspannte Runde durch Meißen drehen. Schnell fand sie in einen angenehmen Laufrhythmus und konzentrierte sich ganz auf ihre Atmung. Sie folgte der Meißener Dorfstraße und genoss die Stille um sie herum. Es waren kaum Autos unterwegs. Aus einigen Gärten wehte der Geruch von gegrilltem Fleisch zu ihr hinüber.

An einem Spielplatz folgte sie der Straße nach rechts und automatisch verlangsamte sie ihr Tempo, bis sie schließlich vor einem kleinen Einfamilienhaus mit bräunlichen Dachziegeln stehen blieb. Schwer atmend stützte sie sich mit ihren Händen auf den Knien ab. Ihre Kleidung war schweißverklebt. Ihr Blick wanderte zu dem Haus, vor dessen Vorgarten sie nun stand. So viel zu deinem Plan, den Kopf auszuschalten, kritisierte sie sich selbst. Wie gerne würde sie sich belügen und so tun, als ob sie rein zufällig vor diesem Haus eine Pause einlegen musste.

„Guten Abend."

Johanna sah auf. Eine ältere Frau um die achtzig lächelte ihr aus dem Nachbargarten entgegen. Ihr Gesicht bestand aus einer Ansammlung von Falten. Unter ihrem gelben Strohhut lugten vereinzelte graue Strähnen hervor. Sie trug einen karierten Rock und eine weite Strickjacke. Mit einer Gießkanne kniete sie vor einem Beet aus violetten Pflanzen. Mühsam richtete sie sich auf.

Johanna lag bereits ein „Moin" auf der Zunge. Sie schluckte das Wort jedoch herunter und nickte der Frau stattdessen freundlich zu. Sie genoss es, dass sich die Menschen hier im Ort grüßten. Aus Kiel war sie das nicht gewohnt.

„Hallo."

Mit einer ausladenden Geste zeigte die Ältere auf die Pflanzen zu ihren Füßen.

„Ich muss meinen Lavendel gießen. Ist jetzt die beste Zeit dafür."

Johanna lächelte höflich. Mit Pflanzen kannte sie sich überhaupt nicht aus. In ihrer Wohnung stand ein Kaktus, den sie schon ewig besaß. David hatte ihn ihr geschenkt. Das war bisher die einzige Pflanze, die sie noch nicht hatte eingehen lassen. Etwas wehmütig sah Johanna hinüber zu dem Haus, weswegen sie überhaupt erst angehalten hatte. Die Nachbarin folgte ihrem Blick.

„Schlimme Sache, nicht wahr?", fragte sie kopfschüttelnd, als ob Johanna und sie alte Freundinnen wären. Die Betroffenheit in ihrer Stimme klang aufrichtig und um ihre Augen legte sich ein düsterer Schimmer.

„Sehr schlimm", gab Johanna ihr recht.

„Aber", sie senkte verschwörerisch ihre Stimme, „ich hab das immer gewusst. Die Susanne war keine von diesen Frauen, die ihr Kind einfach allein lassen. Ein Kind gehört doch zur Mutter."

Kurz sah sie sich um und kam noch etwas näher zu Johanna herüber.

„Vielleicht ist es so besser. Jetzt hat der Florian Gewissheit. Der arme Junge."

Der arme Junge war mittlerweile über dreißig, dachte Johanna, sagte aber nichts.

Florian Gerstes Nachbarin schüttelte wieder bedauernd den Kopf.

„Kannten Sie die Familie gut?"

„Oh ja, ich wohne hier schon fast mein ganzes Leben."

Ein gewisser Stolz schwang in ihrer Stimme mit.

„Mein verstorbener Mann Albert und ich haben hier schon gelebt, als Susanne und Volker damals eingezogen sind. Den Florian kenne ich seit seiner Geburt. Das ist so ein lieber Kerl. Wissen Sie, einmal in der Woche nimmt er mich mit zum Einkaufen, und den Rasen mäht er mir auch. Immer passiert so was den Falschen."

Johanna fragte sich, wer die Richtigen waren, denen so etwas Schreckliches passieren durfte.

„Und stellen Sie sich vor, die Polizei war hier. Der Florian hat mir alles erzählt. Die glauben, es war Mord."

Mit großen Augen starrte sie Johanna an.

„Mord", wiederholte die Frau und ihre Stimme nahm einen krächzenden Unterton an.

„Du lieber Himmel", fügte sie noch hinzu.

Das war interessant. Das hatte die Pressestelle der Polizei dem Mindener Tageblatt nicht mitgeteilt. Zumindest wusste Johanna nichts davon und Mariam hatte gestern auch nichts davon erzählt.

„Weiß die Polizei schon, wer der Täter war?", fragte Johanna eine Spur zu aufgeregt.

Betrübt schüttelte die Alte den Kopf.

„Florian meint, sie würden ihn wahrscheinlich gar nicht finden. Ist ja alles schon lange her.“

Einen Moment schwiegen die beiden Frauen und blickten zum Haus von Florian Gerste. Alles an dem Haus, vom hölzernen Gartenzaun bis hin zu den mit Gardinen bestückten Fenstern, strahlte Dorfidylle aus. In Johannas Vorstellung verdunkelte sich der strahlende Abendhimmel und die erstickten Schreie einer Frau drangen durch den Garten zu ihr herüber.

„Wer tut nur so etwas Grausames?“, wollte die Nachbarin wissen und vertrieb damit die unangenehmen Bilder und Schreie.

Johanna zuckte mit den Schultern.

„Was glauben Sie?“

Die Alte riss die Augen auf wie ein Kind, das vom Lehrer beim aus dem Fensterschauen ertappt wird.

„Ich? Was soll ich schon wissen?“

Sie blickte sich um, senkte kurz die Augen und sah Johanna dann eindringlich an.

„Na ja, wissen Sie, als es passiert war, da … da dachte ich eine Zeit lang, der Volker könnte es gewesen sein.“

Sie atmete erleichtert aus, als wäre ihr eine Last von den Schultern genommen worden.

„Man soll nicht schlecht von den Toten reden“, sie schaute kurz nach oben, als würde sie bei Gott oder vielleicht dem Verstorbenen selbst ein Einverständnis für die nächsten Sätze einholen, „aber dem Volker ist öfter mal die Hand ausgerutscht, wenn Sie wissen, was ich meine.“

Die Nachbarin hielt sie mit ihrem Blick fest, und als Johanna nickte, fuhr sie fort.

„Die Susanne hat nie was gesagt, aber ich bin nicht dumm. So oft wie die Susanne kann man sich im Haushalt gar nicht verletzen und die Schreierei vom Volker haben wir sogar bei uns im Haus gehört."

Bedauern schlich sich in ihre Stimme und ihr Mundwinkel zuckte.

„Manchmal denke ich, ich hätte was sagen sollen. Aber es waren andere Zeiten damals."

Gerne hätte Johanna ihr tröstend den Arm auf die Schulter gelegt. Doch der Gartenzaun zwischen ihnen hinderte sie daran.

„Wahrscheinlich hätte es nichts geändert", versuchte Johanna der Frau das schlechte Gewissen zu erleichtern.

„Mag sein."

„Stand der Mann von Susanne denn bei der Polizei unter Verdacht?"

„Das weiß ich nicht. Aber er war es bestimmt nicht. Volker war danach nicht mehr derselbe. Er hat nach seiner Frau gesucht und uns alle hier immer wieder gefragt, ob wir etwas wüssten. Der war gründlicher als die Polizei."

Wieder schwiegen die beiden.

„Jetzt muss ich mich aber um meinen Lavendel kümmern."

Johanna rang sich ein Lächeln ab.

„Ich muss auch weiter."

Zuerst langsam, dann immer schneller joggte sie zurück in die Richtung, aus der sie gekommen war. Sie hatte noch etwas Wichtiges zu erledigen.

Erik Koehler

Sonntag, 20. August, 19:38 Uhr

Nach und nach füllte sich der Platz an der Tonhallenstraße mit Menschen. Erik Koehler beobachtete, wie seine Frau Melissa versonnen die Fassade des Mindener Stadttheaters betrachtete. Zugegeben, es war ein beeindruckendes Gebäude. Der verputzte Bau verfügte über einen großen Altan. Eine Art Balkon, der von acht Säulen getragen wurde. Darüber thronten fünf Bogenfenster, über denen jeweils ein grimmig wirkendes Gesicht, eine sogenannte Maske, prangte. Ihm gefielen besonders die sechs tanzenden, weiblichen Figuren, die scheinbar das Dach stützten.

Natürlich besaß er ein Abo für das Stadttheater. Er selbst machte sich nicht viel daraus, doch Melissa genoss die Aufführungen und all das Drumherum sehr. Also entsprach er ihren Wünschen und ging in regelmäßigen Abständen mit ihr zu den Inszenierungen. Normalerweise fand er Gefallen daran, sich mit seiner Frau in der Öffentlichkeit zu präsentieren. Ihr letzter gemeinsamer Theaterbesuch war allerdings schon eine Weile her.

Erik Koehler wandte seinen Blick vom Gebäude ab und betrachtete eingehend seine Frau. Sie sah attraktiv aus in ihrem eleganten, schwarzen Abendkleid, das ihre weiblichen Kurven genau an den richtigen Stellen betonte. Das tief sitzende Dekolleté zog nicht nur Männerblicke auf sich, stellte er wohlwollend fest. Auch der Blick einiger Frauen blieb daran hängen. Ob aus Begierde oder Neid, konnte er nicht erkennen. Ihr Haar trug Melissa zu einem kunstvollen Knoten hochgesteckt. Ein paar lose Strähnen fielen um ihr Gesicht. Im Gegensatz zu ihm wirkte sie zufrieden. Er wusste eben, was seiner Frau gefiel.

Nur für das Schlafzimmer schien dies nicht zu gelten, ärgerte Erik Koehler sich, während er an Melissas Seite das Foyer des Theaters betrat. Kurz spürte er ein wütendes Ziehen in seinem Magen. Dass er von ihrem Seitensprung mit seinem Anwalt erfahren hatte, war reiner Zufall gewesen. Er war an diesem Morgen beinahe schon zur Tür heraus gewesen, hatte ihr ein „Bis später" zugerufen, als ihm eingefallen war, dass er seine Blutdrucktabletten nicht genommen hatte. Auf dem Weg in das Badezimmer hörte er Melissas Stimme. Im ersten Moment dachte er, sie würde mit ihm sprechen. Doch am Klang ihrer Stimme erkannte er, dass sie telefonierte. Er hatte gar nicht vorgehabt, sie zu belauschen. Warum auch? Doch als er den Namen *Kuhn* hörte, wurde er stutzig. Was hatte Melissa mit seinem Anwalt zu tun? Er blieb an der angelehnten Wohnzimmertür stehen.

„Sieh mal auf der Website der Kanzlei nach", hörte er sie sagen.

Brauchte eine ihrer Freundinnen einen Anwalt?

„Und – hast du das Foto gefunden?"

Typisch Frau, dachte er. War es wirklich wichtig, wie ein Anwalt aussah? Er wollte schon zum Bad gehen, als sie weitersprach.

„Klar ist der verheiratet. Sieh dir den doch mal an. Das ist ein Hauptgewinn. Außerdem – verheiratet bin ich auch."

Im Grunde hatte er es in diesem Moment gewusst. Sein Gehirn hatte die Situation blitzschnell für ihn analysiert. Er weigerte sich jedoch, das Offensichtliche zu begreifen.

Melissa kicherte wie eine Teenagerin.

„Du kannst dir nicht vorstellen, wie aufregend das war."

Wieder dieses alberne Kichern.

„Und wie der küssen kann."

Ihre Stimme klang wie das wohlige Schnurren einer Katze. Ihm wurde kurz schwindelig. Unwillkürlich verglich er in Gedanken seine pralle Gestalt mit dem trainierten Körper des Anwalts. Er wusste, dass Melissa in einer anderen Liga spielte als er selbst. Sie war eine wunderschöne Frau. Viel zu hübsch für ihn. Er bildete sich nicht ein, dass er ohne sein Geld eine Chance bei ihr gehabt hätte. Trotzdem hatte er geglaubt, sie würde ihn zumindest respektieren. Vielleicht sogar wirklich mögen. Und nun das.

Melissa betrat vor ihm den Theatersaal. Er legte ihr die Hand in den Rücken und lotste sie in die zweite Reihe zu ihren Sitzplätzen. Er drückte ihr sogar den weißen Sitz mit der roten Polsterung nach unten. Dankbar lächelte sie ihn mit ihren dunkel geschminkten Lippen an. Er setzte sich neben sie, stand gedanklich allerdings wieder an der Wohnzimmertür.

„Das war der beste Sex, den ich seit Langem hatte."

Der Satz traf ihn wie eine Ohrfeige.

„So spontan. Wahnsinnig aufregend. Der Mann weiß, wo er eine Frau anfassen muss."

Melissa lachte auf. Glockenhell. Dabei stürzte seine Welt gerade ins Dunkel. Er stützte sich mit den Händen am Türrahmen ab. Melissa schwieg länger. Sollte er sie zur Rede stellen? Jetzt gleich?

„Nein. Ich verlasse Erik nicht. Das war eine einmalige Sache. Robert wollte schon gerne mehr, aber … wenn ich ehrlich bin, habe ich ein schlechtes Gewissen."

Erschöpft lehnte er seinen Kopf gegen die Wand. Bemüht, kein Geräusch zu machen.

„Wir waren schon lange nicht mehr hier", unterbrach Melissa seine Erinnerungen und holte ihn in das Theater zurück.

„Ich wollte dir eine Freude machen", sagte er viel fröhlicher, als ihm zumute war.

„Das ist dir gelungen", antwortete sie sanft, lehnte sich zu ihm herüber und gab ihm einen Kuss auf die Wange. Er roch ihr schweres Parfum. Spürte ihre zarten Lippen, während eine ihrer Haarsträhnen über seine

Haut kitzelte. Als sie sich wieder in ihren Sitz zurücklehnte, griff sie nach seiner Hand. Der Fehltritt schien ihr wirklich leidzutun. So liebevoll hatte sie sich ihm gegenüber schon länger nicht mehr gezeigt. Er atmete tief durch.

Melissa war seine Frau, und sie würde es bleiben. Das ließ er sich nicht kaputt machen. Von niemandem. Genau das hatte er auch dem Kuhn noch am selben Abend klargemacht. Wenn Erik nur wüsste, warum dieser Kriminalbeamte ihn für Montag in das Polizeirevier bestellt hatte. Er sah zu Melissa hinüber, die gespannt zur Bühne schaute und darauf wartete, dass das Stück anfing. Als sie seinen Blick auf sich spürte, sah sie zu ihm, lächelte ihn an und drückte seine verschwitzte Hand. Noch war diese Sache nicht vorbei, dachte Erik. Als das Licht im Saal gedämpft wurde, schien die Dunkelheit nach ihm zu greifen. Was hatte er übersehen?

David Gilbert

Montag, 21. August, 09:12 Uhr

David Gilbert warf einen flüchtigen Blick auf seine Armbanduhr. Er hatte Herrn Koehler für heute um acht Uhr auf die Polizeiwache bestellt. Mittlerweile war über eine Stunde vergangen. Also gut, entschied David. Der Mann hatte lange genug gewartet. Er stemmte sich aus seinem Bürostuhl heraus, streckte seine Arme mit einem Gähnen über seinen Kopf zusammen und hörte ein deutliches Knacken im Halswirbelbereich. Daran war die Nacht auf diesem verdammten Sofa schuld. Es würde ein anstrengender Tag werden, genau genommen eine anstrengende Woche, und er war schon jetzt völlig hinüber. Missmutig starrte er auf das Foto von Julia und Hanne. Julia, die ein zärtliches Lächeln im Gesicht trug. Wann hatte sie ihn das letzte Mal so angesehen? Danke, Julia, dachte er wütend. Danke für deine großartige Unterstützung.

Während David ein weiteres Gähnen unterdrückte, marschierte er den engen Flur entlang, in dem es intensiv nach kaltem Kaffee roch. Er sah Erik Koehler auf einem der grauen Plastikstühle im Wartebereich sitzen.

Mit zusammengezogenen Augenbrauen und einem wütenden Gesichtsausdruck starrte der Juwelier ihm entgegen.

„Guten Morgen, Herr Koehler“, begrüßte David den Mann knapp.

„Ich warte seit über einer Stunde“, gab dieser übellaunig zurück.

„Dann sollten wir keine weitere Zeit vergeuden.“

David deutete mit seiner Hand in die Richtung des Flurs, aus der er gekommen war. Die Augen des Juweliers zogen sich zu schmalen Schlitzen zusammen. Doch statt etwas zu sagen, stand er auf und folgte David wortlos in sein Büro.

Nachdem er gegenüber von Erik Koehler Platz genommen hatte, zog David die verschlossene Akte, die er zuvor auf seinem Schreibtisch platziert hatte, zu sich heran. Er musterte den Juwelier, sagte jedoch nichts.

„Sie wollten mich sprechen“, brach es aus Erik Koehler heraus, während sich auf seiner Stirn ein feiner Schweißfilm bildete.

„Das stimmt. Danke, dass Sie gekommen sind, Herr Koehler.“

David umfasste die Akte mit beiden Händen.

„Ich habe noch einige Fragen an Sie. Es geht um Ihren Streit mit Ihrem Anwalt Herrn Kuhn.“

Irrte David sich, oder war Herr Koehler gerade unmerklich zusammengezuckt?

„Kommen wir noch einmal auf Samstag, den fünften August zurück. Sie haben Robert Kuhn an diesem Tag um 15:55 Uhr angerufen. Ist das richtig?"

„An die genaue Uhrzeit erinnere ich mich nicht mehr. Aber wenn Sie es sagen, wird es wohl stimmen."

„Mhm. Warum haben Sie Ihren Anwalt an diesem Tag angerufen?"

„Weil ich eine Frage zu einem wichtigen Schreiben vom Finanzamt hatte. Das habe ich Ihnen doch schon erzählt."

David nickte.

„Und das konnte nicht warten?"

„Nein."

„Um was ging es denn in dem Schreiben, Herr Koehler?"

Erik Koehler wischte sich mit den Fingern der rechten Hand über die verschwitzte Schläfe.

„Was weiß ich. Deshalb habe ich doch meinen Anwalt angerufen. Dieses Fachchinesisch versteht doch keiner."

Er lachte etwas zu laut.

„Verstehe. Und wie kamen Sie darauf, dass es sich um ein wichtiges Schreiben handelte, wenn Sie den Inhalt nicht wirklich verstanden haben?"

Herr Koehler rutschte auf seinem Stuhl herum.

„Ich bin einfach davon ausgegangen, dass es wichtig war. Ich meine, das Schreiben kam vom Finanzamt. Von da kommt doch nie was Gutes."

Diesmal klang das Lachen eher nervös als laut.

„Ich nehme an, Sie können mir das entsprechende Schreiben sicher zeigen, oder?“

„Was? Warum?“

„Wissen Sie, Herr Koehler, ich verstehe nicht, warum Sie Herrn Kuhn angerufen haben. Das leuchtet mir einfach nicht ein.“

David starrte dem Juwelier direkt in die Augen.

„Ich meine, Ihre Frau hat Sie mit DIESEM Mann betrogen. Sie waren so wütend auf Herrn Kuhn, dass Sie im Juli zu seiner Kanzlei gefahren sind. Dort haben Sie ihn angeschrien, sogar bedroht. Wofür wir eine Zeugin haben.“

David ließ einen Augenblick verstreichen.

„Wollen Sie wirklich dabei bleiben, dass Sie Herrn Kuhn wegen eines Schreibens vom Finanzamt angerufen haben? Eines Schreibens, dessen Inhalt Sie nicht einmal verstanden haben. An einem Samstag? Ich frage mich, warum Sie nach diesem Vorfall nicht sofort die Kanzlei gewechselt haben?“

„Also … ich …“, setzte Herr Koehler stotternd zu einer Antwort an, als das Diensttelefon auf dem Schreibtisch klingelte. Mit einem, wie er hoffte, lässigen Achselzucken unterbrach David den Juwelier: „Tut mir leid, aber da muss ich rangehen.“

„Gilbert“, meldete er sich fragend, obwohl er genau wusste, wer der Anrufer war. Schließlich hatte er ihm gerade, ohne dass der Geschäftsmann es mitbekommen hatte, von seinem Handy aus eine Nachricht geschickt.

„Und wie läuft es?", platzte es statt einer Begrüßung aus Ben Peréz heraus.

„Ich sitze übrigens seit geschlagenen zehn Minuten vor meinem Telefon, nur um dich rechtzeitig anrufen zu können. Die Getränke gehen heute Abend definitiv auf dich", fügte er gut gelaunt hinzu.

„Verstehe", gab David betont sachlich zur Antwort.

An Erik Koehler gewandt sagte er: „Entschuldigung, es wird nicht lange dauern."

Ohne die Reaktion seines Gegenübers abzuwarten, widmete David seine Aufmerksamkeit wieder dem Telefongespräch.

„Ich höre!"

Während Ben Peréz ausführlich von seinem Wochenende erzählte, nickte David mehrfach. Gelegentlich warf er ein „Aha" oder ein „Ich weiß" in die Unterhaltung ein. Dabei ließ er Erik Koehler nicht eine Sekunde aus den Augen. Das Gesicht des Juweliers glänzte verschwitzt. David war sich absolut sicher, dass dies nicht nur an der Wärme lag, die sich vom Vortag im Büro angestaut hatte. Um dem Juwelier seinen Aufenthalt hier so unangenehm wie möglich zu machen, hatte David heute Morgen darauf verzichtet zu lüften. Dabei litt er ebenfalls unter der stickigen Luft in seinem Büro. Er spürte bereits einen leichten Kopfschmerz, der sanft hinter seiner Stirn zu pochen begann.

„Moment", murmelte David nun, zog seinen Notizblock vom Rand des Schreibtisches zu sich heran und trommelte mit der Rückseite eines Kugelschreibers darauf herum.

„Können Sie das wiederholen?“

Er krakelte etwas Unleserliches auf den Block und starrte Erik Koehler dabei neugierig an.

„Das ist eine ziemlich hohe Summe“, sagte er langsam, während er das Gekritzel mit seinem Stift einkreiste. Sein Gegenüber begann wieder nervös auf dem Stuhl hin und her zu rutschen. Dabei sah er immer wieder verstohlen zu David hinüber, ohne ihm in die Augen zu sehen.

„Gut, dass Sie mich informiert haben. Auf Wiederhören“, beendete David das Gespräch. Schweigend musterte er Erik Koehler, wobei er abermals mit seinem Kugelschreiber auf dem Notizblock herumtrommelte. Herr Koehler räusperte sich. Es war ihm deutlich anzusehen, dass ihm die plötzliche Stille zwischen ihnen nicht gefiel. David ließ ihn noch einen Moment zappeln. Er beobachtete, wie ein Schweißtropfen Erik Koehlers Schläfe herunterlief.

„Also, Herr Koehler“, erlöste David den Mann schließlich, „möchten Sie mir vielleicht noch etwas mitteilen, bevor wir unser Gespräch weiterführen?“

„Ähm, was? Wie meinen Sie das?“

Erik Koehler wurde blass.

„Herr Koehler, überlegen Sie sich gut, was Sie mir jetzt antworten. Ein Geständnis ist immer der bessere Weg. Egal ob es sich um Mord oder, sagen wir, Erpressung handelt.“

David Gilbert

Montag, 21. August, 18:15 Uhr

„Hallo, Ben. Entschuldige bitte die Verspätung", begrüßte David seinen Kollegen Ben Peréz. Erschöpft ließ er sich gegenüber von ihm auf die graue Sitzbank im Außenbereich des La Cantinas fallen. Als gebürtiger Spanier liebte Ben dieses Restaurant, und David hatte nichts dagegen, sich hier mit seinem Freund zu treffen. Flüchtig fiel Davids Blick auf das weiße Gebäude des Mindener Tageblatts. Es war nach achtzehn Uhr. Johanna arbeitete sicher noch, schoss es David durch den Kopf. Ein merkwürdiges Gefühl beschlich ihn. Irgendwie machte ihn die plötzliche Nähe zu Johanna nervös. Es war seltsam, dass sie ihm nun jederzeit hier in Minden über den Weg laufen konnte.

„Hallo, David. Macht doch nichts", gab Ben gut gelaunt zurück, wobei er ihn besorgt musterte.

„Sorry, David, aber du siehst überhaupt nicht gut aus."

„Dann sehe ich aus, wie ich mich fühle", gab David halb gähnend zurück, während er sich mit den Fingern die Schläfen massierte. Seit seinem Gespräch mit Herrn Koehler heute Morgen pulsierte dort ein pochender Schmerz.

„Was ist denn los?", wollte Ben wissen.

„Ich bin völlig übermüdet. Hanne hat uns die ganze Nacht wachgehalten."

„Uns?", Ben zog seine Augenbrauen zusammen, „ich dachte, Julia kümmert sich nachts um Hanne, damit du fit für den Job bist. Hat sie ihre Elternzeit deshalb nicht extra verlängert?"

David spürte, wie sich der Ärger, den er schon den ganzen Tag unterdrückt hatte, vom Magen aus nach oben schob. Sein Kopf fühlte sich plötzlich warm an. Gereizt äffte er seine Frau nach: „Hanne ist jetzt zwei. Sie muss in ihrem eigenen Bett schlafen. Das verstehst du doch, oder?"

Irritiert sah Ben seinen Kollegen an.

„Hallo."

Eine freundlich lächelnde Bedienung unterbrach ihr Gespräch und reichte den beiden die Speisekarte. „Darf ich euch schon etwas zu trinken bringen?"

Nach der Bestellung schwiegen die beiden Männer kurz und studierten die Karte. Schließlich machte David seinem Ärger weiter Luft.

„Hanne ist gefühlt jede halbe Stunde wach geworden und hat geschrien. Klar, dass ich davon auch geweckt werde, wenn das Babyfon auf volle Lautstärke gedreht ist und meine Frau stöhnend und nicht gerade leise ins Kinderzimmer schlurft. Bei uns im Bett schläft Hanne viel ruhiger, aber Julia ist das egal. Irgendwann bin ich ins Wohnzimmer umgezogen, um wenigstens noch ein bisschen Schlaf zu bekommen."

David fuhr sich mit der Hand durch die Haare, die ihm danach wild vom Kopf abstanden.

„Unser Sofa ist scheiße", schimpfte er.

„Ich weiß, für Julia ist es nicht leicht. Den ganzen Tag mit der Kleinen. Ich arbeite viel. Das verstehe ich. Aber wir hatten das besprochen und waren uns einig. Sie kümmert sich um Hanne. Ich gehe arbeiten. Schließlich muss sie auch nicht in drei Mordfällen ermitteln."

Mit einem schnellen Blick zu den umliegenden Tischen versicherte er sich, dass keiner ihrem Gespräch lauschte. Leiser sprach er weiter.

„Drei Mordfälle und ich trete mehr oder weniger auf der Stelle."

„Wie lief es denn mit diesem Juwelier heute? Ist dein Plan aufgegangen?"

Trotz der Erschöpfung und seiner schlechten Laune musste David lächeln.

„Dein Anruf hat ihm richtig zugesetzt. Du hättest seinen Blick sehen sollen. Ich musste kein Wort sagen. Aber wir beide wussten, dass Robert Kuhn vor seinem Tod eine Menge Geld abgehoben hatte. Ich habe ihm noch etwas über das Strafmaß bei Mord und Erpressung erzählt und wie sich ein Geständnis darauf auswirken kann."

David gab ein zufriedenes Brummen von sich.

„Letztlich hat er alles zugegeben."

„Hat er den Kuhn umgebracht?", fragte Ben flüsternd.

„Nein."

David schüttelte den Kopf.

„Er hat den Anwalt erpresst. Aber umgebracht hat er ihn nicht. Und ich glaube ihm. Schließlich hat sein Anruf den Kuhn davon abgehalten, mit dem Drachen zu fliegen. Warum sollte er versuchen, ihn umzubringen, wenn er ihn erpressen will?"

„Vielleicht wollte er ihn zuerst gar nicht erpressen, sondern ermorden, und dann hat er kalte Füße bekommen. Und nachdem jemand anderes gestorben ist, hat er es dann doch durchgezogen", mutmaßte Ben.

„Das wäre eine mögliche Erklärung, aber so wirklich schlüssig finde ich sie nicht."

„Und wie kommst du bei der Suche nach dem Täter voran?"

„Wir wissen mittlerweile, wie Manuel Nowak das Diazepam verabreicht worden ist. Das flüssige Medikament wurde in ein isotonisches Sportgetränk gemischt. Der bittere Geschmack ist auf diese Weise nicht weiter aufgefallen. Laut Labor konnten Rückstände dieses Gemisches in der Trinkflasche von Robert Kuhn nachgewiesen werden. Zum Glück hatten wir die Flasche zusammen mit der kompletten Drachenfliegerausrüstung sichergestellt."

„Das würde den Kuhn normalerweise zum Hauptverdächtigen machen", warf Ben ein.

„Genau, zumal auf der Trinkflasche neben den Abdrücken von Manuel Nowak nur seine und die Fingerabdrücke seiner Frau gefunden wurden."

David schwieg, als die Kellnerin mit ihren Getränken zurück an den Tisch kam. Während sie vor Ben ein

Glas Alster auf den Tisch stellte, dankte dieser ihr mit einem „Gracias“ und lächelte dabei wie ein verliebter Teenager. David musste trotz seiner schlechten Laune schmunzeln.

„Mmh, nett“, meinte Ben, als die Bedienung zusammen mit der Essensbestellung wieder im Inneren des Cafés verschwunden war. Sie hatten sich beide für das Chili entschieden.

„Aber nur zwei Tage später“, nahm David das Gespräch wieder auf, „verstirbt Robert Kuhn bei einem Autounfall.“

„Könnte Zufall sein“, gab Ben zu bedenken.

„Richtig. Aber – laut Bericht wurden die Radschrauben an seinem Wagen gelöst, was zu dem Unfall geführt hat.“

„An allen Rädern?“

David nickte.

„Da wollte jemand sichergehen. Also“, forderte Ben ihn auf, seine Überlegungen weiterzuführen.

„Also gehe ich davon aus, dass Manuel Nowak ein bedauernswertes, aber ungewolltes Opfer des Täters oder der Täterin war.“

„Gut, das führt uns zu der Ehefrau von Robert Kuhn. Oder wer hatte noch ein Motiv und die Möglichkeit, ihn zu töten?“

David atmete hörbar aus.

„Du weißt selbst, dass ungefähr in achtzig Prozent aller Tötungsdelikte der Täter aus dem direkten persönlichen Umfeld des Opfers stammt. Natürlich habe ich Laura Kuhn als eine der Ersten überprüft. Tatsächlich bekommt sie sogar Diazepam als Schlafmittel von ihrem Hausarzt verschrieben. Außerdem hatte sie mit ihrem Mann Robert einen Streit, kurz bevor dieser den Unfall hatte. Und wie ich erst am Donnerstag erfahren habe, ist ihr Ehemann fremdgegangen. Ob sie davon wusste, weiß ich noch nicht."

„Im Grunde spricht alles gegen sie, aber du klingst, als würde da noch ein Aber kommen", stellte Ben fest.

„Laura Kuhn ist nicht die einzige, die dieses Medikament einnimmt. Eine Vielzahl an Menschen hat Zugang dazu. Und wenn sie von dem Seitensprung ihres Mannes nichts gewusst hat, fehlt mir ein handfestes Motiv. Freunde, Kollegen und Nachbarn beschrieben die Ehe der beiden als harmonisch. Warum sollte sie ihn also umbringen?"

„Wer weiß schon, wie glücklich eine Ehe ist, oder? Ich dachte jahrelang, Alba und ich wären glücklich. Aber letztlich galt das nur für mich."

Kurz sackte Ben in sich zusammen und seine sonst übliche Heiterkeit verschwand aus seinem Gesicht. Doch er fing sich schnell wieder.

„Gerade sagtest du, dass die beiden vor seinem Unfall einen Streit hatten, oder nicht?", wandte er ein.

„Ja. Und Laura Kuhn war bei beiden Morden eine der Letzten, die die Opfer lebend gesehen hat. Im Grunde ist sie meine Hauptverdächtige. Aber irgendwas stört mich. Es ist mehr so ein Gefühl. Außerdem hat sie mir von dem Bargeld erzählt, das ihr Mann von der Bank abgehoben hat. Sie klang besorgt am Telefon. Würde eine Mörderin sich so verhalten?"

„Was hast du noch?"

„Ganz ehrlich. So gut wie nichts."

Die beiden schwiegen erneut, als die Kellnerin ihnen diesmal zwei dampfende Schüsseln mit Chili an den Tisch brachte.

Dabei fiel Davids Blick in Richtung Mindener Tageblatt. Immer wieder schielte er zu dem Gebäude hinüber. Trotzdem war er überrascht, als er Johanna plötzlich aus dem Trockenhof herauskommen sah. Wie eine Luftblase stieg ein Kribbeln aus seinem Magen nach oben und breitete sich in seinem Oberkörper aus. Während er noch überlegte, ob er auf sich aufmerksam machen sollte, wurde Johanna von einem Mann begrüßt. Als David erkannte, mit wem sie da sprach, verschluckte er sich vor Schreck an dem Bier, das er gerade trank. Er hustete unkontrolliert und Ben starrte ihn erschrocken an.

„Nur verschluckt", brachte er nach einer Ewigkeit heraus. Johanna war mittlerweile verschwunden. Wie die Kugel in einem Flipperautomaten brachte Johannas Auftritt verschiedene Gefühle in ihm zum Aufblitzen. Fassungslosigkeit, Unglauben, Wut und, auch wenn er es sich nicht eingestehen wollte, Eifersucht.

Johanna Neumann

Montag, 21. August, 18:44 Uhr

Als sie die Tür öffnete und das Gebäude des Mindener Tageblatts verließ, schlug ihr eine warme Wand aus Luft entgegen. Die Hitze des Tages hielt sich hartnäckig in den Mauern und Straßen der Stadt. Nachdem sie mit ihrer Arbeit begonnen hatte, war fast ununterbrochen die Klimaanlage gelaufen, und die plötzliche Wärme draußen trieb ihr feine Schweißperlen auf die Stirn. Zum Glück hatte sie sich heute Morgen für ein schlichtes, schwarzes Trägerkleid entschieden. Es reichte ihr bis knapp zu den Knien.

Natürlich war sie vor ihrer Verabredung noch Mariam begegnet.

„Hast du heute noch etwas vor?"

Während sie behutsam ihre Wimpern nachgetuscht hatte, war Mariams strahlendes Gesicht im Spiegel der Damentoilette aufgetaucht.

„Nein, nichts Besonderes", hatte Johanna möglichst gleichgültig zurückgegeben, „nur ein Treffen mit einem alten Freund."

„Ha, wieder der alte Freund."

Mariam war von Grund auf neugierig. Eine Eigenschaft, die Johanna nicht weiter störte, solange sich diese Neugier nicht auf sie selbst bezog.

„Ja", hatte sie knapp geantwortet und gehofft, das Gespräch damit beenden zu können. Sie war ein wenig überrascht gewesen, wie leicht ihr diese Lüge gefallen war.

„Ist er Single? So wie du?"

Ihre Kollegin zog die Augenbrauen nach oben und grinste sie schelmisch an, sodass Johanna ihr noch nicht einmal böse sein konnte.

„Nein. Er ist glücklich verheiratet. Wir sind seit Langem befreundet. Ende des Interviews."

War er das wirklich? Glücklich verheiratet? Johanna schob den Gedanken beiseite.

„Wie schade."

Mariam hatte wirklich enttäuscht geklungen.

„Dann viel Spaß dir. Wir müssen auch noch mal etwas zusammen unternehmen."

Mit diesen Worten war ihre Kollegin in einer der Kabinen verschwunden und hatte Johanna mit einem schlechten Gewissen zurückgelassen.

Ganz wohl fühlte sie sich nicht mit dieser Verabredung. Und dann ein Treffen direkt im Anschluss an die Arbeit. Doch ein kleiner Teil von ihr wollte es unbedingt; sofort als sie erkannt hatte, mit wem sie sich dort auf der Dating-Seite schrieb. Und dieser Teil war unerbittlich. Wie ein Blut saugendes Insekt hatte er sich an ihr festgeklammert. Sprühte sein Gift in ihre Gedanken, bis sie seinem Drängen nachgeben musste. So wie man irgendwann an einem juckenden Mückenstich kratzen musste.

Sie wollte gerade die Obermarktstraße in Richtung Marktplatz hinuntergehen, als sie sein Gesicht erkannte. Ein Adrenalinstoß rann ihr die Speiseröhre hinunter und explodierte in ihrem Magen. In dem Moment erkannte er sie ebenfalls. Sofort legte sich ein breites Lächeln auf sein Gesicht. Seine Augen strahlten sie an. Er kam direkt auf sie zu.

„Hi", begrüßte er sie fröhlich.

„Hallo."

Johanna wusste nicht, wohin mit ihren Händen. Unschlüssig stand sie ihm gegenüber.

„Ich weiß, wir wollten uns am Marktplatz treffen, aber ich war früh dran. Ich dachte, ich komme dir entgegen. Nachdem du mir zumindest verraten hast, wo du arbeitest."

Er blickte sie weiterhin unverwandt aus seinen dunklen, braunen Augen an. Johanna schluckte trocken. Sie versuchte ebenfalls zu lächeln. Hauptsache, Mariam kam nicht gleich um die Ecke. Schließlich hatte auch sie jetzt Feierabend. Schlimm genug, dass sie ihre Kollegin angelogen hatte. Wenn Mariam herausfand, mit wem sie sich traf, gäbe es einiges, was sie ihr erklären müsste.

„Wie nett von dir", brachte Johanna heraus.

„Wollen wir?"

Bei dieser Frage strahlte sie ihn an und ohne seine Antwort abzuwarten, eilte sie bereits die Obermarktstraße hinunter.

„Da vorne ist etwas frei."

Er deutete auf einen leeren Tisch vor einem der Cafés, die den Marktplatz säumten. Zielstrebig steuerte er bereits darauf zu, als Johanna ihn sanft am Oberarm zurückhielt.

„Macht es dir etwas aus, wenn wir uns nach drinnen setzen?"

Noch bevor er antworten konnte, schob sie hinterher.

„Bei mir bahnt sich eine Migräne an und das Sonnenlicht verschlimmert das Ganze."

Sie lächelte zaghaft.

„Das tut mir leid."

Er musterte sie besorgt und deutete ihr mit der Hand an, in das Innere des Cafés vorauszugehen.

„Natürlich macht mir das nichts aus."

Erst als sie an einem der hinteren Tische Platz genommen hatten, entspannte Johanna sich ein wenig. Da draußen die Sonne schien, konnten sie den Innenraum fast für sich allein einnehmen. Hoffentlich hatte sie vorher niemand zusammen gesehen.

„Wie schön, dass wir uns treffen. Du klangst zuerst nicht so begeistert, hatte ich das Gefühl. Als du mir gestern Abend geschrieben hast, habe ich mich wirklich gefreut."

Florian Gerste lächelte sie schüchtern an.

„Geht es dir denn tatsächlich gut?", fragte er besorgt. „Wir können unser Treffen sonst auch verschieben. Du musst dich nicht verpflichtet fühlen."

„Ich habe eben eine Tablette gegen die Kopfschmerzen genommen. Hier drinnen geht es schon", log sie und wurde sofort mit einem schlechten Gewissen bestraft.

Florian reichte ihr die Getränkekarte. Er sah besser aus als auf seinem Foto in der Dating-App, stellte Johanna fest. Das dunkle Gestell seiner Brille schmeichelte seinen braunen Augen, deren Farbe sie an geröstete Kaffeebohnen erinnerte. In ihnen lag eine Tiefe, die sie in den Bann zog. Doch sie enthielten auch etwas Trauriges, oder bildete sie sich das ein? Als Florian sie anlächelte, entstanden erste feine Fältchen um seine Augen und der traurige Ausdruck darin verschwand. Doch wie beim ersten Mal, als sie sein Foto gesehen hatte, überkam sie auch jetzt das Gefühl, sein Gesicht schon einmal gesehen zu haben. Und zwar nicht auf dem Handy von Mariam. Sie hatte es vorher schon woanders gesehen. Nur wo?

„Also, erzähl mal. Was führt dich aus Kiel hierher nach Minden?"

Johanna hasste diesen Teil des Kennenlernens. Sie sprach nicht gerne über sich selbst. Und nach allem, was passiert war, galt das erst recht.

„Die Arbeit", gab sie lachend und möglichst leichthin zurück.

„Weil Minden mit seinen knapp 80.000 Einwohnern so viel interessanter ist als die Landeshauptstadt von Schleswig-Holstein?“, fragte Florian mit gespieltem Erstaunen.

Sie musste lachen.

„Wer weiß? Ich habe beim Mindener Tageblatt mehr Möglichkeiten, um mich auszuprobieren. Die Arbeitszeiten sind besser. Und der Chefredakteur hat einen guten Ruf“, betete sie ihm ihre vorher zurechtgelegte Antwort herunter.

„Der Chefredakteur?“, hakte Florian nach.

„Herr Piel hat immerhin den Theodor-Wolff-Preis gewonnen. Für uns Journalisten ist das eine große Sache.“

„Was ist das für ein Preis?“, wollte er wissen.

„Es ist nur eine der renommiertesten Auszeichnungen, die die Zeitungsbranche zu vergeben hat“, erklärte sie schmunzelnd.

Da Florian sie noch immer fragend ansah, fuhr sie weiter fort.

„Mit dem Theodor-Wolff-Preis werden jedes Jahr bestimmte Beiträge ausgezeichnet. Das kann eine Reportage, ein Kommentar oder ein Hintergrundbericht sein. Die Beiträge haben entweder ein bedeutendes Thema zum Inhalt oder zeichnen sich durch ihre Art der Präsentation und des Neuigkeitsgehalts aus.“

Florian lachte.

„Und im nächsten Jahr gewinnst du diesen Preis?“

Diese Frage beantwortete sie ihm mit einem breiten Grinsen.

Plötzlich ernst sagte er: „Ich bewundere das."

„Was?"

„Den Mut, einfach neu anzufangen."

Ein Schatten huschte über sein Gesicht. Allerdings nur so kurz, dass Johanna nicht deuten konnte, was in ihm vorging.

„Habt ihr euch schon entschieden?"

Die Bedienung blickte die beiden abwechselnd an. Sie war klein und hatte die braunen Haare zu einem lockeren Zopf zurückgebunden. Florian deutete mit der Hand auf Johanna und wartete ihre Bestellung ab, bevor er für sich selbst ein alkoholfreies Bier bestellte. Er schmunzelte, als er Johannas Blick abfing.

„Nicht gerade ein Macho-Getränk, oder?"

„Ich mag keine Machos."

Der Satz war aus ihr heraus, bevor sie darüber nachdenken konnte. *Verdammt*, sie mochte ihn. Er war nett und unkompliziert. *Beruhige dich*, ermahnte sie sich selbst. Das konnte ein normales Date sein. Gut, die Leiche seiner Mutter war vor Kurzem aus dem Gevattersee gefischt worden und das erklärte ihr fragwürdiges Interesse an ihm. Als Mariam ihr das Foto von ihm gezeigt hatte und sie begriff, wen sie dort in der Dating-App kennengelernt hatte, gab es kein Zurück mehr für sie. Aber sie konnte ihn schließlich auch einfach mögen, oder nicht?

„Bist du hier in Minden aufgewachsen?", wollte sie wissen.

Er nickte.

„Aufgewachsen und geblieben. Ich habe es nicht einmal für mein Studium aus Minden herausgeschafft."

Er lachte und sein Lachen klang ungetrübt.

„Es scheint dich nicht zu stören."

„Ich mag Minden. Die Stadt ist groß genug, um nicht ständig Bekannten über den Weg zu laufen, und sie ist klein genug, damit das eben doch ab und an passiert."

„Verstehe. Und was hast du studiert?"

„Soziale Arbeit."

„Ein Weltverbesserer", neckte sie.

„Vielleicht", gab er augenzwinkernd zurück.

„Hast du dich aus einem bestimmten Grund für dieses Studium entschieden?"

Ohne es zu merken, war Johanna in die Rolle der Redakteurin geschlüpft. Florian schien dies nicht zu merken oder nicht zu stören. Er nickte unbewusst.

„Ja, tatsächlich."

Johannas Fingerspitzen begannen zu kribbeln. Erneut huschte ein Schatten über Florians Gesicht, doch diesmal hinterließ er einen dunklen Schleier in seinen Augen.

„Vielleicht ist das kein gutes Thema für unser erstes Date."

Er lächelte sie an und der Schleier verflüchtigte sich.

„Es sei denn, du möchtest gleich die schweren Themen angehen", schob er hinterher.

Johanna griff über den Tisch nach seiner Hand. Das Kribbeln wanderte ihren Arm hinauf.

„Wenn du darüber reden möchtest, dann höre ich dir gerne zu."

Hastig zog sie ihren Arm zurück, da die Bedienung in diesem Augenblick mit ihren Getränken kam.

„Auf uns."

Florian hielt ihr sein Bier entgegen. Johanna sah ihm in die Augen und stieß mit ihm an. Die Gläser klirrten leise.

„Also …", wollte sie wissen.

„Gut. Du hattest die Wahl. Ich bin ein lebendes Klischee. Ich hatte eine furchtbare Kindheit und bin deshalb Sozialpädagoge geworden." Er sagte es leichthin ohne Sarkasmus oder Ironie in der Stimme.

„Bereust du es?"

„Nein. Ich liebe meinen Job. Ich arbeite in erster Linie mit Jugendlichen zusammen und helfe ihnen, ihr Leben auf die Reihe zu bekommen. Es ist ein gutes Gefühl, wenn dir das am Ende des Tages gelungen ist."

„Hattest du damals jemanden, der dir geholfen hat?"

Er musste laut lachen.

„Man merkt, dass du für eine Zeitung arbeitest."

„Oh Gott, es tut mir leid."

Auch sie musste lachen, während sich ein kleiner Teil von ihr sich für ihr falsches Spiel schämte. Denn dieser Teil wollte etwas über seine Mutter erfahren.

„Ich interessiere mich einfach für dich und möchte dich näher kennenlernen. Entschuldige, wenn ich zu direkt bin."

Das stimmte zumindest beinahe.

„Schon gut. Ehrlich gesagt, ist mir das lieber als eine Unterhaltung über das Wetter."

Er nahm einen Schluck von seinem Bier.

In ihrem Magen begann ein flaues Gefühl zu pulsieren.

„Was war so schrecklich in deiner Kindheit?"

Seine Mutter ist spurlos verschwunden. Das weißt du genau. Warum musst du es von ihm hören?

Sein Gesichtsausdruck veränderte sich. Sein Lächeln verschwand und seine Augen starrten an einen Punkt an der Wand.

„Mein Vater war gewalttätig. Gegen mich und gegen meine Mutter."

Obwohl seine Nachbarin gestern etwas in dieser Richtung angedeutet hatte, war Johanna überrascht. Sie war so auf das Verschwinden seiner Mutter fixiert gewesen, dass sie daran gar nicht gedacht hatte. Besorgt sah er sie an.

„Tut mir leid, war das zu direkt?"

„Nein, nein."

Johanna schüttelte hastig den Kopf. Der Bluterguss von Laura Kuhn schob sich in ihre Gedanken. Sie zwang sich, nicht daran zu denken.

„Danke, dass du es mir erzählst."

„Ich habe mit dem Thema abgeschlossen. Aber ich denke, es ist wichtig, das über mich zu wissen, wenn man mich besser kennenlernen möchte."

Er sah ihr in die Augen.

Du bist ein fürchterlicher Mensch. Dieser Mann ist ehrlich und charmant. Und du? Du siehst in ihm nur ein Mittel zum Befriedigen deiner Sensationslust. Schluss damit.

Sie schenkte ihm ein aufrichtiges Lächeln.

„Da du es mir anvertraut hast, möchtest du anscheinend, dass wir uns häufiger begegnen."

Er lachte und es klang angenehm tief und warm.

Es war ihre Chance, ihn direkt nach seiner Mutter zu befragen, aber sie entschied sich dagegen.

Johanna Neumann

Dienstag, 22. August, 08:09 Uhr

Es klingelte an der Wohnungstür. Jemand hatte es eilig, denn es klingelte gleich noch zweimal. Johanna, die gerade erst geduscht hatte, stand eingewickelt in ihr großes, blaues Frotteehandtuch vor ihrem Kleiderschrank im Schlafzimmer. Ihr nasses Haar steckte unter einem Handtuchturban. Sonnenstrahlen zwängten sich durch die Spalten der Jalousie und legten ein gestreiftes Schattenmuster über die Wände. Ein Blick auf den Wecker verriet ihr, dass es erst kurz nach acht Uhr war. Wer konnte das sein?, überlegte sie. Der Postbote? Schnell schlüpfte sie in ihre schwarze Trainingshose und zerrte sich ihr geliebtes T-Shirt mit der Aufschrift *Nordstern* über den Kopf, was wegen des Handtuchs nicht ganz so einfach war.

„Was stimmt nicht mit dir?", fuhr David Gilbert sie an, kaum dass sie die Tür geöffnet hatte.

Er war offensichtlich wütend. Eine pochende Ader zog sich von der Nasenwurzel über die Stirn und seine Wangen glühten dunkel. Ohne ihre Reaktion abzuwarten, schob er sie beiseite und marschierte über den Flur ins Wohnzimmer. Verblüfft schloss Johanna die Wohnungstür und folgte ihm.

„Ich fasse es einfach nicht!“, schleuderte er ihr aufgebracht entgegen, gerade als sie fragen wollte, was denn los sei. David lief vor dem Sofa auf und ab und fuhr sich mit der Hand durch sein Haar. Abrupt blieb er stehen, kam auf sie zu und hielt sie an den Oberarmen fest. Johanna fühlte seinen Atem in ihrem Gesicht.

„Du hast versprochen, auf dich aufzupassen. Warum machst du so etwas?“

„David. Ich weiß nicht, was du meinst.“

Sie spürte, wie alle Anspannung aus seinem Griff wich. Langsam ließ er seine Arme sinken und setzte sich auf das Sofa.

„Ich habe dich gestern gesehen.“

Schlagartig war ihr klar, worum es ihm ging. Sie schloss die Augen. Brennende Scham schoss durch ihren Körper. Doch übrig blieb eine heiße Wut im Magen.

„Und?“, blaffte sie ihn an.

„Johanna, wir finden eine Leiche und nur kurz darauf sehe ich dich, wie du den Sohn der Toten triffst. Das ist doch nicht normal.“

Zorn verdunkelte seinen Gesichtsausdruck.

„Ach nein.“

Johanna verschluckte sich fast an den Worten.

„Korrigiere mich, aber ich kann treffen, wen immer ich möchte. Ist dir mal in den Sinn gekommen, dass ich einsam sein könnte? Soweit ich weiß, brauche ich von dir keine Erlaubnis, um ein Date zu haben.“

„Ha", David stand auf, „ein Date."

Er spuckte ihr das Wort beinahe entgegen.

„Mit einem Mann, dessen Mutter rein zufällig verwest aus dem Gevattersee gezogen wurde. Du hast ein Händchen für Dates, wie es mir scheint."

Johanna baute sich vor ihm auf.

„*Das* mit seiner Mutter ist reiner Zufall."

Sie verschränkte ihre Arme vor der Brust und starrte David an. Was bildete dieser Mann sich eigentlich ein?

David atmete hörbar aus und senkte seine Stimme. Johanna sah, wie er sich bemühte, seine Emotionen zu kontrollieren.

„Ich mache mir Sorgen. Das ist alles."

Er ließ sich zurück auf das Sofa fallen und fuhr sich erneut durch die Haare. Sie setzte sich neben ihn.

„Es geht mir gut, David."

„Und – bleibt das so?"

Während er dies sagte, starrte er den Teppich auf dem Fußboden an, sein Gesicht in die Hände gestützt.

Eine Weile schwiegen sie beide.

Als er aufsah, fragte er: „Nimmst du noch deine Medikamente?"

„Nein. Es geht mir gut."

Die Erinnerung an Rebekkas Tod kroch langsam in ihr Bewusstsein. Johanna schloss die Augen.

„Ich mache mir noch immer Vorwürfe wegen Rebekka. Wenn sie nicht mit mir gekommen wäre …"

Sie konnte nicht weiter sprechen.

„Es war nicht deine Schuld."

David griff nach ihrer Hand und drückte sie.

„Ich stand unter Schock. Unter sehr großem emotionalem Stress. Deshalb …“, sie suchte nach den passenden Worten, „nur darum ist das alles passiert.“

„Du hattest einen paranoiden Schub“, stellte David klar. „Du …“

„Ja“, fiel ihm Johanna ins Wort, „und ich war in Behandlung. Es geht mir gut.“

Sie dachte an die vielen Anrufe mit ihm zurück. Er war sogar eine Zeit lang in Kiel geblieben, um sie zu unterstützen.

„Du hast mir sehr geholfen in dieser Zeit.“

„Nicht nur“, warf er kopfschüttelnd ein und sah dabei aus wie ein kleiner Junge, den ein schlechtes Gewissen quälte.

Johanna legte ihre freie Hand auf seine.

„Du hast mir sehr geholfen. Und das, was dann passiert ist, war nicht allein deine Schuld.“

Das Gefühl seiner nackten Haut unter ihren Fingern war so intensiv, als hätte sie sich verbrannt. Schnell zog sie sich zurück und strich imaginäre Flusen von ihrer Trainingshose. Er strich sich über sein Gesicht und Johanna fiel auf, wie erschöpft er aussah.

„Es … es tut mir leid. Natürlich kannst du dich treffen, mit wem du möchtest.“

Johanna spürte, wie viel Mühe ihn diese Worte kosteten.

„Du weißt, dass du mir wichtig bist, Jo. Irgendwie fühle ich mich für dich verantwortlich.“

Er lachte leise und fuhr sich sanft durch die Haare. „Ich möchte nur, dass es dir gut geht.“

Da war es wieder. Dieses Band der Vertrautheit zwischen ihnen, das Johanna so sehr brauchte. Auch wenn David schon längst nicht mehr mit ihr zusammen war, gehörte er noch immer zu den wichtigsten Menschen in ihrem Leben. Ihre Kehle schnürte sich plötzlich zusammen und sie brachte nur ein kurzes Nicken zustande.

„Ich hätte gar nicht herkommen dürfen.“

Seine Wangen wurden noch ein Ton dunkler. Abrupt stand er auf.

„Warte“, hastig griff sie nach seiner Hand.

„Jetzt bist du da. Lass uns einen Kaffee zusammen trinken.“

Sie meinte es ernst. Sie konnte nicht sauer auf David sein. Am schlimmsten war, dass David recht hatte. Natürlich war es ihr bei dem Treffen mit Florian um dessen Mutter gegangen. Aber das war nur am Anfang so gewesen. Ab jetzt würde sie sich aus solchen Dingen heraushalten. Ihre Neugier im Zaum halten.

„Das klingt nach einer guten Idee“, meinte David, und es kam Johanna so vor, als hätte er damit auf ihre Gedanken geantwortet.

Kurze Zeit später saß David ihr am Küchentisch gegenüber. Wortlos hatte sie noch immer mit dem Handtuchturban auf dem Kopf zwei Tassen Kaffee zubereitet und eine davon vor David auf den Tisch gestellt. Seine

Augen wanderten ziellos durch den Raum. Als Johanna seinen Blick abfing, lächelte er verlegen.

„Halte ich dich auch nicht auf? Musst du nicht zur Arbeit?“, wollte er wissen.

Johanna sah zur Küchenuhr. Es war noch nicht einmal neun Uhr.

„Ich habe noch Zeit“, sagte sie lächelnd. Sie musste erst um elf Uhr in der Redaktion sein.

David nickte und nahm einen Schluck Kaffee aus seiner Tasse. Beim Absetzen hielt er kurz inne und betrachtete den schwarzen Schriftzug auf dem weißen Porzellan.

„Die hast du noch?“

David verzog seinen Mund zu dem schiefen Grinsen, das sie so an ihm mochte.

„Natürlich“, antwortete sie mit einem Schmunzeln.

Er hatte ihr diese Tasse zum Anfang ihres Studiums geschenkt. THIS SUPERHERO IS A REPORTER, prangte in großen schwarzen Lettern auf dem Becher.

„David“, sagte sie ernst.

Sie wartete einen Augenblick, bis er sie direkt ansah.

„Danke.“

„Wofür?“, fragte er sichtlich irritiert.

„Dafür, dass du dir Sorgen um mich machst und du mir den Kopf wäschst.“

Sie lachte.

„Obwohl ich das auch ohne dich schaffe“, fügte sie augenzwinkernd hinzu und deutete auf ihr Handtuch.

„Weiß ich doch“, gab er lachend zurück.

„Ich passe auf mich auf", versprach sie, wieder ernst geworden.

„Vielleicht habe ich Florian tatsächlich nur wegen seiner Mutter getroffen. Aber", fügte sie rasch hinzu, bevor David etwas erwidern konnte, „das war nur zu Beginn so. Ich finde ihn wirklich sympathisch."

David sah sie eine Weile an und nickte dann.

„Und ich habe Laura Kuhn nicht zufällig getroffen", beichtete sie.

„Johanna, glaubst du wirklich, das weiß ich nicht?"

Jetzt war es an ihr, verlegen zu lächeln. Ihre Wangen wurden warm.

„Ich würde dir gerne etwas erzählen, und danach lasse ich die Finger von der Sache. Ist das in Ordnung?"

Er musterte sie eindringlich und antwortete kurz:

„Ich bin ganz Ohr."

Florian Gerste

Dienstag, 22. August, 19:08 Uhr

Florian war ewig nicht mehr hier gewesen. Langsam und bedächtig näherte er sich dem Ufer. Ruhig und dunkel lag das Wasser des Sees vor ihm. Die Trauer zog seinen Körper nach unten, als hätte ihm jemand Gewichte in seine Kleidung genäht. Von Weitem hätte man ihn für einen alten Mann halten können. Florian hörte, wie das Wasser in seichten Wellen an das Ufer schwappte. Ein unangenehmes Gefühl überkam ihn. In seinen Gedanken durchzogen rote Schlieren das Wasser. Er musste tief einatmen, um gegen die plötzliche Enge in seiner Brust anzukommen. Das Seeufer war vielleicht noch zwei Schritte entfernt, doch eine unsichtbare Barrikade zwang Florian dazu, stehen zu bleiben. Sein Mund war trocken und er meinte den leichten Geruch nach Algen auf seiner Zunge schmecken zu können.

Eine Weile rührte er sich nicht. Stand einfach da. Starrte auf das Wasser hinaus. Fast schon zornig rief er sich Bilder seiner Mutter in Erinnerung. Hier hatte sie all die Jahre im Wasser gelegen. Ein nasses, dunkles Grab, das sie verschluckt und nicht wieder hergegeben hatte. Bis jetzt.

Er wandte seinen Blick vom Wasser ab und richtete ihn gen Himmel. Über dem See hatten sich weiße, bauschige Wolken gebildet, die im starken Kontrast zu seinen Gefühlen standen. Die Sonne schien hell. Sie würde erst in über einer Stunde untergehen. Es war ein sehr warmer Tag gewesen und der Stoff seines blauen T-Shirts klebte an seinem Rücken. Es kümmerte ihn nicht.

Wie wäre mein Leben verlaufen, wenn das mit meiner Mutter niemals passiert wäre, fragte er sich. In den letzten Jahren hatte er sich diesen Gedanken vehement verboten, doch in diesem Moment brach er mit aller Macht in sein Bewusstsein.

Florian rieb sich mit Daumen und Zeigefinger über die geschlossenen Augenlider. Um sich hinsetzen zu können, zog er sein Handy aus der Gesäßtasche, das er neben sich auf den Uferboden legte. Ohne darüber nachzudenken, warf er einen Stein ins Wasser und lauschte auf das platschende Geräusch, das dieser beim Aufschlagen auf die Wasseroberfläche verursachte. Als Kind und als Jugendlicher hatte er Wasser geliebt, doch mit dem Verschwinden seiner Mutter war auch seine Liebe zum Wasser verschwunden. Wie so vieles mehr, dachte er.

Ob seine Mutter Johanna gemocht hätte? Die Frage stimmte ihn traurig, der Gedanke an Johanna allerdings vermittelte ihm ein warmes Gefühl. Er hatte den Abend mit ihr gestern sehr genossen. Ob daraus etwas Ernstes werden konnte? Einem spontanen Impuls folgend griff er nach seinem Handy und schrieb Johanna eine Nachricht.

Hast du morgen schon etwas vor?

Seine letzte Beziehung lag Jahre zurück. Zwar war es Katharina gewesen, die sich von ihm getrennt hatte, aber wenn er ehrlich war, hatte ihm in seiner Partnerschaft mit ihr immer etwas gefehlt. Eine Tatsache, die sie auch gespürt haben musste. Das ist die perfekte Beschreibung für mein Leben, dachte er bitter. Etwas hatte gefehlt. Sei es ein liebender Vater, ein intaktes Familienleben, eine Mutter oder eine Partnerin, der er sich öffnen konnte.

Johanna gegenüber hatte er nicht gelogen, als er ihr erzählt hatte, dass er wegen der Erlebnisse in seiner Kindheit Sozialarbeiter geworden war. Als Kind hatte er niemanden gehabt, an den er sich hätte wenden können. Vielleicht wäre sonst alles anders verlaufen.

Doch in einem Punkt hatte er ihr nicht die Wahrheit gesagt. Sein Job machte ihn ganz und gar nicht glücklich. Nicht mehr. Das Gegenteil war der Fall. Seine Arbeit deprimierte ihn zutiefst.

Längst hatte er sich an die miserablen Lebensumstände der Jugendlichen gewöhnt, mit denen er arbeitete. Was ihm wirklich zusetzte, war das Gefühl der Hilflosigkeit. Es hatte sich in ihm festgesetzt wie ein Parasit, der seinem Wirt nach und nach das Leben aussaugte. Immer wieder musste er seine Schützlinge scheitern sehen. Es war egal, wie viele Gespräche er führte, welche Hilfsmaßnahmen er einleitete, der Teufelskreis aus Gewalt, Straftaten und psychischen Erkrankungen ließ sich nicht durchbrechen.

Als neben ihm sein Handy vibrierte, musste er sofort an Johanna denken. Hatte sie ihm geantwortet?

Magst du nach der Arbeit etwas mit mir essen gehen?

Schlagartig verflüchtigten sich Florians negative Gedanken und er musste lächeln. Er ließ seinen Blick über die Wasseroberfläche gleiten. Der See wirkte plötzlich viel weniger düster als noch vor ein paar Augenblicken. Ein wenig Glück hatte er sich verdient, oder etwa nicht? Er tippte bereits eine Antwort an Johanna in sein Handy, als seine Finger plötzlich in der Bewegung verharrten. Früher oder später würde Johanna erfahren, dass es sich bei der Mindener Wasserleiche um seine Mutter handelte. Er schluckte das unangenehme Gefühl hinunter. Er würde es ihr sagen. Aber nicht sofort. Er wollte, dass sie sich für *ihn* interessierte und nicht für eine Story, die er ihr liefern könnte.

David Gilbert

Dienstag, 22. August, 23:26 Uhr

David Gilbert kniff die Augen zusammen. Mit den Fingerspitzen fuhr er sich über die geschlossenen Augenlider und Lichtblitze durchzuckten die angenehme Schwärze vor ihm. Sein Kopfschmerz schwoll kurz an, um dann ein wenig nachzulassen.

Die Jalousien seines Arbeitszimmers waren heruntergelassen. Vor ihm auf dem Schreibtisch verteilt lagen einige Ausdrucke, die nur durch den Lichtkegel seiner weißen Schreibtischlampe beleuchtet wurden. Es war bereits nach dreiundzwanzig Uhr. Julia lag längst im Bett, direkt nachdem Hanne endlich weit nach zweiundzwanzig Uhr eingeschlafen war.

Davids Augenlider waren schwer. Sein Kopf fühlte sich an, als hätte ihn jemand mit Watte ausgepolstert, aber eine innere Unruhe hielt ihn davon ab, endlich ebenfalls ins Bett zu gehen. Er riss die Augen auf und griff nach dem Gesprächsprotokoll mit dem damals siebzehnjährigen Florian Gerste. In seinen Gedanken nahm er dem Mann, den er kennengelernt hatte, die Brille ab und stellte ihn sich ohne den Dreitagebart vor. Ein schlaksiger Siebzehnjähriger mit wütenden Augen und einem zynischen Zucken im Mundwinkel blickte ihm entgegen. Was ging in einem Jungen vor, dessen Mutter plötzlich vermisst wurde?

Er ignorierte die formellen Angaben des Protokolls und las sich direkt die Aufzeichnungen des Gesprächs durch.

B.: Florian, wann hast du deine Mutter zuletzt gesehen?
F.: Morgens früh. Bevor ich zur Schule los bin.
B.: Das war am Donnerstag?
Florian nickt.
B.: Kannst du mir den Morgen mit deiner Mutter beschreiben?
F.: Wozu soll das gut sein?
B.: Wir wollen uns ein möglichst genaues Bild von dem Tag machen, an dem deine Mutter verschwunden ist. Vielleicht hilft uns das weiter. Was ist an dem Morgen passiert?
F.: Nichts. Als ich in die Küche bin, war meine Mutter schon wach und hatte den Tisch gedeckt. Wir haben zusammen gefrühstückt. Dann bin ich zur Schule.
B.: Ist dir irgendetwas an deiner Mutter aufgefallen?
F.: Nein.
B.: Wann ist dir klar geworden, dass etwas nicht in Ordnung ist?
F.: Sie kam abends nicht nach Hause.
B.: War das ungewöhnlich?
Florian nickt.

B.: Wie hat dein Vater reagiert?
F.: War sauer.
B.: Was habt ihr unternommen, als deine Mutter nicht nach Hause kam?
F.: Mein Vater hat ihre Freundinnen angerufen. Die Nachbarn.
B.: Und?
F.: Keiner von denen hatte sie gesehen oder wusste etwas.
B.: Kannst du dir vorstellen, wo deine Mutter sein könnte?
F.: Sie ist abgehauen.
B.: Was macht dich so sicher?
Florian zuckt mit den Schultern.
B.: Warum sollte sie abhauen?
F.: Sie wird ihre Gründe gehabt haben.
B.: Was könnten das für Gründe sein? Warum sollte sie dich allein lassen, ohne ein Wort zu sagen?
F.: Sie ist weg. Ist doch egal, warum.
B.: Ist es das?
Florian antwortet nicht.
B.: Bist du wütend auf deine Mutter?
F.: Nein.
B.: Und du hast keine Idee, wo deine Mutter jetzt sein könnte.
F.: Nein. Kann ich jetzt gehen?

David ließ das Blatt Papier zurück auf den Schreibtisch sinken. Das war es. Seit er am Freitag bei Florian Gerste gewesen war, nagte das unbestimmte Gefühl an ihm, dass etwas nicht zusammenpasste. *Sie hat mich nicht allein gelassen. Ich wusste es.* Diese Worte hatten sich in Davids Hirn gegraben. Das klang nach der Aussage des jungen Florian Gerste ganz anders.

Hatten die beiden vorgehabt, zusammen abzuhauen? War etwas schiefgegangen? Hatte die Mutter ihrem Jungen verraten, dass sie weglaufen wollte, und er hatte sie in Schutz genommen? Nicht wissend, dass seiner Mutter etwas passiert war? Doch warum sollte der Mann nach all den Jahren noch immer darüber schweigen? Er musste noch mal mit Florian Gerste sprechen. Vielleicht konnte er so neue Hinweise in dem Fall bekommen. Er würde ihn noch diese Woche auf das Revier bitten.

David gähnte und ließ seine Schultern kreisen. Er hörte ein leises Knacken und spürte die Anspannung in seinen Muskeln. Wie um alles in der Welt war es möglich, dass Johanna ausgerechnet mit diesem Mann eine Verabredung gehabt hatte? Sah sie in ihm lediglich eine Story oder gefiel ihr der Mann? Er öffnete die Schublade des Schreibtischs und holte ein altes Foto von Johanna hervor.

Er musste lächeln, als er an sein erstes Date mit ihr zurückdachte. Zumindest für ihn war es von Anfang an ein Date gewesen. Bis heute war er sich nicht sicher, ob Johanna es ebenfalls so empfunden hatte oder ob es für sie zu Beginn ein Treffen wie jedes andere gewesen war. Sein Lächeln wurde breiter. Er hatte sie mit seinem ersten Wagen, einem uralten Golf, den er selbst ausgesucht und bezahlt hatte, früh am Morgen abgeholt. Ihre Fahrt zum Falckensteiner Strand am Westufer der Kieler Förde wurde begleitet vom klackernden Geräusch der Motorhaube.

Auf dem Parkplatz wurden sie vom Geschrei der Möwen und einem wolkenlosen Himmel begrüßt. Von seiner Mutter hatte David sich einen riesengroßen Picknickkorb geliehen. Er schleppte das Ungetüm, das mit Getränken, beschmierten Brötchen, Croissants, diversen Snacks, Sonnencreme und natürlich einer obligatorischen Picknickdecke bepackt war, durch die morgendliche Wärme zu dem unbewachten Strandabschnitt. In der Regel war es hier etwas ruhiger als an dem bewachten Badestrand.

Kaum dass die ersten Sandkörner unter ihren Füßen knirschten, lief Johanna bereits barfuß vor ihm her, auf der Suche nach einem geeigneten Platz zum Picknicken.

Er sah sie genauso deutlich vor sich wie damals vor neun Jahren. Ihr Körper sprühte vor Energie, die zu der Zeit kurzen, schwarzen Haare waren vom Wind zerzaust und ihre grünen Augen schimmerten im Sonnenlicht. Es war der Moment, in dem er diesen verdammten Korb fallen ließ, zu ihr lief und sie an sich zog. Als sie seinen Kuss erwiderte, war das einer der schönsten Augenblicke für ihn.

David ignorierte das leichte Ziehen in seinem Magen und bemühte sich, Johannas Gesicht aus seinen Gedanken zu vertreiben. Sie hatte ihm gestern versprochen, auf sich aufzupassen und sich von Laura Kuhn fernzuhalten. Er hatte sie nicht darum gebeten. Das wertete er als gutes Zeichen.

Laura Kuhn. Hatte sie ihren Mann ermordet? Johanna glaubte, dass ihr Mann sie geschlagen haben könnte. Er musste diesem Hinweis nachgehen. Wieder sah er Johanna vor sich. Etwas zu hastig stand er auf. Es war definitiv Zeit, ins Bett zu gehen. Ins Bett zu seiner Frau.

Johanna Neumann

Mittwoch, 23. August, 18:40 Uhr

Gemütlich schlenderte Johanna die Obermarktstraße hinunter. Zum ersten Mal seit Tagen fühlte sie sich unbeschwert. Der vermisste Luca war wohlbehalten wieder aufgetaucht. Zwischen ihr und David lief es gut. Sie hatte es geschafft, den ganzen Tag nicht an Laura und Robert Kuhn zu denken. Und sie hatte einen sympathischen Mann kennengelernt. Ab jetzt würde es in ihrem Leben aufwärtsgehen. Das nahm sie sich fest vor, während sich ein leichtes Lächeln auf ihr Gesicht stahl. Johanna blickte auf ihr Handy. Bis zu ihrem Treffen mit Florian hatte sie noch ein wenig Zeit.

Sie blieb vor einem kleinen Schaufenster rechts von ihr stehen und spähte in die Auslage. Ein elfenbeinfarbiges Kaffeeservice mit Blumenmuster, das aussah, als wäre es für eine englische Adelsfamilie hergestellt worden, fand sie besonders schön. Schade, der Laden hatte bereits geschlossen. Auf der Schaufensterscheibe entdeckte Johanna die Öffnungszeiten und den Namen des Ladens: Buttjerschmiede. Ihr fiel ein, dass Mariam ihr von diesem Geschäft erzählt hatte. Sie hatte sich noch über den Namen gewundert. Für sie war ein Buttjer ein

Fischer. Für einen Angelladen hätte sie den Namen passend gefunden. Doch Mariam hatte ihr erklärt, dass die Bewohner der „Oberen Altstadt" hier in Minden früher Buttjer hießen. Besonders Roma und Sinti waren damals dort ansässig gewesen. Und unter ihnen gab es eine Art Geheimsprache: Die Buttjersprache. In der Fischerstadt wurde ebenfalls die Buttjersprache gesprochen, und zwar von den Hafenarbeitern, Schiffern und Fischern. Einige Wörter und Ausdrücke variierten sogar je nach Viertel und dienten als richtige Geheimsprache. Ein Wort hatte Mariam ihr direkt beigebracht. Sobutz. Das hieß: sofort. Bei Mariam ging es nämlich immer sobutz zur Pause. Johanna nahm sich vor, unbedingt noch mehr über diese Mindener Geheimsprache zu erfahren. Vielleicht würde sich das direkt für einen Artikel eignen. Ihr fiel ein, dass sie der Fischerstadt noch einen Besuch abstatten wollte. Vielleicht hatte Florian Lust, sie zu begleiten? Johanna riss sich vom Schaufenster los und ging weiter in Richtung Innenstadt. Sie zwang sich, an dem kleinen Buchladen vorbeizugehen, ohne auch hier noch einen Blick ins Schaufenster zu werfen. Das würde sie aber sicher nachholen.

Gut gelaunt erreichte sie den Mindener Marktplatz und stand bereits vor dem italienischen Restaurant L.A. basta, wo sie sich mit Florian verabredet hatte. Irgendwo aus einem Lautsprecher drangen leise Jazztöne. Da sie Florian nirgends entdecken konnte, sah sie sich neugierig um. Grüne, rote und schwarze Sonnenschirme säumten den Marktplatz. Familien, Freundinnen, Paare und Gruppen saßen lachend auf den Bänken und Stühlen der Restaurants. Köstliche Gerüche nach Pasta und Pizza lagen in der Luft. Das Klappern von Besteck mischte sich mit einem lauten Stimmengewirr. Johanna genoss den Anblick der historischen Gebäude, die mit ihren Giebeln und den wunderschönen Fassaden den Marktplatz einrahmten. Minden war eine schöne Stadt, dachte sie, als sie Florian sichtete, der auf sie zugeeilt kam. Keuchend kam er vor ihr zum Stehen.

„Entschuldige. Ich bin spät dran."

Er lächelte. Johanna fiel auf, dass sich dabei ein leichtes Grübchen auf seiner linken Wange zeigte. Als er sie kurz zur Begrüßung umarmte, nahm sie einen dezenten Duft nach Zedernholz an ihm wahr. Diesmal bestand Johanna darauf, sich nach draußen in die Sonne zu setzen. Es war ihr egal, ob sie jemand zusammen sehen würde.

„Aber jetzt zu dir", sagte Florian, nachdem der Kellner vor ihnen eine dampfende Pizza abgestellt hatte.

„Du meine Güte. Die schaffe ich nie", lachte Johanna und bestaunte die Pizza, deren Rand weit über den Teller ragte.

„Nur nicht ablenken", antwortete Florian.

„Du bist also nach Minden gezogen, ohne hier jemanden zu kennen?", wollte Florian von ihr wissen.

„Nein. Ganz so mutig bin ich nicht", gab Johanna zu.

Bei ihrem letzten Treffen hatte sie nur wenig von sich preisgegeben. Unauffällig war sie den Fragen von Florian ausgewichen und hatte ihn reden lassen.

„Ein Freund von mir lebt hier", erklärte sie nun, während sie versuchte, einen Streifen Rucola in ein mundgerechtes Stück zu zerschneiden.

„Woher kennt ihr euch?"

Bevor sie antwortete, trank sie einen Schluck von ihrem Rotwein. Bisher hatte sie Alkohol gemieden, doch da sie keine Medikamente mehr nahm, sprach nichts dagegen.

„Wir sind zusammen aufgewachsen. Er wohnte in der gleichen Straße wie ich."

Sie musste an David denken und daran, wie sie als Kinder zusammen gespielt hatten.

„Und?"

„Was meinst du?"

Florian schmunzelte.

„So wie du guckst, ist das nicht die ganze Geschichte."

Johanna war erstaunt. Offensichtlich war Florian gut darin, die Gefühle seines Gegenübers zu lesen. Wahrscheinlich brachte das sein Job als Sozialarbeiter mit sich, vermutete sie.

„Wir waren auch mal zusammen. Aber das ist schon lange her und nicht der Grund, warum ich nach Minden gezogen bin."

Es war ihr wichtig, zu Florian ehrlich zu sein. Schlimm genug, dass sie ihn aus Sensationsneugier hatte kennenlernen wollen. Doch war sie sich selbst gegenüber ehrlich?

„Natürlich hat es meine Entscheidung beeinflusst, dass David hier in Minden lebt, aber ich bin nicht seinetwegen hergezogen."

Florian lächelte sie an. „Glück für mich."

Johanna spürte, wie ihre Wangen warm wurden. Es gefiel ihr, dass er so eindeutig mit ihr flirtete.

„Und obwohl ihr ein Paar gewesen seid, versteht ihr euch? Die meisten, die ich kenne, würden um ihren Ex-Partner lieber einen großen Bogen machen."

Er lachte und nahm einen Schluck von seinem Wasser.

„Da hast du recht."

Florian sah sie weiter interessiert an, offensichtlich erwartete er, dass sie noch mehr darüber erzählte. Sie seufzte. Sie wollte einen Neuanfang und Florian war im Vergleich zu ihr mehr als offen gewesen.

„Weißt du, meine Beziehung zu David ist kompliziert. Bevor wir ein Paar wurden, waren wir jahrelang befreundet. Wir waren auf derselben Schule, hatten denselben Freundeskreis, auch wenn David ein paar Jahre älter ist als ich. Wir sind zusammen auf Partys gegangen und haben uns gegenseitig getröstet, wenn wir Liebeskummer hatten. Irgendwann wurde aus der Freundschaft dann mehr. Und es war wirklich eine schöne Zeit."

Johanna machte eine Pause und betrachtete Florians Gesicht. Doch außer aufrichtigem Interesse konnte sie dort nichts erkennen. Also erzählte sie weiter.

„Bevor ich mit David zusammengekommen bin, wollte ich nach meinem Studium immer nach Berlin oder noch besser ins Ausland. Ich wollte Karriere machen. Eine berühmte Journalistin werden."

Sie lachte, aber selbst in ihren Ohren klang es gequält. Johanna nahm einen weiteren großen Schluck Wein und fuhr fort.

„Tja, aber dann gab es David. Er hatte damals eine gute Stelle bei der Kieler Polizei und er bat mich zu bleiben."

Florian nickte. Er ahnte wohl schon, was jetzt kam.

„Also blieb ich."

Sie sah zu dem jungen Paar am Nachbartisch, das über den Tisch hinweg Händchen hielt.

„Irgendwie war ich nie ganz zufrieden mit meiner Entscheidung gewesen. Ich wollte es beruflich unbedingt zu etwas bringen und deshalb steckte ich all meine Zeit in die Arbeit. Ich hätte ebenso gut wegziehen können. Vielleicht hätten wir uns während einer Fernbeziehung öfter gesehen."

Sie lächelte traurig.

„Aber", sie hob die Stimme etwas, „dieses Kapitel ist abgeschlossen."

Und das meinte sie auch so. Florian wirkte nachdenklich.

„Hätte ich das lieber doch nicht erzählen sollen?"

„Nein, nein", antwortete er hastig.

„Es ist nur … versteh das nicht falsch. Aber warum hast du deine beruflichen Pläne nicht nach eurer Trennung erfüllt? Nicht dass ich mich nicht freue, dass es dich nach Minden verschlagen hat“, fügte er schnell hinzu.

Sofort drängten sich ungewollte Erinnerungen an die Oberfläche von Johannas Bewusstsein. Dieses lähmende Gefühl, das nach der Trennung Besitz von ihr ergriffen hatte. Als würden überall an ihrem Körper unsichtbare Gewichte hängen. Als würde sie in einem dieser Träume gefangen sein, in denen man nicht vorwärtskam, so sehr man es auch versuchte. Und David? Er hatte einfach weitergemacht. Hatte sich neu verliebt und war nach Minden gezogen.

Als es ihr endlich besser ging, erschien ihr die Einbruchsserie damals wie ein Rettungsanker. Sie wollte einen richtig guten Job machen und sich anschließend in Berlin oder München bei einer Zeitung bewerben. Doch ihr Rettungsanker riss sie erbarmungslos mit sich in die Tiefe. Plötzlich fühlte Johanna sich unwohl unter Florians Blick. Ihr wurde heiß und es kam ihr so vor, als wäre die Luft plötzlich stickig. Florian griff über den Tisch und legte seine Hand auf ihre. Er sah ihr direkt in die Augen.

„Entschuldige. Ich wollte nicht zu neugierig sein. Wir können auch über etwas anderes reden.“

Dankbar lächelte Johanna ihn an. Nicht nur dass er erkannt hatte, dass ihr dieses Thema schwer fiel. Er war auch sensibel genug, die Unterhaltung in eine andere Richtung zu lenken.

„Gerne.“

Ihr fiel auf, dass er seine Hand noch ein wenig länger auf ihrer liegen ließ, bevor er sie zurückzog und ihr etwas von seinem Arbeitstag erzählte. Ihr kleiner Aussetzer schien ihn nicht im Geringsten zu stören. Als der Kellner an ihren Tisch kam, um zu fragen, ob sie noch etwas wünschten, bestellte sie sich ein weiteres Glas Wein.

Florian Gerste

Mittwoch, 23. August, 20:12 Uhr

Das hier fühlte sich richtig an. Ein Gefühl, das Florian nach den letzten Tagen gut gebrauchen konnte. Zu oft hatte sich seine Mutter in seine Gedanken geschlichen. Er würde Johanna früher oder später von ihr erzählen müssen. Konnte er ihr vielleicht sogar alles anvertrauen? Der Gedanke war verlockend. Doch heute war es nicht so weit. Heute nicht, entschied er.

Nachdem er die Rechnung für sie beide beglichen hatte, schlenderte er gemeinsam mit Johanna über den Marktplatz und genoss das unbeschwerte Gefühl, mit ihr zusammen zu sein. Vor dem Stadtbrunnen blieb Johanna stehen. Sie schaute sich die Wasserfontänen an, die in unterschiedlichen Höhen aus dem Boden sprudelten. Ein kleines Mädchen, vielleicht vier oder fünf Jahre alt, rannte kreischend zwischen den Wasserstrahlen hindurch. Seine Hose und das knallorange T-Shirt waren bereits durchnässt. Hoffentlich hatten die Eltern Wechselkleidung dabei, ging es Florian ungewollt durch den Kopf. Zwar war es immer noch warm, aber nicht warm genug, um mit nasser Kleidung durch die Stadt zu laufen. Durch die im Boden befindlichen Leuchten erstrahlte das Wasser in einem funkelnden Grün. Gerade wechselte das Farbenspiel in ein helles Rot. Das kleine Mädchen jubelte entzückt. Florian stattdessen wandte sich hastig ab. Das Bild seiner Mutter, umgeben von Wasser; Wasser, das sich nach und nach rot färbte, sickerte in sein Bewusstsein. Er betrachtete Johanna, die mit ihren Schneidezähnen auf ihre Unterlippe biss. Er schmunzelte. Bestimmt hörte sie es nicht gerne, aber sie sah niedlich aus, wenn sie das tat. Ein wenig entspannte er sich.

„Die Farben für den Brunnen kannst du steuern, wenn du das möchtest", erklärte er ihr, ohne weiter auf das plätschernde Wasser vor sich zu achten. Er konzentrierte sich lieber auf den Anblick von Johanna.

„Wirklich? Wie denn das?"

„Mit der Minden-App."

„Es gibt eine Minden-App?"

Sie klang erstaunt.

„Da staunst du, was. Da machen wir direkt Berlin Konkurrenz", gab Florian grinsend zurück.

„Es gibt in der App einen Menüpunkt – ich glaube, der heißt sogar Brunnensteuerung – und dort kannst du die Farben für den Brunnen auswählen."

„Zeig her."

Auffordernd hielt sie ihm ihre Hand entgegen. Ihm fiel auf, wie sehr ihre Augen strahlten, wenn sie lächelte.

„Ich habe die App nicht", gestand er lachend.

Sie schüttelte den Kopf.

„Das gibt Punktabzug für dich als Stadtführer", sagte sie in gespielter Entrüstung.

„Warte, ich mach es wieder gut."

Er drehte sie an den Schultern herum, sodass sie zum Alten Rathaus sehen musste. Kurz kramte er in seinen Erinnerungen. Ein wenig war aus dem Geschichtsunterricht hängen geblieben.

„Ich präsentiere ein schönes Beispiel gotischer Rathausarchitektur in Westfalen. Unser Altes Rathaus. Ein Steinbau, der ursprünglich die Macht des Rates gegenüber dem Bischof von Minden symbolisieren sollte. Wir sehen hier auf die Mittelsäulen, über die, wenn du genau hinsiehst, sich jeweils zwei Spitzbögen erheben."

Leider fiel ihm nicht viel mehr ein, doch Johanna lächelte.

„Schon besser", sagte sie und hakte sich bei ihm ein. Ein Hauch Jasminduft ging von ihr aus.

„Hattest du mir nicht ein Eis versprochen?", fragte sie.

Eine angenehme Wärme strahlte von ihrem Arm aus. Sanft zog er sie mit sich.

„Dann hier entlang."

Er führte sie zum Alten Rathaus. Unter dem eindrucksvollen Laubengang blieb Johanna kurz stehen.

„Wie schön", bestaunte sie den offenen Bogengang aus dem 13. Jahrhundert.

„Sieh mal!"

Sie schob ihn zu einer an der Mauer angebrachten Informationstafel. Sofort begann sie zu lesen. Florian überflog die Tafel lediglich. Historische Spaziergänge, lautete ihre Überschrift. Merkwürdig, dass ihm diese Tafel vorher noch nie aufgefallen war. Er sah Johanna an, die noch immer in den Text versunken war.

„Fertig?“, fragte er, als Johanna ihren Blick von der Tafel löste.

„Ja. Also auf zum Eis.“

Florian führte Johanna den Kleinen Domhof entlang. Er hätte mit ihr zum Eiscafé am Scharn gehen können. Die Eisdiele befand sich nur ein paar Meter vom Alten Rathaus entfernt. Doch er schlenderte mit ihr lieber vorbei am Dom und führte Johanna zu dem Eiscafé am Ende der Bäckerstraße.

„Was hältst du davon, wenn ich dich nach Hause fahre?“, bot Florian Johanna an, als sie auf dem Rückweg von der Eisdiele die Martinitreppe erreichten.

„Mein Wagen steht oben am Martinikirchhof.“

Florian fiel auf, dass sie mit ihrer Antwort zögerte.

„Ich habe keine Ahnung, wo das ist. Schon vergessen, ich bin erst vor Kurzem hergezogen?“, neckte sie ihn schließlich.

„Wir müssen nur die Martinitreppe rauf.“

Er deutete mit den Augen auf die Steinstufen, die zwischen einem Juwelier und einem Hörakustiker nach oben führten. Kaum zu glauben, dass sie den Namen der Martinitreppe noch nicht kannte.

„Oben steht die Martinikirche“, sagte er augenzwinkernd, wobei er das Wort Martini besonders betonte.

„Verstehe.“

Sie schwieg einen Moment. Florian überlegte, ob er ihr seine Frage noch einmal stellen sollte. Doch dann sagte sie: „Wenn du mich mitnimmst, wäre das toll. Nach dem Wein darf ich sowieso nicht mehr fahren. Ich kann mein Fahrrad auf der Arbeit stehen lassen."

Ohne Einfluss darauf zu haben, lächelte er. Er konnte nicht anders. Endlich ein Lichtblick in seinem Leben. Warum war er Johanna nicht früher begegnet? Bevor er sich ganz auf sie einlassen konnte, gab es noch etwas, um das er sich kümmern musste. Wenn er an morgen dachte, zog sich etwas in seinem Inneren zusammen. Sein Lächeln verschwand. War es überhaupt möglich, das in den Griff zu bekommen?

„Ist alles in Ordnung?", unterbrach Johanna seine Gedanken.

„Natürlich."

Seine Antwort war nur zum Teil gelogen, denn in ihrer Gesellschaft ging es ihm deutlich besser als in den letzten Wochen.

„Komm", forderte er sie auf und stieg mit ihr die Martinitreppe zur Oberen Altstadt hinauf. „Ich muss dringend an meiner Fitness arbeiten", beschwerte Johanna sich schnaufend und lachend, als sie die letzten Stufen erreichten. Oben angekommen, war auch Florian ein wenig aus der Puste.

„Wen haben wir denn hier", rief Johanna, als sie die Bronzeskulptur des Mindener Buttjers entdeckte.

„Der junge Kerl ist ein Mindener Original", erklärte Florian ihr.

Anscheinend war Johanna vorher noch nicht hier gewesen. Sie musterte die Figur eingehend.

Der Buttjer stand lässig mit den Händen in den Hosentaschen da. Sein Pulli wirkte ein wenig zu groß und sein Kopf zierte eine Art Schiebermütze. Zum ersten Mal fiel Florian auf, dass die Figur barfuß auf ihrem Sockel stand.

„Machst du ein Foto von mir?", erkundigte sich Johanna. Das Grün in ihren Augen schien zu glühen.

„Das kann ich meinen Eltern schicken. Meine Mutter macht sich Sorgen, dass ich einsam sein könnte."

Florian meinte, eine gewisse Frustration aus ihrer Stimme herauszuhören. Sollte er sie darauf ansprechen? Doch da stellte sie sich schon lachend neben die Bronzefigur, die durch den Sockel ein wenig größer war als Johanna. Der Kopf des Buttjers war nach rechts gedreht. Sein frecher Blick schien nun auf Johanna zu ruhen. Diese tat, als würde sie ihm einen Kuss geben.

„Darf ich vorstellen, mein neuer Freund."

Ihr Gesicht wirkte ebenso frech wie das der Bronzefigur.

„Da spannt mir eine Statue mein Date aus", stöhnte Florian, während er mehrere Fotos machte.

Johanna hüpfte vom Sockel herunter zu ihm hinüber.

„Zeig mal", bat sie ihn, wobei sie ihm ihre Hand auf den Oberarm legte.

Florian spürte ihren Körper nur zu deutlich, der seinen leicht berührte, während sie zu zweit auf sein Handy blickten und die Fotos betrachteten.

„Schickst du sie mir?“, fragte sie lachend.

Natürlich tat er das. Mittlerweile hatten sie auch längst ihre Telefonnummern ausgetauscht.

Johanna Neumann

Mittwoch, 23. August, 21:20 Uhr

In ihrem Kopf herrschte eine angenehme Leichtigkeit. Das lag sicher an dem Wein und dem gemütlichen Brummen des Motors von Florians Kombi. Es lag aber auch an Florian selbst. Tatsächlich wollte sie nicht, dass der Abend schon endete.

„Was hältst du davon, wenn wir zusammen noch ein Glas Wein trinken“, schlug sie vor.

„Gerne“, antwortete er, ohne zu zögern.

Johanna musste kichern, da ihr etwas eingefallen war.

„Ich fürchte, ich habe gar keinen Wein zu Hause.“

„Ich schon.“

Florian blickte kurz zu ihr hinüber.

„Wenn das in Ordnung für dich ist?“, hakte er nach.

Johanna spürte in sich hinein. Das war mehr als in Ordnung für sie.

„Natürlich.“

„Dann also zu mir.“

Während Florian sich schon im Voraus für das Chaos bei ihm entschuldigte, schickte Johanna ihrer Mutter eines der Fotos, die Florian von ihr und dem Buttjer gemacht hatte. Natürlich als Anhang per E-Mail, da sich ihre Mutter weigerte, WhatsApp auf ihrem Handy zu installieren. In die Betreffzeile schrieb sie lediglich „Grüße aus Minden“. Den Anruf schob sie noch immer vor sich her.

Als Florian den Wagen vor seinem Haus parkte, kroch Johanna ein unangenehmes Gefühl über die Haut, als würden zahlreiche Spinnen über ihren Rücken laufen und sich von dort ausbreiten. Es war mehr als unwahrscheinlich, dass die Nachbarin so spät noch in ihrem Garten auftauchte, und trotzdem war Johanna erleichtert, als die Haustür hinter ihnen zufiel. Sollte das zwischen ihr und Florian etwas Ernstes werden, musste sie hoffen, dass sich die alte Dame nicht an sie erinnerte. Oder sie musste sich eine passende Geschichte dazu ausdenken.

Johanna hörte Florian in der Küche mit den Weingläsern hantieren. Sie selbst saß im Wohnzimmer. Der Raum war geschmackvoll eingerichtet. Für einen allein lebenden Mann nicht unbedingt selbstverständlich, dachte Johanna.

Das mit hellgrauen Kissen bestückte anthrazitfarbene Ecksofa passte hervorragend zu dem hellen Eichenparkett. Auf der Fensterbank hinter ihr standen Grünpflanzen in farblich zum Sofa passenden Übertöpfen. Ein Arrangement, das verdächtig nach Ikea aussah, wie Johanna amüsiert feststellte.

Zwischen den Blumen entdeckte sie ein altes Foto in einem Silberrahmen. Das Silber war bereits ein wenig angelaufen. Die Aufnahme zeigte eine junge Frau, die neben einem Jungen stand, der stolz eine Schultüte in den Händen hielt. Johanna hatte keinen Zweifel daran, dass es sich bei dem Kind um Florian handelte. Die Ähnlichkeit zwischen ihm und dem Jungen auf dem Foto war unverkennbar. Und schon damals hatte er diese Tiefe in den Augen.

Bei der Frau musste es sich um Florians Mutter handeln. Sie sah nicht in die Kamera und Johanna fühlte sich an den Blick von Laura Kuhn erinnert, den diese auf ihren Fotos hatte. *Unsere Wasserleiche* hörte sie Mariam in ihrem Kopf sagen. Johanna unterdrückte ein Schaudern. Fast automatisch wollte sie nach ihrem Handy in der Handtasche greifen, um ein Foto von dem Bild zu machen, doch sie zwang sich, ruhig sitzen zu bleiben.

„Das ist meine Mutter", erklärte Florian, der in diesem Moment mit zwei halb vollen Gläsern Wein den Raum betrat.

„Ein schönes Foto von euch beiden", sagte sie, obwohl sich in ihrem Kopf die Fragen überschlugen. Fragen, die ihn zum Reden bringen würden. Bisher hatte er nur einmal kurz erwähnt, dass seine Mutter bereits verstorben sei. Mit einer gezielten Frage würde er ihr vielleicht mehr erzählen. Habt ihr ein enges Verhältnis zueinander gehabt? Wie alt warst du, als deine Mutter starb? Oder provozierender. Woran ist deine Mutter gestorben? Kannst du ihr verzeihen, dass sie bei einem Mann geblieben ist, der euch geschlagen hat? Doch sie schwieg. Stattdessen nahm sie Florian eines der Gläser mit dem dunklen Rotwein darin ab und stieß mit ihm an, wobei sie ihn mit ihrem Blick festhielt. Der Wein hinterließ einen bitteren Geschmack auf ihrer Zunge, oder trübte ihr schlechtes Gewissen ihren Geschmackssinn?

„Ich hätte nicht gedacht, eine Frau wie dich über diese App kennenzulernen", gestand Florian ihr.

„Du bist intelligent, lustig und wunderschön."

Er sah sie kurz an, während er dies sagte, blickte dann aber schnell weg, als wären ihm seine Worte peinlich. Johanna spürte eine angenehme Wärme auf ihren Wangen. Was sollte sie darauf antworten?

„Wir haben wohl beide Glück gehabt", sagte sie schließlich. Ihr Mund verzog sich von allein zu einem breiten Lächeln. Sie meinte es genauso.

Der Rest des Abends verflog geradezu. Florian und sie verloren sich im Gespräch über die Arbeit, die Kollegen, über Freunde, Bücher, die sie beide gerne lasen, und zu guter Letzt über ihre Lieblingsserien.

„Was, du kennst nicht *Die Sopranos*", fragte er entsetzt, als er Johanna von der Serie erzählte, und sie keine Ahnung hatte, wovon er sprach.

„Das müssen wir sofort ändern", rief er begeistert und griff nach der Fernbedienung, die auf dem Wohnzimmertisch lag.

So wohl hatte Johanna sich schon lange nicht mehr gefühlt. Am liebsten hätte sie sich an Florian gelehnt und mit ihm eine Folge der Serie gesehen, aber sie merkte auch, wie ihre Augen schwerer wurden. Mühsam unterdrückte sie ein Gähnen. Wie spät war es eigentlich? Während Florian den Fernseher einschaltete, klickte sie kurz auf ihr Handy. Es war schon nach zwölf.

„Florian, es ist schon spät. Ich denke, ich muss langsam nach Hause."

Er warf einen Blick auf seine Armbanduhr.

„Schon so spät? Mit dir vergeht die Zeit wie im Flug", sagte er lächelnd. Seine braunen Augen glänzten glasig. Er war anscheinend ebenfalls müde.

„Ich bringe dich nach Hause. Ich habe nur ein Glas Wein getrunken. Und das ist jetzt schon ein wenig her", meinte er augenzwinkernd.

Er stand auf und hielt ihr auffordernd seine Hand entgegen: „Komm!"

Johanna schnappte sich ihre Handtasche vom Fußboden und griff nach seiner Hand. Als sich ihre Finger berührten, durchzuckte ein angenehmes Kribbeln ihre Haut. Wärme breitete sich in ihrem Oberkörper aus.

„Soll ich dir noch beim Aufräumen helfen?", fragte sie mit Blick auf die Weingläser, die auf dem Tisch standen.

„Nicht nötig."

Florian zog sie mit sich hinaus in den Flur. Vor der Haustür blieb er stehen. Er sah aus, als hätte er gerade eine Entscheidung getroffen.

„Johanna, der Abend mit dir war wirklich sehr schön."

Seine braunen Augen hinter den Brillengläsern schimmerten matt. Diesmal hielt er ihren Blick fest.

Johanna Neumann

Donnerstag, 24. August, 01:33 Uhr

Verschwitzt und erschöpft ließ sie sich neben Florian auf die Matratze fallen. Er beugte sich mit seinem Oberkörper über sie, strich ihr die Haare aus dem Gesicht und betrachtete sie lächelnd. Im Dunklen des Zimmers konnte sie seinen Anblick mehr erahnen als sehen, aber sein Lächeln war deutlich zu spüren.

„Damit habe ich nicht gerechnet“, gestand er leise.

Johanna schob ihn von sich, drückte ihn zurück auf die Matratze und schmiegte sich an seinen Oberkörper.

„Ich auch nicht.“

Sie nuschelte leicht, weil sie ihre Lippen nicht von seiner Haut lösen konnte. Ihr Körper war warm und entspannt. Ihre Hand hob und senkte sich mit jedem Atemzug, den Florian tat. Sie wurde ruhiger und ruhiger.

„Verrätst du mir, warum du wirklich nach Minden gezogen bist?“

Seine Stimme klang warm. Während er fragte, zeichneten seine Finger unsichtbare Muster auf ihre Haut. Sie hätte ihm in diesem Moment alles erzählt. Vermutlich hätte sie ihm sogar gestanden, ihn anfangs nur wegen seiner Mutter getroffen zu haben, hätte er danach gefragt.

„Ich konnte nicht in Kiel bleiben."

„Warum nicht?"

„Zu viele fürchterliche Erinnerungen, die mich nicht losgelassen haben."

Er sagte nichts.

„Eine Freundin ist gestorben. Es war", sie spürte, wie ihr die Stimme versagte, doch sie musste diesen Satz zu Ende bringen, „es war meine Schuld."

Ihr Brustkorb zog sich zusammen. Tränen rannen über ihre Wangen auf Florian hinab. Er drückte sie fester an sich. Vergrub seinen Mund in ihrem Haar.

„Entschuldige, ich hätte nicht fragen sollen."

Johanna richtete sich auf.

„Nein, nein. Es ist gut, es auszusprechen. Ich war eine Zeit lang in einer psychiatrischen Klinik. Ich hatte sehr große Schwierigkeiten, ihren Tod zu verarbeiten."

Seine Mimik war schwer zu erkennen.

„Was denkst du?"

Sie hatte Angst. Nahm er sie nun anders wahr? Immerhin war sie psychisch krank gewesen.

„Danke, dass du es mir erzählt hast."

Genau das hatte sie zu ihm bei ihrem ersten Treffen gesagt. Sie hatte es ehrlich gemeint. Aus irgendeinem Grund wusste sie, dass er es ebenso meinte. Und dann erzählte sie ihm alles. Von Anfang an.

Johanna Neumann

Donnerstag, 24. August, 05:05 Uhr

Mühsam öffnete Johanna die Augen. Sie war noch halb im Schlaf gefangen und brauchte einen Moment, um zu realisieren, dass sie sich nicht in ihrem eigenen Schlafzimmer befand. Hinter ihrer Stirn pochte es dumpf. Kurz spannten sich ihre Muskeln an, doch als die Erinnerung an gestern Abend wieder da war, entspannte sie sich. Neben sich hörte sie Florians gleichmäßigen Atem. Sie teilte sich eine Bettdecke mit ihm und Florians nackter Körper berührte sie an der Hüfte. Ein warmer Schauer breitete sich von dort aus. Das Schlafzimmer befand sich in einem großen Raum, soweit sie das in dem schummrigen Licht ausmachen konnte. Außer dem Bett und zwei Nachttischen gab es keine weiteren Möbel im Zimmer. Es musste noch sehr früh morgens sein, denn durch das Fenster drang nur das Licht einer vereinzelten Straßenlaterne.

Gestern Abend hatte sie kaum etwas von ihrer Umgebung wahrgenommen. Da war nur Florian gewesen. Seine Lippen auf ihren und seine Hände, die über ihren Körper glitten. Sie wusste kaum, wie sie es bis nach oben in das Schlafzimmer geschafft hatten.

Vorsichtig, um Florian nicht zu wecken, rutschte sie zum Rand des Bettes und stand so leise wie möglich auf. Sie sammelte ihre auf dem Boden verstreuten Kleidungsstücke ein und stahl sich aus dem Zimmer auf einen kleinen Flur hinaus.

Auf der anderen Seite fand sie das Badezimmer. Vorsichtig schloss sie die Tür und schlüpfte in ihre Sachen von gestern Abend. Nachdem sie auf der Toilette war, beäugte sie sich beim Händewaschen kritisch im Spiegel. Unter ihren Augen klebte Wimperntusche und ihre Haare waren zerzaust und ein wenig verknotet. Nachdem sie sich mit einer von Florians Bürsten die Haare gekämmt und ihr Make-up notdürftig mit etwas Toilettenpapier entfernt hatte, schlich sie eine schmale Holztreppe nach unten. Die Stufen knarrten leise unter ihrem Gewicht. Zum Glück wohnte sie hier ganz in der Nähe. Sie würde zu Fuß nach Hause gehen. Dann müsste sie Florian nicht wecken. Ein wenig war sie auch froh, den doch etwas peinlichen Morgen danach zu umgehen. Sie lächelte, als sie darüber nachdachte. Normalerweise ließ sie sich mehr Zeit, bevor sie die Nacht mit einem Mann verbrachte.

Die Treppe endete in einem engen Flur. Johanna stand vor der Haustür. Auf dem Boden lag ihre Handtasche. Achtlos fallen gelassen, als Florian sie geküsst hatte. Eigentlich hatte er sie nach Hause fahren wollen, schmunzelte Johanna. Sie warf einen Blick in die Küche, die links von ihr lag. Leise huschte sie hinein, um den faden Geschmack in ihrem Mund mit einem Schluck Wasser zu vertreiben.

Während sie im Stehen einen großen Schluck davon trank, lauschte sie auf Geräusche von oben. Doch im Haus blieb es still. Hinter dem Küchenfenster breitete sich bereits die Morgendämmerung aus. Johanna hörte das Zwitschern der Vögel. Ihr Blick fiel auf einen zerknüllten Zettel, der neben dem Mülleimer lag. Ohne darüber nachzudenken, stellte sie ihr Wasserglas ab, bückte sich und faltete das Papier auseinander. Neugierig überflog Johanna die wenigen Zeilen, die dort standen. Sie musste sich anstrengen, in dem faden Licht etwas zu erkennen. Es waren verschiedene Satzanfänge. Die meisten wieder durchgestrichen.

~~Liebe Laura, mein Beileid zu deinem Verlust.~~

~~Liebe Laura,~~

~~ich kann mir nur schwer vorstellen, was du durchmachst.~~

~~Laura, es tut mir so leid. Wie kann ich dir helfen?~~

Johanna rieb sich über die Augen. Laura. Beileid. Langsam stand sie auf. Das Blatt in ihrer Hand vibrierte. Das waren Sätze für eine Trauerkarte. Laura. Das war bestimmt kein Zufall. Sie umklammerte die Stuhllehne neben sich. Florian kannte Laura Kuhn. Johanna wurde heiß. Sie rieb sich mit der Hand über den Hals.

Sie hatte gestern mit Florian über den Unfall von Robert Kuhn gesprochen. Unbewusst schüttelte sie den

Kopf. Sie hatte ihm erzählt, dass sie nichts Besseres zu tun gehabt hatte, als bei der armen Laura Kuhn herumzuschnüffeln. Dass sie die gleichen Fehler machte wie in Kiel.

Warum hatte er ihr gegenüber nicht erwähnt, dass er Laura kannte? Wollte er ihr diese Peinlichkeit ersparen? Oder fand er ihr Verhalten so abstoßend, dass er deshalb kaum etwas gesagt hatte? Würde er Laura alles erzählen? Ihr Herz schlug unruhig im Takt der auf sie einstürmenden Fragen. Mit zitternder Hand griff sie nach dem Glas Wasser und nahm einen zweiten großen Schluck. Der Glasrand schlug gegen ihre Zähne. Und dann brach die Erkenntnis über ihr zusammen. Sie wusste, warum ihr das Gesicht von Florian so vertraut vorgekommen war. Sie hatte es tatsächlich schon einmal gesehen. Hektisch kramte sie in ihrer Handtasche und zerrte ihr Handy daraus hervor. Sie scrollte durch die Fotos – und da war es. Das Bild von Laura Kuhn, das sie in ihrer Wohnung abfotografiert hatte. Im Hintergrund blickte ein junger Florian Gerste lächelnd in die Kamera. Sie musste hier raus. Eine wohlbekannte Enge breitete sich in ihrer Lunge aus. Bereit, ihr die Luft zu nehmen.

Laura Kuhn

Donnerstag, 24. August, 09:10 Uhr

„Bist du dir sicher?“, wollte Pietsch von ihr wissen.

Ihr Freund saß ihr in der Küche gegenüber, und bei seinem besorgten Anblick kamen Laura beinahe die Tränen. Sie schluckte. Ihr blieb keine andere Wahl. Sie musste das tun.

Seit diesen fürchterlichen Anrufen schlief sie kaum noch. Nacht für Nacht schlich sich diese eiskalte Stimme in ihre Träume. Leise flüsternd gab sie ihr Befehle. Jedes Mal versuchte Laura zu entkommen, doch sie ließ nicht von ihr ab. Ihr Ton wurde lauter. Manchmal schien sie plötzlich zu Robert zu gehören. Robert, der sich vor ihr aufbaute. „Du machst, was ich dir sage!“, schrie die Stimme dann. Das war der Moment, in dem sie wild nach Luft ringend aufwachte. Nein, entschied sie. Das durfte so nicht weitergehen.

Sie musste wissen, wer dieser Anrufer war und was er von ihr wollte.

„Wir können immer noch zur Polizei gehen“, sagte Pietsch. An der Art, wie er es sagte, erkannte Laura, dass er das eindeutig für die bessere Idee hielt.

„Nein!“, antwortete sie bestimmt.

Heute war der Tag der Geldübergabe und sie würde dies auf ihre Art tun. Über den Tisch griff sie nach der Hand von Pietsch und sah ihn an. Er seufzte. Kurz verstärkte er den Druck seiner Finger.

„Also gut. Keine Polizei."

Laura war sich sicher, dass er noch etwas sagen wollte. Sie sah ihm an, wie er den Rest des Satzes förmlich hinunterschluckte. Seine Augen hinter den Brillengläsern wirkten kleiner als sonst. Hatte er ebenso schlecht geschlafen wie sie?

Pietsch griff unter den Küchentisch und zog aus seinem Rucksack einen schwarzen Gegenstand hervor, der so ähnlich aussah wie ein USB-Stick. Das Etwas war jedoch kleiner als ein gewöhnliches Speichermedium und es hatte keine abnehmbare Kappe.

„Was ist das?", wollte Laura wissen.

„Wenn wir herausbekommen wollen, wer dich erpresst, kann uns dieses kleine Teilchen hier sehr nützlich sein. Das ist ein GPS-Tracker."

Misstrauisch beäugte Laura das Gerät. Sie hatte eine grobe Vorstellung davon, was dort auf ihrem Küchentisch lag, aber in ihrem Kopf herrschte ein zu großes Durcheinander, um etwas damit anfangen zu können. Pietsch bemerkte ihre Verwirrung und erklärte bereits seinen Plan.

„Ich soll beobachten, wer das Geld abholt, nachdem du gegangen bist. Und anschließend soll ich diesen Jemand unauffällig verfolgen. Wenn wir wissen, wer der

Kerl ist, werden wir vielleicht sogar herausbekommen, wo er wohnt, dann haben wir etwas gegen ihn in der Hand. So weit, so gut. Aber ich gehe davon aus, dass er extrem vorsichtig sein wird. Er kann schließlich nicht sicher sein, dass du nicht doch die Polizei gerufen hast."

Ihr Freund sah sie auffordernd an. Laura nickte. Bis dahin konnte sie ihm folgen.

„In Ordnung. Das hier", er zeigte auf das kleine, schwarze Objekt, „ist ein GPS-Sender. Er ist mit meinem Smartphone verbunden und sendet fast in Echtzeit seinen Standort an mein Handy. Und das auf ein paar Meter genau."

Trotz der angespannten Situation klang seine Stimme begeistert.

„Wir müssen es schaffen, dem Erpresser diesen Sender zusammen mit dem Geld unterzuschieben. So kann ich ihn problemlos aus einiger Entfernung verfolgen."

Pietsch strahlte sie an.

„Aber wie willst du ihm das unterjubeln? Er wird den Sender doch sofort entdecken, wenn er das Geld aus der Tasche nimmt."

„Und wenn er das nicht kann?"

Laura bekam Kopfschmerzen. Sie war aufgeregt. Die vielen neuen Informationen lösten in ihr totale Unruhe aus.

„Wie meinst du das?"

Noch einmal griff Pietsch in seinen Rucksack. Er schob Laura eine kleine, schwarze Banktasche über den Küchentisch zu. Sie erkannte sofort, dass die zwei

Reißverschlüsse der Tasche durch ein kleines Vorhängeschloss gesichert waren.

„Wenn er feststellt, dass er das Geld nicht einfach aus der Tasche nehmen kann, wird er sie mitnehmen. Ich vermute, er wird nicht mehr Zeit als nötig am Übergabeort bleiben", erklärte Pietsch.

Laura starrte abwechselnd auf die Tasche und den Sender.

„Aber glaubst du, er nimmt die Tasche mit nach Hause? Er wird versuchen, sie irgendwo zu öffnen."

Laura spürte Tränen in ihren Augen.

„Selbst wenn. Ich bin an ihm dran. Ich kann mir sein Nummernschild aufschreiben. Oder ein Foto von ihm machen. Keine Ahnung. Mir wird schon etwas einfallen."

Seine Stimme klang jetzt hektisch.

„Aber dieser Tracker", er hielt das kleine Gerät in die Höhe, „kann uns zu ihm führen. Der Sender ist unsere zusätzliche Sicherheitsmaßnahme. Und selbst wenn er den Sender am Ende entdeckt", Pietsch zuckte mit den Schultern, „er soll schließlich wissen, dass wir ihn ausspioniert haben."

Laura war hin- und hergerissen. Aber welche andere Möglichkeit blieb ihr?

„Pietsch, versprich mir etwas."

„Weißt du, dass du die Einzige bist, die mich immer noch Pietsch nennt?", fragte er unvermittelt.

Laura schmunzelte. Sie hatte ihm diesen Spitznamen verpasst. Das musste ungefähr in der zehnten Klasse gewesen sein. Auf jeder Feier kam irgendwann der

Zeitpunkt, an dem es darum ging, wer sein Bier am schnellsten auf ex trinken konnte.

„Verdient ist verdient", sagte sie und erinnerte sich, dass er immer der Schnellste war. Eigentlich ein gemeiner Kosename, wenn sie bedachte, dass das Wort Pietsch für einen Trinker stand. Aber damals fand sie es einfach lustig. Zu dieser Zeit war ihr Leben noch unbeschwert. Ihre Stimme klang beunruhigt.

„Bitte sei vorsichtig. Versprich es mir."

„Bin ich."

„Ich meine es ernst."

Laura stand auf und baute sich vor ihm auf.

„Halt dich von dem Mann fern. Wir wissen nicht, wie gefährlich er ist."

Pietsch nickte.

„Versprochen?"

„Versprochen."

JOHANNA NEUMANN

Donnerstag, 24. August, 09:46 Uhr

Auf der Arbeit hatte Johanna sich krank gemeldet. Nun saß sie in ihrem Ford Ka und zog sich die grüne Strickjacke fester um ihren Oberkörper. Der heutige Tag war kühl. Langsam fraß sich die Kälte ins Wageninnere. Ebenso der Geruch des nahenden Regens, der schwer und träge in der Luft hing.

Sie spähte zum Haus von Laura Kuhn hinüber. Trist und grau wirkte es. Es kam Johanna so vor, als würde das nicht am Wetter liegen, sondern als würde der Tod eines seiner Bewohner das Anwesen mit einem grauen Schleier überziehen. Im Hintergrund erhob sich das Wiehengebirge, dessen Gipfel unter einer schweren, grauen Wolkenschicht verborgen lag. Es sah aus, als stünde der Berg in Flammen.

Johanna entsperrte ihr Handy. Zum wiederholten Mal las sie ihren Chatverlauf mit Florian, seitdem sie heute Morgen einfach aus seinem Haus gestürmt war.

Guten Morgen, Johanna,
danke für den schönen Abend gestern.

Ich war etwas enttäuscht, heute Morgen ohne dich aufzuwachen. Ich habe hoffentlich nichts falsch gemacht?
Hab einen schönen Tag,
Florian

Ein wehmütiges Lächeln breitete sich auf ihrem Gesicht aus.

Guten Morgen, Florian,
es war auch für mich ein schöner Abend. Ich wollte dich heute Morgen nur nicht wecken.
Hab du auch einen schönen Tag.

Dann sollten wir das möglichst schnell wiederholen.

Traurig starrte sie auf seine letzte Nachricht. Das konnte er nicht ernst meinen. Sie hatte beobachtet, wie Laura Kuhn ihn mit einer Umarmung begrüßt und ihn ins Haus gebeten hatte. Kaum war sie heute Morgen zu Hause gewesen, hatte sie geduscht und sich mit ihrem Wagen in der Nähe seines Hauses positioniert. Und sein erster Weg führte ihn ausgerechnet zu Laura Kuhn.

Sie klickte auf die abfotografierte Aufnahme, auf dem Laura und Florian zusammen zu sehen waren. Die beiden kannten sich seit Jahren. Warum hatte Florian ihr das nicht erzählt? Was ging da drinnen vor sich? Erzählte er Laura in diesem Moment, dass sie bei ihr in der Wohnung herumgeschnüffelt hatte? Warum gab Florian sich noch die Mühe und schrieb ihr? Oder durfte sie keine Verbindung zwischen ihm und Laura herstellen, weil er etwas über den Unfall wusste? Nein, nein! Das war Unsinn. Diesen Gedanken verbannte Johanna sofort wieder aus ihrem Gedächtnis.

Endlich, nach beinahe zwei Stunden, öffnete sich die Haustür. Florian und Laura erschienen in Johannas Blickfeld. Ein wehmütiger Schmerz erfasste Johanna, als sie beobachtete, wie Florian in seinen Kombi stieg. Sie dachte an seine Berührungen gestern Abend und wie wohl sie sich gefühlt hatte. Was immer hier vorging, sie würde es herausbekommen. Ohne zu zögern ließ sie den Wagen an.

Laura Kuhn

Donnerstag, 24. August, 10:55 Uhr

Laura versuchte, ruhig zu atmen, doch es gelang ihr nicht. Hektisch zog sie Luft in ihre Lungen, nur um sie viel zu schnell wieder auszustoßen. Ihr war heiß und kalt gleichzeitig. Hastig öffnete sie das Wagenfenster und gierte nach der frischen, kühlen Luft von draußen. Es war kurz vor elf Uhr. Du schaffst das, redete sie sich selbst gut zu. Ihr Atem beruhigte sich etwas. Sie beobachtete, wie Pietsch seinen alten Kombi, den er vor ihrem Wagen in der Einfahrt geparkt hatte, auf die Straße steuerte. Bevor er losfuhr, sah er durch sein geöffnetes Fenster zu ihr herüber und nickte ihr zu. Es ging los. Laura war übel.

Sie wartete fünfzehn Minuten, die ihr wie aus der Zeit herausgerückt vorkamen. Die Zeit stand still und lief gleichzeitig unaufhörlich weiter. Um 11:10 Uhr startete auch sie ihren Wagen.

Sie fuhr die Mindener Straße in Häverstädt herunter, vorbei an dem kleinen italienischen Restaurant, in das Robert sie oft zum Essen ausgeführt hatte. Wie sie diese Abende gehasst hatte. Das Vorspielen einer glücklichen Ehefrau. Roberts zur Schau gestellte gute Laune. Sie schüttelte sich. Warum? Das fragte sie sich oft. Warum hatte sie sich so behandeln lassen? Ein beinahe vergessenes Gefühl schlich sich in ihr Empfinden. Wo bis vor Kurzem nur Angst und Scham existiert hatten, wärmte Wut plötzlich ihren Magen. Nie hätte sie gedacht, dass sie zu diesen Frauen gehören könnte, die sich von ihren Männern schlagen ließen.

Es hatte kurz nach ihrer Hochzeit und dem Umzug nach Häverstädt angefangen. Wenn Laura an die erste Ohrfeige dachte, konnte sie noch immer Roberts flache Hand auf ihrer Wange spüren. Das Brennen. Die Hitze auf ihrer geschlagenen Haut. Sie spürte wieder den Schreck, der durch ihren Körper gerast war. Sah Roberts Blick, in dem die Wut langsam der Überraschung gewichen war. Nach der Ohrfeige hatte er sich sofort wortreich bei ihr entschuldigt. Fast meinte sie seine Worte von damals zu hören.

Laura, es tut mir so schrecklich leid. In der Kanzlei stehe ich im Moment wahnsinnig unter Druck. Ich tue das doch nur für dich. Um dir das Leben bieten zu können, dass du verdienst. Seitdem du deinen Job aufgegeben hast, trage ich die doppelte Last.

War ihm entfallen, dass er sie darum gebeten hatte? Nachdem Laura nicht schwanger geworden war, hatte er Angst gehabt, der Stress auf ihrer Arbeitsstelle könnte schuld daran sein. Zu diesem Zeitpunkt hatten sie beide noch nicht gewusst, dass Laura gar keine Kinder bekommen konnte.

In der Nacht, nachdem ihm die Hand ausgerutscht war, so wie er es nannte, hatte sie kaum geschlafen. All die Filme, Bücher und die Klischees von geschlagenen Frauen drängten sich in ihre Gedanken. Vergifteten ihre Träume. Wer einmal zuschlug, der tat es wieder. Wusste sie das nicht?

Am nächsten Morgen hatte ihr ein völlig zerknirschter Robert das Frühstück ans Bett gebracht. Damals hatte sie den Ausdruck in seinem Gesicht für Scham gehalten. Jetzt fragte sie sich, wie viel davon Berechnung war. Sogar geweint hatte er.

Auf einem Holztablett hatten sich Pancakes, süßer Aufstrich und Rührei getürmt. Genau die Art von Frühstück, die sie so mochte und der Robert eher wenig abgewinnen konnte. Und zwischen diesen Leckereien steckte eine einzelne rote Rose. Wie hätte sie ihm nicht verzeihen können?

Sie war so dumm gewesen. Naiv. Ihre Selbstvorwürfe mischten sich mit dem Zorn, den sie gegen Robert richtete.

Als sie auf der Lübbecker Straße den Schriftzug des Hotels Bad Minden an dessen Fassade sah, brannte die Wut lodernd in ihrem Magen auf und schoss durch ihre Adern. Mit zusammengebissenen Zähnen gab sie mehr Gas. Viel zu schnell raste sie die Portastraße entlang in Richtung Innenstadt. Sie würde sich ihr Leben nicht noch einmal von einem Mann diktieren lassen. Diesmal nicht. Das hatte sie viel zu lange getan. Damit war ein für alle Mal Schluss.

Johanna Neumann

Donnerstag, 24. August, 11:10 Uhr

Im größtmöglichen Abstand fuhr Johanna hinter dem weißen Komi von Florian her. Ein innerer Drang trieb sie gnadenlos vorwärts. In der Innenstadt fuhr Florian an einer Grundschule vorbei. Das große, rote Gebäude mit den aus Papier gebastelten Sonnenblumen in den Fenstern und dem großen Hof, auf dem Tischtennisplatten und Klettergerüste standen, konnte nur eine Grundschule sein. An der Kreuzung, die sich auf Höhe der Schule befand, bog Florian nach rechts ab, und Johanna schaffte es gerade noch, bei gelb ebenfalls über die Ampel zu kommen. Schnell warf sie einen Blick auf das Straßenschild. Stiftstraße. Irgendetwas sagte ihr der Name. Beinahe hätte sie nicht gesehen, wie Florian kurz nach der Kreuzung nach links in eine schmale Seitenstraße hineingefahren war. Sie folgte seinem Wagen und fuhr nun direkt hinter ihm.

Rechts von ihr säumten graue Wohnanlagen den Weg, deren Balkone hauptsächlich mit Geranien bestückt waren. Links am Straßenrand reihten sich Parkplätze aneinander, die direkt an den Rand des Glacis grenzten.

Mist, dachte Johanna, als Florian den Blinker einschaltete, um seinen Kombi in eine freie Parklücke zu steuern. Hoffentlich achtete er nicht zu genau auf das Auto hinter ihm. Sobald es möglich war, gab sie Gas und fuhr an Florian vorbei. Vier Plätze weiter fand sie einen freien Parkplatz für ihren Ka.

Sie schob ihren Oberkörper über das Lenkrad, um in Florians Richtung zu starren. Er saß noch im Wagen. Schnell tippte sie eine Nachricht in ihr Handy. Ihr schlechtes Gewissen ignorierte sie so gut wie möglich. Es war lediglich ein leichtes Ziehen im Hinterkopf.

Hey. Was machst du gerade?

Ohne weiter darüber nachzudenken, drückte sie auf senden. Kurz darauf gab ihr Handy einen hohen Glockenton von sich.

Ich bin auf der Arbeit. Leider habe ich viel zu tun. Darf ich dich heute Abend anrufen?

Johanna ließ das Handy auf ihren Schoss sinken. Er log sie an. Sie schloss die Augen. Erschöpft lehnte sie ihren Kopf gegen die Stütze des Autositzes. Geschah ihr eigentlich ganz recht. Schließlich hatte sie ihn von Anfang an belogen.

Und was, wenn er sich hier mit einem Klienten treffen wollte? Was wusste sie schon über seine Arbeit? Immerhin war es möglich. Sie sollte nach Hause fahren und auf seinen Anruf warten. Das wäre das Vernünftige, redete sie sich ein. Und dann würde sich alles klären. Er würde von seiner Arbeit erzählen und sie könnte ihn direkt auf Laura Kuhn ansprechen. Vielleicht hatte er ihr in dem Moment gar nicht richtig zugehört. Schließlich hatte er nichts dazu gesagt. War er zwischendurch eingenickt und sie hatte es einfach nicht bemerkt?

Johanna berührte bereits den Zündschlüssel, doch sie drehte ihn nicht um.

Jan Berger

Donnerstag, 24. August, 11:21 Uhr

Noch zehn Minuten bis zur Geldübergabe. Jan Berger rutschte ein wenig auf der Bank nach vorne. Seit heute Morgen lungerte er auf dieser Parkbank herum und spielte den Obdachlosen. Er hatte sogar einen Einkaufswagen mit einem ramponierten Rucksack und einer löchrigen Decke vor sich stehen. Alles lief nach Plan. Ein letztes Mal suchten seine Augen die Umgebung ab. Doch niemand interessierte sich für ihn. Nichts kam ihm verdächtig vor. Gut so. Wusste er es doch. Die machte ihm im Gegensatz zu ihrem widerwärtigen Ehemann keinen Ärger. Ein hämisches Grinsen schlich sich in sein Gesicht. Es war ein gutes Gefühl, alles im Griff zu haben. Und wenn er erst einmal das Geld hatte, würde er auch den Rest regeln.

Endlich hörte er die Schulglocke schrillen. Nach ein paar Minuten rannten die ersten Schulkinder an ihm vorbei. Die Ranzen auf den Rücken hüpften auf und ab. Kurz darauf stiefelten Eltern mit ihren Kindern den Weg entlang und das Glacis füllte sich mit Menschen.

Und da kam sie auch schon. Blass, die Augen stur geradeaus gerichtet. Sie stoppte an dem vereinbarten Mülleimer, der direkt neben dem Kletterturm stand. Einen kurzen Moment fummelte sie an ihrer Handtasche herum, bevor sie etwas in den Korb fallen ließ, sich umdrehte und den Weg zurückmarschierte, ohne sich noch einmal umzudrehen.

Machs gut, verabschiedete er sie in Gedanken. Wir sprechen uns heute Abend. Er legte sich die Hand über den Mund, um sein Grinsen zu verstecken. Seine unrasierte Gesichtshaut fühlte sich ungewohnt an. Doch das gehörte zu seiner Tarnung.

Er zwang sich noch einen kurzen Augenblick sitzen zu bleiben, wobei er den grünen Mülleimer nicht aus den Augen ließ. Niemand stand in der unmittelbaren Nähe herum. Gut. Ganz langsam erhob er sich von der Bank und überprüfte nochmals unauffällig die Umgebung, dann setzte er sich in Bewegung. Ein Obdachloser, der ein wenig zu lange in einen Mülleimer starrte. Das war die perfekte Tarnung. Es war beinahe schade, dass dieses Opfer von Anwalt tot war. Er hätte ihm seinen Erfolg gerne unter die Nase gerieben. Noch zwei Meter. Obwohl es heute kühl war, wurde ihm heiß. Sein Mund fühlte sich plötzlich trocken an. Noch einen Meter. Ein letzter Blick in die Umgebung, dann starrte er in den Mülleimer hinein. Da lag sie – eine unscheinbare, schwarze Ledertasche. Sie war auf einem zerbeulten Tetra-Pak-Karton gelandet, auf dem irgendein Weinlogo prangte. Stinkende Hundekotbeutel lagen wie tote

Fliegen darum verteilt. Angewidert schnappte er sich das Objekt der Begierde, stopfte es in die Seitentasche seiner Cargohose und schlurfte langsam in Richtung Stiftstraße davon. Jetzt nur nicht zu schnell werden, ermahnte er sich. Den Einkaufswagen ließ er stehen. Er war aufgeregt, doch niemand rannte plötzlich los, niemand schrie oder hielt ihn auf. Er überquerte die Stiftstraße und marschierte weiter durch das Glacis. Mit jedem Schritt, den er vorankam, fühlte er sich besser.

Johanna Neumann

Donnerstag, 24. August, 11:25 Uhr

Unschlüssig stand Johanna hinter dem Baumstamm eines mächtigen Kastanienbaums. Im Auto hatte sie es nicht ausgehalten und außerdem hatte sie zu wenig erkennen können. Deshalb war sie ausgestiegen und war ein Stück in das Glacis hineingegangen. Querfeldein zuerst. Immer darauf bedacht, Florian im Blick zu behalten, aber möglichst selbst nicht gesehen zu werden.

Jetzt stand sie auf einem Weg, der an einem Spielplatz vorbeiführte. Dahinter lag irgendwo die Grundschule, an der sie vorbeigefahren war. Aufgrund ihrer geringen Ortskenntnis hatte sie keine Ahnung, was sich in der anderen Richtung des Weges befand. Von ihrem Standpunkt aus konnte sie Florian in seinem Wagen sitzen sehen. Was zur Hölle machte er hier, fragte sie sich, als ein merkwürdiges Schrillen ertönte. Es dauerte einen Augenblick, bevor Johanna begriff, dass das die Schulglocke sein musste. Nach und nach kamen Eltern mit ihren Kindern aus Richtung der Schule. Die Mädchen und Jungen stürmten die Schaukeln. Auch die Wippe und das Klettergerüst wurden erobert. Die Kinder lachten und krakeelten unbeschwert, während ihre Eltern sich auf den umliegenden Bänken verteilten.

Auf dem Parkplatz ging es plötzlich hektisch zu. Autos parkten in zweiter Reihe. Es wurde gehupt und Eltern schrien ihre Kinder an, sich zu beeilen.

Johanna schielte zu Florian hinüber, der immer noch in seinem Wagen saß. Er schien den Spielplatz ins Visier genommen zu haben. Was interessierte ihn dort so brennend? Mit zusammengekniffenen Augen suchte sie die Anlage ab. Doch sie entdeckte nichts Ungewöhnliches. Die Erwachsenen hatten entweder ihre Kinder im Blick, unterhielten sich oder starrten stumm auf ihr Handy. Von den Gesichtern, die sie aus der Entfernung nur schlecht erkennen konnte, kam ihr keines bekannt vor.

Ungewollt erinnerte Johanna sich an einen Artikel über einen pädophilen Sportlehrer, der sich seine Opfer auf Spielplätzen gesucht hatte. Sobald ein Kind den Spielplatz allein verlassen hatte, war er ihm gefolgt. Bei passender Gelegenheit hatte er zugeschlagen. Die Opfer, Jungen im Alter zwischen acht und neun Jahren, bekamen keine Gelegenheit, ihren Täter hinter Gitter zu bringen. Sie alle überlebten nicht. Der Fall hatte in Kiel für großes Aufsehen gesorgt. Ausgerechnet ein Sportlehrer an einer Grundschule, der seinen Schülern regelmäßig im Umkleideraum Gesellschaft geleistet hatte. Nein. Johanna verbot sich diesen Gedanken. Das war auf keinen Fall der Grund, weshalb Florian hier aufgetaucht war. Sie weigerte sich, dieser

Überlegung weiter nachzugehen. Stattdessen schlich sie ein wenig näher an den Spielplatz heran. Vielleicht würde sie dann entdecken, was Florian hier offensichtlich beobachtete. Er hielt seinen Blick stur auf einen bestimmten Punkt gerichtet. Starrte einfach auf den Spielplatz. Hinter dem dicken, schützenden Stamm einer Eiche blieb sie stehen und wartete.

Von dort verfolgte sie, wie ein Obdachloser in einen der Mülleimer am Spielplatz griff. Der Mann tat ihr leid. Automatisch überprüfte sie die Tasche ihrer Jeans nach Kleingeld. Wahrscheinlich suchte der Mann nach Pfandflaschen. Kurz drehte er den Kopf zu ihr, bevor er ziemlich schnell in Richtung der Schule davoneilte. Er kam ihr bekannt vor. Sie hatte sein Gesicht schon einmal gesehen. Angestrengt dachte sie nach. Dabei registrierte sie aus den Augenwinkeln, dass Florian seinen Kombi zurücksetzte. Sie wollte schon zu ihrem Auto eilen, als die Erkenntnis sie wie ein Schlag ins Gesicht traf. Das war der Mann, den sie auf den Fotos von Laura Kuhns Instagram-Account entdeckt hatte. Was hatte das zu bedeuten? Kalter Schweiß bildete sich unter ihren Achseln. Glaube nicht an Zufälle, wenn es keine gibt, wisperte eine innere Stimme ihr zu. Wer hatte das gesagt? Einer ihrer Dozenten? Sie erinnerte sich nicht mehr. Wie konnte es sein, dass Florian, der zuvor bei Laura Kuhn gewesen war, und der Fremde beide zur gleichen Zeit hier auftauchten? Ihr Herz hämmerte unruhig. Johanna traf eine Entscheidung.

Entschlossen nahm sie die Verfolgung auf. Sie würde herausbekommen, was hier vor sich ging.

Der Mann überquerte die Straße, auf der Johanna hierher gefahren war. Sie musste ein paar Wagen vorbeilassen, ehe sie selbst über die Straße eilte und dem Weg zwischen den Bäumen folgte. Der Fremde ging zügig, aber nicht übermäßig schnell. Sie musste mit David telefonieren. Ohne anzuhalten, zerrte sie ihr Smartphone aus der Handtasche und rief ihn an. Nur die Mailbox, ärgerte sie sich. Auf keinen Fall würde sie ihm eine wirre Sprachnachricht hinterlassen. Sie musste selbst mit ihm reden, um ihn davon zu überzeugen, die Sache ernst zu nehmen.

Rechts von ihr nahm sie eine Turnhalle wahr. Kurz verirrte sich ihr Blick durch die großen Fenster in die Halle hinein. Sie war leer. Der grüne Linoleumboden mit den typischen weißen, schwarzen und roten Streifen beschwor den Geruch von abgestandener und schweißgeschwängerter Luft herauf. Als sie nach vorne aufschaute, war der Mann nicht mehr zu sehen. Johanna rannte los, bis der Weg des Glacis durch eine Straße unterbrochen wurde. Hektisch sah sie sich um. Links von ihr stand ein Denkmal auf einer halbrunden Steinmauer. In Minden gab es ziemlich viele davon, staunte sie. Ohne es zu wollen, kam ihr der Gedanke, dass es in Minden von Denkmälern nur so wimmelte. Daraus ließe sich bestimmt ein Artikel machen. Doch für so etwas hatte sie jetzt keine Zeit. Auf dem Gehsteig zu ihrer

Linken war niemand zu sehen. Sie entdeckte den Mann rechts von sich, wie er gerade im Laufschritt die Straße passierte. Sie eilte ihm auf dem Bürgersteig hinterher. Am liebsten hätte sie auch die Straßenseite gewechselt, doch es herrschte zu viel Verkehr. Frustriert beobachtete sie, wie er auf einem Parkplatz neben einer großen Villa auf ein Motorrad stieg und davonfuhr. Während sie seiner Maschine hinterherblickte, rief sie erneut David an. Vergebens. Frustriert drehte sie sich um und registrierte gerade noch Florians Kombi, der an ihr vorbeifuhr. Hatte Florian sie gesehen?

Florian Gerste

Donnerstag, 24. August, 11:38 Uhr

Das musste er sein. Vor der Mülltonne tauchte ein blonder Typ mit dreckigen Klamotten auf. Die Cargohose und das Sweatshirt hingen an seinem schmalen Körper herunter, als wären sie viel zu groß für ihn. Die Kamera seines Handys hatte Florian bereits eingeschaltet. Er zoomte den Kerl heran und machte mehrere Fotos. Hoffentlich erkannte man auf einem, wie der Mann die Geldtasche an sich nahm. Florian hatte keine Zeit, sich die Bilder anzusehen, denn der Fremde setzte sich bereits in Bewegung.

Mit einem unguten Gefühl im Magen startete Florian seinen Wagen. Der GPS-Tracker ließ ihn nicht im Stich. So wie es aussah, marschierte der Erpresser das Glacis in Richtung Fischerstadt davon. Langsam überquerte Florian mit seinem Kombi die Stiftstraße und fuhr parallel zum Glacis entlang. Um den Erpresser nicht zu überholen, hielt er auf Höhe der Domschule kurz am Straßenrand. Er spähte durch die Bäume, konnte den Mann aber nirgends entdecken. Hoffentlich ging sein Plan auf. Sollte der Mann die Tasche gewaltsam öffnen und sich nur mit dem Geld davonmachen, hätte Florian keine Chance, ihn wiederzufinden.

Laut GPS-Tracker musste der Mann das Glacis verlassen haben. Er ging nun auf der Marienstraße in Richtung Innenstadt weiter. Mit Widerwillen dachte Florian daran, dass diese Straße auch heraus aus der Stadt und zum Polizeigebäude führte. Kurz überlegte er, ob er die Verfolgung zu Fuß fortsetzen sollte. Ein langsam dahinschleichender Wagen war ziemlich auffällig. Doch auf Höhe der Kaiservilla beschleunigte das Signal plötzlich und bewegte sich über den Grimpenwall.

Florian gab Gas. Die prächtige Stadtvilla, in der einst Kaiser Wilhelm II. anlässlich einer Truppenübung übernachtet hatte, rauschte unbeachtet an ihm vorbei. Laura gegenüber war er optimistisch gewesen, dass sein Plan funktionieren würde. Doch in einem Punkt hatte er Laura belogen. Er hatte keine Ahnung, was er tun würde, wenn das Signal zum Stillstand kam. Reichte es ihm wirklich aus, ein paar Fotos zu schießen? Was für ein Mann musste das sein, der eine trauernde Witwe erpresste?

Auf der Weserbrücke blendete ihn die Sonne. Ihre Strahlen hinterließen ein silbrig glitzerndes Band auf dem Wasser. Doch der friedliche Anblick ließ Florian frösteln. Seit dieser Beamte ihm in seiner Küche mitgeteilt hatte, dass die Leiche seiner Mutter aus dem Gevattersee gefischt worden war, löste der Anblick von Wassermengen noch stärker als sonst Übelkeit in ihm aus. Fünfzehn Jahre hatte sie in ihrem nassen Grab gelegen und ausgerechnet jetzt war ihr Körper entdeckt worden. Als wollte seine Mutter ihm etwas mitteilen. Nur was? Wie auch immer. Es war zu spät, sich darüber Gedanken zu machen.

Er verfolgte das Signal die Viktoriastraße entlang und verlor sich dabei mehr und mehr in der Vergangenheit. Seine Mutter war eine kleine, stille Frau mit traurigen Augen gewesen. In seinen liebsten Momenten war er allein mit ihr. Besonders die seltenen Kinobesuche hatten sich bei ihm eingeprägt. Jedes Mal kaufte sie ihm eine Tüte Popcorn und dazu eine kleine Flasche Cola, obwohl ihnen dazu eigentlich das Geld fehlte. Doch seine Mutter behauptete, ohne Popcorn und Cola sei es kein richtiger Kinobesuch. Er liebte es, in dem samtigen, rot gepolsterten Sessel zu versinken. In der einen Hand das duftende Popcorn, in der anderen die kalte, bauchige Glasflasche. Dieses wohlige Gefühl, wenn im Saal das Licht gelöscht und der schwere Samtvorhang langsam aufgezogen wurde. Dieses Kribbeln der Vorfreude, das ihn ausfüllte, und die Begeisterung, in eine andere aufregende Welt einzutauchen. Als 2019 das Kinogebäude, in dem sich das Savoy und das Cinema am Schwan befanden, geschlossen wurde, hatte er lange vor den schweren Holztüren des Kinogebäudes gestanden und seinen Erinnerungen nachgehangen. Erinnerungen, eingesperrt in der Vergangenheit.

Eine rote Ampel schleuderte ihn unsanft in die Gegenwart zurück. Abrupt brachte er seinen Wagen zum Stehen. Er umklammerte das Lenkrad fester. Das Bild seines Vaters tauchte vor ihm auf. Wie er mit erhobener Faust schreiend über seiner auf dem Fußboden liegenden Mutter stand. Speichel in den Mundwinkeln und Zorn in den Augen. Er hatte diesen Mann gehasst. Und das, seit er denken konnte. Er hatte den Ausdruck in den Augen seiner Mutter gehasst. Eine Mischung aus Angst, Scham und Selbstaufgabe. Einen Ausdruck, den er auch bei Laura wahrgenommen hatte.

Als die Ampel auf Grün umsprang, bog er auf die Bachstraße ab und folgte dem Signal durch Dankersen, bis es nach einer gefühlten Ewigkeit stoppte. Sofort schoss Florians Puls in die Höhe. Er beschleunigte seinen Kombi, steuerte um eine Kurve und erreichte den Parkplatz eines Hochhauses, auf dem sich laut des GPS-Trackers das Geld und somit der Erpresser befinden mussten. Hektisch sah Florian sich um. Wo steckte der Kerl? Irgendwo hier musste er sein. Und tatsächlich. Florian entdeckte den Mann neben einem schwarzen Motorrad. Ohne ihn aus den Augen zu lassen, parkte Florian den Wagen. Abscheu erfüllte seinen Körper, während er beobachtete, wie der Kerl zur Eingangstür des Gebäudes stolzierte. Der großspurige Gang rief Florian erneut das Bild seines Vaters vor Augen. Wütend umklammerte er das Lenkrad und biss die Zähne zusammen. Mit schmerzendem Kiefer machte er einige Fotos, die den Fremden vor dem Gebäude zeigten. Ohne darüber nachzudenken, stieg er aus. Er ging direkt auf den Mann zu.

An der Eingangstür lächelte der junge Mann Florian mit einer Gönnermiene an. Er machte einen Schritt zur Seite, um Florian vorbeizulassen.

„Ich warte auf jemanden. Sie kommt gleich runter", presste dieser zwischen den Zähnen hervor.

Achselzuckend drehte sich der andere zurück. Er drückte mehrfach auf einen der Klingelknöpfe für eine der oberen Etagen. Doch die Gegensprechanlage und der Türsummer blieben stumm. Eine Art tiefes Knurren entrann seiner Kehle.

„Dann nicht", ranzte er die geschlossene Tür an.

„Ich geb dir 'nen Rat. Wenn du auf deine Perle wartest, warte nicht zu lange. Isse wahrscheinlich nicht wert."

Er sagte das, als wären die beiden Männer seit Jahren befreundet. Florian wäre nicht verwundert gewesen, wenn er ihm bei den Worten noch vertraulich auf die Schulter geklopft hätte. Dieser selbstgefällige Blick, der widerlich selbstherrliche Tonfall. Florian musste etwas unternehmen. Nur was?

Halt dich von dem Mann fern. Wir wissen nicht, wie gefährlich er ist, warnte ihn Lauras Stimme. Doch irgendetwas musste er doch tun.

Laura Kuhn

Donnerstag, 24. August, 20:08 Uhr

Immer wieder starrte Laura auf ihr Handy, als ob ihre reine Willenskraft ausreichen würde, es zum Läuten zu bringen. Warum meldete Pietsch sich nicht bei ihr? Sie hatten abgemacht, dass er sie auf dem Laufenden hielt, doch seit sie ihn heute Morgen hatte wegfahren sehen, hatte sie nichts mehr von ihm gehört. Er antwortete weder auf ihre Anrufe noch auf ihre Nachrichten. Verdammt, Pietsch. Warum tust du mir das an?, dachte sie aufgebracht. Plötzlich schmeckte sie den metallischen Geschmack von Blut. Er breitete sich in ihrem Mund aus wie ein schwarzer Tintentropfen in einem Glas Wasser. Vor Anspannung hatte sie sich in die Wange gebissen.

Was, wenn Pietsch etwas passiert war? Pure Angst pulsierte in ihren Adern. Das wäre allein ihre Schuld. Von Anfang an hatte Pietsch ihr geraten, die Polizei einzuschalten. Kurz war sie versucht, zum Telefon zu greifen und genau dies zu tun. Doch sie konnte es nicht. Noch nicht, entschied sie und atmete tief durch.

Sie ging zum Küchenfenster herüber und starrte auf die Straße, in der Hoffnung, endlich den Wagen von

Pietsch zu sehen. Doch sie wurde enttäuscht. Auch sonst war niemand auf der Straße. Kein Nachbar, kein Auto, das vorbeifuhr. Vor ihr lag eine friedliche Straße mit herausgeputzten Einfamilienhäusern, die teilweise an kleine Villen erinnerten. Gerade, zurechtgestutzte Hecken, kurz gemähter Rasen und saubere Einfahrten vermittelten ein friedliches Vorstadtbild. Einen Frieden, den sie in ihren eigenen vier Wänden schon lange nicht mehr verspürte. Selbst jetzt, nachdem Roberts Anwesenheit nicht mehr wie ein dunkler Schatten über jeder ihrer Bewegungen lag, fühlte sie sich unwohl in diesem Haus.

Ein süßlicher, unangenehmer Geruch mischte sich in ihre Gedanken. Angewidert verzog sie das Gesicht. Der Gestank von Fäulnis lag in der Luft. Laura drehte sich um, um die Ursache dafür zu entdecken. Er kam von der Rose, die ihr Robert nach seinem letzten Wutanfall mitgebracht hatte und die noch immer auf dem Küchentisch stand.

Sie näherte sich der Pflanze wie einem wilden Tier, das sie jederzeit anspringen könnte. Das Wasser in der schmalen Vase war trüb. Um den Stängel hatte sich ein schmieriger Schleim gebildet. Und die Blütenblätter hingen trostlos hinab. Warum hatte sie das Mistding nicht direkt in den Müll geworfen?, fragte sie sich. War die einzelne Rose am Anfang eine Entschuldigung gewesen, diente sie Laura später nur noch als Warnung. Provozier Robert nicht, lautete ihre Botschaft. Hatte sie die Pflanze deshalb aufgehoben? Um sich selbst zu warnen? Doch wovor genau? Damit war jetzt Schluss. Sie zerrte die Rose aus der Vase, wobei der süße Fäulnisgeruch noch zunahm, und schmiss sie in den Biomüll. Wütend knallte sie den Deckel zu. Danach fühlte sie sich ein wenig besser, doch noch immer wütete die Angst um ihren Freund in ihr.

Erneut stellte sie sich ans Küchenfenster. Erst als ihr Rücken schmerzte und sie es am Fenster nicht mehr aushalten konnte, entschloss sie sich, eine Dusche zu nehmen. Wenn er sich danach noch immer nicht gemeldet hatte, würde sie zu ihm fahren.

Laura ließ das warme Wasser von oben auf sich herabprasseln. Spürte, wie es in breiten Rinnsalen über ihre Haare und ihre Haut lief. Sie drehte die Temperatur so hoch, dass sie die Hitze kaum aushielt. Ein wenig entspannten sich ihre Muskeln. Die Angst in ihr pulsierte langsamer. Zog sich in ihr Inneres zurück. Lauerte. Laura sank auf die Knie. Die Tränen kamen langsam, brachen dann jedoch unaufhaltsam aus ihr hervor. Sie schluchzte und all der Schmerz und die Trauer brachen über sie herein. So hatte sie sich ihr Leben ohne Robert nicht vorgestellt. Sei vorsichtig, was du dir wünschst, flüsterte eine hämische Stimme ihr zu. Das war ihre Strafe. Warum hatte sie Robert nicht verlassen? Warum nicht? Nein, ihr Mann hatte sterben müssen, damit sie frei von ihm sein konnte. Und jetzt, da er endgültig fort war, bestrafte er sie. Laura hielt sich die Hände vor ihr Gesicht und wiegte ihren Oberkörper unter dem Wasserstrahl hin und her. Bis auf das Prasseln des Wassers und ihrem Wimmern war es still im Haus.

Als ihr Handy auf dem Toilettendeckel vibrierte, zuckte sie zusammen. Zu schnell stand sie auf und rutschte mit dem rechten Fuß zur Seite. Sie stützte sich mit der Hand an der Wand ab. Es gelang ihr gerade noch, das Gleichgewicht zu halten und nicht auf den Boden zu stürzen. Ihr Herzschlag pochte wild und unregelmäßig. Vor Nässe tropfend hastete sie zu ihrem Handy. Pure Erleichterung erfasste sie, als sie Pietschs Namen auf dem Display sah.

Ihr Finger hinterließ eine feuchte Spur darauf, als sie den Bildschirm entsperrte. Pietsch hatte ihr eine Nachricht gesendet. Warum rief er nicht an?

Es hat geklappt. Er wird dich nicht weiter belästigen. Alles Weitere morgen.

Das war alles. Laura sank auf den Toilettendeckel. Wasserperlen tropften ihre Beine hinab. Auf dem Baumwollvorleger zu ihren Füßen bildete sich ein wirres Tropfenmuster. Sie musste zweimal auf Pietschs Namen drücken, bevor ihr Handy reagierte und sie ihn anrief. Nach dem vierten Tuten sprang seine Mailbox an. Sie versuchte es noch einmal und noch einmal.

„Geht es dir gut? Was ist passiert? Bitte ruf mich an", schrie sie schließlich seine Mailbox an. Erst jetzt wurde ihr bewusst, dass sie noch immer unbekleidet war.

Langsam stand sie auf, wickelte sich umständlich in ein weiches Frotteehandtuch, nur um dann auf den Boden zu sinken und dort sitzen zu bleiben. Sie würde heute Nacht kein Auge zubekommen.

David Gilbert

Freitag, 25. August, 10:05 Uhr

Nachdem David Gilbert auf den Klingelknopf gedrückt hatte, zupfte er zum wiederholten Male an seinem Hemdkragen herum. Gespräche mit Hinterbliebenen gehörten nicht zu seinen Stärken. Er fühlte sich dabei wie in einem Minenfeld. Jedes falsche Wort vermochte eine Sprengfalle zu zünden. Nur dass die Detonation nicht ihn in Stücke zerfetzte, sondern die Emotionen der Trauernden explodieren ließ.

Laura Kuhn wusste, dass er kommen würde, und er hoffte, sie halbwegs gefasst anzutreffen. Beinahe hätte er erleichtert aufgeatmet, als sie ihm die Tür in einem schlichten Hosenanzug öffnete. Ihr Gesicht war dezent geschminkt. Dennoch konnte ihr Aufzug nicht darüber hinwegtäuschen, dass sie neben sich stand. Das Make-up konnte weder die dunklen Augenränder kaschieren noch die Erschöpfung verbergen, die sich um ihre Augen- und Mundwinkel festgesetzt hatte.

Nach einer knappen Begrüßung führte sie ihn über den Hausflur in die Küche. Dort bat sie ihn, am Küchentisch Platz zu nehmen. Vor ihm standen eine Kaffeekanne, eine Glasflasche Mineralwasser sowie Tassen und Gläser bereit.

„Darf ich Ihnen etwas anbieten?“, fragte sie und schob dann ein wenig unsicher hinterher: „Oder trinken Sie vielleicht lieber Tee? Ich kann einen aufsetzen.“

Sie wirkte verärgert, dass sie an diese Möglichkeit nicht vorher gedacht hatte.

„Ein Kaffee wäre toll.“

Kurz entschlossen griff David nach der Kaffeekanne und goss sich selbst etwas ein. Laura Kuhn wirkte verunsichert. Sie betrachtete ihn aufmerksam.

„Ich habe meinen Mann nicht umgebracht“, sagte sie unvermittelt. Ihre Stimme klang gefasst, obwohl David meinte, eine deutliche Spur Nervosität darin mitschwingen zu hören. Als David sie prüfend anschaute, hielt sie seinem Blick stand. Etwas in ihren Augen schien ihn anzuflehen, ihr zu glauben. So viel zu seinem Plan, sich den schwierigen Themen behutsam zu nähern.

„Ich glaube Ihnen“, brachte er mit belegter Stimme hervor. Das tat er tatsächlich. Auch wenn seine Überzeugung nicht auf Fakten, sondern eher auf seiner Intuition beruhte. Laura nickte. Ihr Körper sackte in sich zusammen wie bei einer Marionette, bei der Puppenspieler die Fäden lockerten.

„Aber jemand hat Ihren Mann ermordet, und ich muss herausfinden, wer das getan hat“, sagte David.

Laura schwieg und David fiel die Stille in diesem Haus auf. Er hörte keine Uhr ticken, es lief keine Musik und von draußen drangen keine Geräusche herein.

Kein Verkehrslärm, keine Nachbarn. Er hörte nicht einmal einen Vogel zwitschern.

„Frau Kuhn, haben Sie irgendeinen Verdacht, wer Ihrem Mann schaden wollte?"

Laura Kuhn senkte den Kopf und David bemerkte, wie ihre Kaumuskeln an den Schläfen hervortraten. Er ließ ihr Zeit. Als er schon dachte, sie würde nicht mehr antworten, hob sie endlich ihr Gesicht an.

„Ich weiß es nicht. Ich habe mich dasselbe gefragt."

„Es tut mir leid, aber ich muss Sie das fragen", David sammelte sich kurz, „wussten Sie, dass Ihr Mann fremdgegangen ist?"

Sie schaffte es nicht, ihre Emotionen zu verbergen. Zwar senkte sie sofort ihren Blick, doch David hatte den Schmerz darin aufblitzen sehen und auch die Verblüffung darüber, dass er offensichtlich Bescheid wusste. Dennoch brauchte er eine Antwort von ihr.

„Frau Kuhn?"

„Ich hatte es angenommen."

Ihre Schultern strafften sich.

„Nur angenommen?"

Sie nickte.

„Mein Mann … er … ich hatte es vermutet."

„Haben Sie mit ihm darüber gesprochen?"

„Nein."

„Woher wussten Sie es dann?"

Sie sah ihn mit Zorn in den Augen und zusammengebissenen Zähnen an. Als sie antwortete, hatte sie sich jedoch im Griff.

„Es passte zu ihm“, sagte sie schlicht.

„Wissen Sie, mit wem er Sie betrogen hat?“

„Nein. Es interessiert mich auch nicht.“

„Für die Ermittlungen könnte es aber wichtig sein, Frau Kuhn.“

Gekränkte Gefühle konnten durchaus ein starkes Motiv sein. Wer weiß, was Robert Kuhn der anderen oder sogar den anderen Frauen versprochen hatte.

„Bitte, Frau Kuhn, wenn Sie irgendetwas haben, was mir weiterhilft, dann sagen Sie es mir.“

Sie schob den Stuhl zurück, dessen Beine geräuschvoll über den Küchenboden kratzten, stand auf und ging wortlos aus der Küche. Sollte er ihr folgen? Brauchte sie eine Pause? David entschloss sich zu warten.

Nach einigen Minuten kehrte sie zurück und legte einen Umschlag sowie einige Dokumente vor David auf den Tisch.

„Nach seinem Tod … das habe ich gefunden.“

Bei den Ausdrucken handelte es sich unter anderem um Hotelrechnungen. Immerhin war das eine Spur, der er nachgehen konnte. Er bezweifelte zwar, dass die Hotels Überwachungskameras besaßen, dennoch würde er das prüfen. Vielleicht erinnerte sich einer der Mitarbeiter an Robert Kuhn und konnte ihm etwas über dessen Begleitung erzählen. David öffnete den Umschlag, wobei er nur zu deutlich die Augen von Laura Kuhn auf sich spürte. Zum Vorschein kamen Fotos eines nackten Frauenkörpers ohne Kopf. Er bemühte sich, seine Überraschung zu verbergen.

„Ich weiß nicht, wer diese Person ist", sagte Frau Kuhn leise.

David betrachtete eines der Fotos genauer. Er schluckte. Das durfte nicht wahr sein. Er wusste ganz genau, wer diese Dame war. Verdammt. Robert Kuhn betrog also seine Frau, und anscheinend hatte er sich nicht mit der Ehefrau von Erik Koehler zufriedengegeben.

Dilara Bilici

Freitag, 25. August, 11:40 Uhr

Vanessa hatte sich den Tag freigenommen, ohne ihr Bescheid zu geben. Dilara wusste nicht, ob sie deswegen verärgert oder erleichtert sein sollte. Seit ihrem Besuch auf dem Polizeirevier rebellierte ihr Magen. Ständig war ihr übel und wenn sie etwas aß, bekam es ihr nicht.

Warum ging Vanessa nicht zur Polizei? Vanessa wusste, dass es ihr schlecht deswegen ging. Hatte sie sich deshalb aus dem Büro abgemeldet? Damit sie nicht sehen musste, was ihr Verhalten anrichtete? Oder war es ihr vielleicht sogar egal. Morgen würde sie mit Vanessa sprechen. Für heute war sie froh, ihre Kollegin nicht sehen zu müssen.

Ein Knall an der Eingangstür riss sie aus ihren Grübeleien. Jemand hatte die Tür so heftig aufgerissen, dass der Rahmen gegen die Hauswand geschlagen war. Dilara erkannte den Beamten vom Polizeirevier wieder. Er wirkte weit weniger freundlich als beim letzten Mal. Eine blaue Ader trat deutlich auf seiner Stirn hervor. Wütend baute er sich vor ihr auf.

„Ich möchte mit Frau Conti sprechen."

„Es tut mir leid“, stammelte Dilara, „Vanessa hat heute einen freien Tag.“

Der Mann biss die Zähne aufeinander. Er schnaubte wütend.

„Sie haben es gewusst, oder?“, herrschte er sie an.

Hitze stieg ihren Hals hinauf. Sie hatte geahnt, dass genau das passieren würde. Vanessa. Wegen ihr steckte sie jetzt in Schwierigkeiten.

„Was gewusst?“, versuchte sie herauszufinden, ob ihre Befürchtung eingetroffen war.

„Sie wissen genau, was ich meine.“

Die Stimme des Polizisten klang mühsam beherrscht. Dilara starrte auf die Ader an seiner Stirn. Sie pochte leicht.

„Es tut mir leid“, platzte es aus ihr heraus, „ich habe Vanessa angefleht, es Ihnen zu sagen.“

Sie presste ihre Hände ineinander, bis es schmerzte. Sie traute sich kaum, dem Beamten in die Augen zu blicken. Es war ihm anzusehen, dass er seine Wut mühsam hinunterschluckte. Zumindest versuchte er es.

„War das etwas Ernstes zwischen den beiden?“, fragte er gewollt langsam und deutlich.

„Für Vanessa schon.“

Sie schwieg kurz.

„Sie hat sich deswegen sogar von ihrem Freund getrennt“, fügte sie dann hinzu. Diesmal würde sie alles sagen, was sie wusste.

„Frau Bilici, das hätten Sie mir sagen müssen.“

„Ich weiß. Es tut mir leid. Ich ... Ich habe Vanessa angefleht, es Ihnen zu sagen."

Sie ließ den Kopf sinken.

„Bekomme ich jetzt Ärger?"

Nach einer Ewigkeit, wie es ihr vorkam, schüttelte der Mann endlich den Kopf.

„Nein. Aber ich habe eine wichtige Frage an Sie", schob er hinterher, „und ich möchte, dass Sie ehrlich zu mir sind."

David Gilbert

Freitag, 25. August, 12:10 Uhr

Vanessa Conti wohnte in einem Wohnblock in Dankersen. David stellte den Dienstwagen auf dem dazugehörigen Parkplatz ab. Das mehrstöckige Haus schien vor noch nicht allzu langer Zeit einen frischen Anstrich bekommen zu haben. David vermutete, das helle Gelb und das leuchtende Rot sollten den Betonkoloss wohnlicher wirken lassen. Für ihn blieb es ein rechteckiger Gebäudeklotz, der irgendwie fehl in der ihn umgebenden grünen Landschaft wirkte. Er wanderte mit den Augen die Fassade hinauf. Am Himmel türmten sich graue Wolken übereinander. Es würde Regen geben.

Langsam überquerte er den Parkplatz, als ihm ein schwarzes Motorrad auffiel. War das dieselbe Maschine, die er vor Kurzem an der Kanzlei gesehen hatte? Er zog sein Notizheft aus der hinteren Tasche seiner Jeans und verglich das Nummernschild mit dem Eintrag in seinem Heft. Treffer. Mal sehen, was Vanessa Conti ihm über das Motorrad verraten konnte.

„Hallo. Was machen Sie denn hier?"

Die Überraschung stand Vanessa Conti ins Gesicht geschrieben. Sie trug eine schlichte, cremefarbene Trainingshose, die an einigen Stellen verschlissen war, und ein langärmliges, braunes Shirt. Ihre braunen Haare fielen ihr offen über die Schultern bis auf den Rücken. Gut, Frau Bilici hatte Vanessa also wie versprochen nicht darüber informiert, dass er in der Kanzlei nach ihr gesucht hatte.

„Ich habe noch einige Fragen an Sie", antwortete David bewusst freundlich.

„Könnten wir vielleicht drinnen miteinander sprechen?", bat er lächelnd. Ihm war klar, dass sie keine seiner Fragen beantworten musste. Als Rechtsanwaltsfachangestellte wusste sie dies bestimmt ebenfalls.

Vanessa Conti zögerte kurz, bevor sie zur Seite trat und David vorbei in den Hausflur ließ.

„Natürlich", sie deutete mit ihrer Hand voraus in einen Raum links von David. Durch die offene Tür betrat er ein beengtes, aber sehr aufgeräumtes Wohnzimmer. Die Wand gegenüber der Tür bestand aus einer Glasfront mit Balkontür. Auf der Fensterbank standen abwechselnd lila und weiße Orchideen, deren Blüten sich gegen die Glasscheibe pressten. Ein cremefarbenes Sofa drückte sich links an die Zimmerwand, davor ein Couchtisch mit schwarzer Glasplatte. Der Flachbildfernseher, der an der anderen Zimmerwand angebracht war, schien der teuerste Gegenstand in diesem Raum zu sein.

„Möchten Sie sich setzen?", fragte sie und sah zum Sofa.

„Gerne.“

David ging um den Tisch herum und setzte sich. Sie nahm möglichst weit entfernt von ihm Platz. Aus dem Augenwinkel heraus registrierte David, wie eine Wetterleuchte den grauen Himmel hinter der Glasscheibe durchzuckte. Vanessa Conti bemühte sich um ein Lächeln, doch ihre Mundwinkel gehorchten ihr nicht ganz. Während sie David ansah, kniff sie mehrmals ihre Augen zusammen.

„Also?“, wollte sie wissen.

David zog sein Notizheft hervor und tat, als müsse er ein paar Einträge durchlesen. Schließlich schlug er den Block wieder zu.

„Sie waren nicht ganz ehrlich zu mir, Frau Conti.“

Der Satz hing zwischen ihnen. David beobachtete Vanessa Conti genau. Sie presste die Augenlider besonders fest zusammen und ihre Haut um Mund und Nase wurde blass.

„Wie bitte?“, fragte sie.

„Ich denke, Sie haben mich verstanden. Sie waren mir gegenüber nicht ehrlich. Oder sollte ich sagen, Sie haben mir etwas verschwiegen.“

Sie blinzelte heftig. Ihr rechter Fuß wippte auf und ab. Obwohl David ihr ansah, dass sie genau wusste, worauf er anspielte, murmelte sie: „Ich weiß nicht, was Sie meinen.“

„Dann helfe ich Ihnen gerne auf die Sprünge. Wie genau sah die Beziehung zwischen Ihnen und Robert Kuhn aus?“

Sie schwieg kurz und erste Regentropfen prasselten gegen die Fensterscheibe.

„Dilara hat es Ihnen gesagt, oder?“, flüsterte sie.

„Nein, das waren Sie selbst.“ Aus der Innentasche seiner Jacke holte er den Umschlag, den er von Laura Kuhn mitgenommen hatte, heraus und reichte ihn an Vanessa Conti weiter.

„Was ist das?“, wollte sie wissen.

„Fotos.“

Das leichte Zittern ihrer Hand verriet David, dass sie anscheinend genau wusste, von welchen Fotos er sprach. Sie nahm die Aufnahmen nicht heraus, sondern warf lediglich einen schnellen Blick in den Umschlag.

„Woher wollen Sie wissen, dass ich das bin?“, fragte sie trotzig.

„Ihre Tätowierung.“

Unwillkürlich griff sie sich in den Nacken und fuhr mit den Fingern über den tätowierten Kolibri. David hatte genau hinsehen müssen, doch auf einem der Fotos hatte er einen Teil dieses Tattoos entdeckt.

„Also?“

Hastig stand die junge Frau auf und ging mit dem Umschlag zum Fenster hinüber. Während sie sprach, sah sie David nicht an. Sie studierte stattdessen die Spuren, die die Regentropfen auf der Glasscheibe hinterließen.

„Die Fotos hat Robert von mir gemacht. Sie halten mich für dumm und naiv, richtig?“

David antwortete nicht.

Stockend sprach sie weiter. „Das zwischen Robert und mir war mehr als nur eine Affäre. Es ist nicht dieses Klischee, der Chef hat was mit seiner jungen Angestellten. Zwischen uns ging es um mehr als nur Sex. Wirklich."

David war sich nicht sicher, ob sie damit ihn oder sich selbst überzeugen wollte. Gedankenverloren sah sie aus dem Fenster, hinter dem ein Blitz den Himmel durchzuckte. In das anschließende Donnergrollen sagte sie: „Manchmal bat er mich darum, ihm kurz vor Feierabend noch einen Kaffee zu machen. Robert arbeitete immer sehr lange. Er war oft noch in der Kanzlei, wenn wie anderen schon längst nach Hause gegangen waren. Es war an einem Dienstag, das weiß ich noch, weil ich normalerweise an diesem Tag ins Fitnessstudio gehe. Jochen, also Herr Grundmann, und Dilara waren an dem Abend schon weg. Wie so oft, bat Robert mich um einen letzten Kaffee. Er war schon wieder auf dem Weg in sein Büro, als er sich umdrehte und mich fragte, ob ich nicht auch einen Kaffee trinken und ihm kurz Gesellschaft leisten wolle. Ich war überrascht", sie lachte, „wir waren nie mehr als Chef und Angestellte füreinander und ich war auch mit einer Freundin beim Fitness verabredet. Aber so, wie er mich ansah."

Sie drehte sich zu David herum und zuckte mit den Schultern. David gab ihr etwas Zeit, doch sie sprach nicht weiter.

„Was passierte dann?", fragte er.

„Am Anfang war es wirklich nur der Kaffee. Schließlich verbrachten wir öfter Zeit miteinander und irgendwann wurde mehr daraus."

„Wollte Robert seine Frau für Sie verlassen?"

„Darüber haben wir nie gesprochen."

Sie kam zurück und setzte sich wieder. Ihre Finger kneteten die Ränder des Umschlags.

„Ich weiß, wie das klingt. Aber es stimmt. So, wie es war, war es für uns beide perfekt. Es hat mich nicht gestört, dass er eine Ehefrau hatte. Ich habe diesen Mann geliebt."

Fast tat sie David leid, wie sie dort zusammengesunken vor ihm kauerte. Einzelne Tränen tropften auf das Umschlagpapier, bevor sie sich grob mit der Hand über die Augen fuhr. Sanft nahm David ihr das Kuvert aus den Händen.

„Und es hat Sie ebenfalls nicht gestört, dass es neben Ihnen noch andere Frauen gab?"

Erschrocken blickte sie auf.

„Was?"

„Ich weiß, dass Frau Bilici Ihnen von dem Vorfall mit Herrn Koehler erzählt hat."

Vanessa Conti schnaubte verächtlich.

„Das war alles gelogen. Robert hatte nichts mit dieser Frau. Die wollte nur ihren Ehemann eifersüchtig machen. Das stimmte alles nicht."

Glaubte sie das wirklich? Spielte Vanessa Conti ihm etwas vor? War sie wütend auf Robert Kuhn gewesen, weil er sie ebenso wie seine Frau betrogen hatte?

„Stimmt es, dass Sie für Robert Kuhn Ihren damaligen Partner verlassen haben?"

„Ja, das stimmt."

Sie wirkte verärgert.

„Aber das war meine Entscheidung. Ich habe das nicht für Robert getan. Und ich habe nichts dergleichen von ihm verlangt."

„Haben Sie Ihrem damaligen Partner gesagt, warum Sie ihn verlassen?"

„Sie meinen, ob er wusste, dass Robert der Grund dafür war?"

David nickte.

„Nein. Aber ich glaube, er hat es geahnt. Er ist sehr eifersüchtig gewesen."

„Dann brauche ich seinen Namen und auch seine Adresse."

Als David an der Haustür stand, fiel ihm noch etwas ein.

„Frau Conti, fährt ihr Ex-Freund zufällig ein Motorrad?"

Vanessa Conti stutzte.

„Ja, eine Kawasaki", antwortete sie zögernd.

„In Schwarz?", hakte David nach.

„Ja, aber …"

„Frau Conti, haben Sie ein Foto von Ihrem Ex-Freund, das ich mir ansehen kann?"

Sie verschwand sichtlich irritiert zurück in ihre Wohnung und kam kurz darauf mit einem Foto zurück. Auf dem Bild lachte sie glücklich in die Kamera. Neben ihr stand der Mann, den David schon an der Kanzlei gesehen hatte.

„Aber Sie glauben doch nicht, dass Jan …"

Vanessa Conti brachte es nicht fertig, ihre Frage zu beenden.

„Ich glaube gar nichts, Frau Conti. Aber ich muss allen Hinweisen nachgehen. Und ich muss Sie bitten, ihrem Ex-Freund gegenüber nicht zu erwähnen, dass wir miteinander gesprochen haben."

Sie nickte kraftlos.

„Ich habe den Kontakt zu ihm ohnehin abgebrochen", flüsterte sie.

„Wie kommt es dann, dass seine Maschine unten auf dem Parkplatz steht?"

Erschrocken starrte sie ihn an. David reichte ihr seine Karte.

„Falls er sich bei Ihnen meldet, geben Sie mir bitte Bescheid."

David hastete die Treppenstufen nach unten. Er war sich absolut sicher, dass die Maschine auf dem Parkplatz auf Jan Berger, dem Ex-Freund von Vanessa Conti, zugelassen war. Das würde er sofort überprüfen lassen. Hatte Jan Berger Robert Kuhn umgebracht? Er hatte ein Motiv. Vielleicht hatte er gewusst, dass der Anwalt eine Schwäche für das Drachenfliegen hatte. Das Fest auf der Wittekindburg war in der Zeitung angekündigt gewesen.

David zog die Haustür des Gebäudes auf. Der Geruch und das Geräusch strömenden Regens schlugen ihm entgegen. Bevor er zu seinem Wagen sprintete, warf er einen Blick auf seine Armbanduhr. Dabei fielen ihm wie so oft die vielen Kratzer und mittlerweile sogar Risse im braunen Lederarmband auf. Johanna hatte ihm die Uhr zu seiner bestandenen Abschlussprüfung der Polizeischule geschenkt. Seitdem trug er sie jeden Tag. Ein wenig wehmütig strich er mit den Fingern der rechten Hand über das Leder. Konzentrier dich auf die Arbeit, ermahnte er sich.

In einer Stunde hatte er auf dem Revier einen Termin mit Florian Gerste. Er musste mit dem Mann dringend über den Fall seiner Mutter sprechen. Wie konnte es sein, dass damals keine Hinweise auf häusliche Gewalt entdeckt worden waren? Johanna hatte ihm erzählt, Florian Gerste habe das Thema offen angesprochen. Gab es vielleicht noch andere Hinweise, denen zu der Zeit nicht nachgegangen worden war. Florian Gerste schien mehr zu wissen, als er damals zugegeben hatte. Das war nicht unbedingt ungewöhnlich. Jugendliche, die nach den Zuständen im Elternhaus befragt wurden, sagten häufig nicht die ganze Wahrheit. Ein Ziehen im Magen, begleitet von einem leisen Grummeln, erinnerte David daran, dass er, bevor er zum Dienstgebäude fuhr, noch etwas essen sollte.

Vanessa Conti

Freitag, 25. August, 13:24 Uhr

In ihrer Wohnung hielt Vanessa Conti es trotz des Gewitters nicht aus. Wie gerne hätte sie mit Robert über all diese Dinge gesprochen. Doch das war nicht möglich. Sie riss ihre Regenjacke von der Geradrobe, steckte sich ihr Handy und den Haustürschlüssel in die Jackentasche und stürmte aus der Wohnungstür. Im Treppenhaus hastete sie die Stufen hinunter.

Erst auf dem Parkplatz stoppte sie, um sich die Kapuze über den Kopf zu zerren. Über ihr bedeckten dichte, graue Wolken den Himmel. Ein unangenehmer Wind trieb den Regen vor sich her, sodass ihr trotz der Kapuze Regentropfen ins Gesicht schlugen. Vanessa blinzelte und suchte mit den Augen den Parkplatz ab. Da stand es. Langsam näherte sie sich dem Motorrad. Sie drehte sich einmal um die eigene Achse, überprüfte konzentriert die Umgebung, doch von Jan keine Spur. Wo steckte er?

Bei diesem Wetter würde er seine Maschine nie draußen stehen lassen. Zumindest nicht ohne Abdeckplane. Außerdem kannte er in dieser Ecke von Minden niemanden außer ihr. Warum stand also seine Maschine hier? War Jan es gewesen, der gestern bei ihr geklingelt hatte? Sie hatte die Tür nicht geöffnet, weil sie genau das befürchtet hatte. Ein greller Blitz zuckte über den Himmel. Fast zeitgleich grollte der Donner über den Platz hinweg. Stand seine Maschine etwa seit gestern hier auf dem Parkplatz? Obwohl der Kriminalbeamte sie dazu aufgefordert hatte, nicht mit Jan zu sprechen, probierte sie ihn auf seinem Handy zu erreichen. Doch dort meldete sich sofort seine Mailbox. Auch das passte nicht zu ihm. Vanessa spürte ihre Augenlider unruhig zucken. Wie sie diese seltsame Angewohnheit an sich hasste. Was sollte sie jetzt tun? Sie musste sich bewegen. Wütend stapfte sie los. Ihre nasse Jeans klebte bereits an ihrer Haut.

Jan war ein Hitzkopf. Er war unglaublich wütend geworden, als sie sich von ihm getrennt hatte. Sie hatte Robert mit keinem Wort erwähnt, aber er hatte es auch so gewusst. Ist es wegen dieses schmierigen Anwalts?, hatte er sie angefahren und dabei so heftig gegen die Wand geschlagen, dass sich der Putz an dieser Stelle gelöst hatte und zu Boden gerieselt war. War Jan zu einem Mord fähig?

Vanessa lief die Bahnstraße in Dankersen entlang, vorbei an verwilderten Schrebergärten, die sich hinter maroden Lattenzäunen versteckten. Dahinter lagen die Bahngleise. Der Regen sammelte sich bereits in Pfützen auf der Straße. Jan wollte die Trennung einfach nicht akzeptieren. Immer wieder war er bei ihr aufgetaucht, hatte sie angerufen oder nach der Arbeit abgefangen.

Doch gegen einen Mann wie Robert hatte er keine Chance. Robert war intelligent, charmant und kultiviert. Dass sich ein solcher Mann überhaupt für sie interessierte. Interessiert hatte, berichtigte sie sich selbst und ihre Augen brannten. Sie ließ die Tränen einfach laufen. Noch immer folgte sie der Bahnstraße. Rechts von ihr trennten sie nun hohe, dichte Brombeerbüsche von den Bahnschienen. Links begrenzten rote, lang gestreckte Gebäude von der Bahn den Weg. Große Teile der Mauer waren mit Graffitis beschmiert, doch Vanessa sah durch ihre Tränen nur verschwommen Formen. Sie konnte nicht aufhören zu weinen.

Robert fehlte ihr. Seine Stimme, sein Geruch und seine Arme, wenn er sie nach dem Sex fest umschlungen hielt. Nur widerwillig dachte sie daran, dass er manchmal zu grob geworden war. Dass er ihr Schmerzen zugefügt hatte, wenn er sie zu fest gepackt hielt oder er ihr kurz die Luft abdrückte, wenn seine Hände sich um ihren Hals schlossen. Doch diese Gedanken sperrte sie weg.

War Robert wirklich ermordet worden? Aber warum und von wem? Jan traute sie das nicht zu. Er spielte gern den harten Kerl, aber zu einem Mord war er nicht fähig. Oder irrte sie sich? Sie erinnerte sich an ihr letztes Gespräch mit Jan. Er hatte sie nach der Arbeit abgepasst. Gib mir eine letzte Chance, hatte er sie angefleht. Ich habe da was Großes in Aussicht. Du wirst schon sehen.

Hatte er damit den Mord an ihrem Geliebten gemeint? Wohl kaum.

Könnte es dieser Koehler gewesen sein? Zorn breitete sich in ihr aus. Glaubte der fette Sack wirklich, Robert wäre mit seiner Frau ins Bett gegangen. Gut, die Frau von dem Koehler war hübsch. Vanessa kannte die beiden aus der Kanzlei. Aber das zwischen ihr und Robert war etwas Besonderes gewesen. Auch wenn er das nie zu ihr gesagt hatte. Sie wusste es einfach. So wie Robert sie angesehen hatte, wie er mit ihr gesprochen hatte. Das war mehr als eine belanglose Affäre gewesen.

Erst als Vanessa die Bushaltestelle am Bahnhof erreichte, blieb sie stehen. Durch den Regenschleier starrte sie auf einen wartenden ICE hinüber. Wie gerne würde sie einfach dort einsteigen und das alles hier hinter sich lassen.

Jan Berger

Freitag, 25. August, 16:23 Uhr

Sein Kopf schmerzte entsetzlich, schlimmer als nach jeder durchzechten Nacht. Mühsam versuchte er, die Augen zu öffnen. Doch nur das linke Auge gehorchte ihm, während das rechte heiß und pulsierend geschlossen blieb. Wo war er? Was war passiert?

Zuerst sah er nur Dunkelheit, bis sich nach und nach Umrisse aus der Schwärze schälten. Vollgestopfte Eisenregale, Eimer, Bretter, eine Schubkarre. Er war in irgendeinem Keller. Durch ein kleines, vergittertes Fenster sickerte ein wenig Licht in den viereckigen Raum hinein. Jan zitterte. Er saß auf dem Fußboden, den Oberkörper angelehnt an der Wand. Seine Füße waren mit Kabelbinder zusammengebunden, die Hände waren hinter dem Rücken gefesselt. Er hatte kaum noch Gefühl in ihnen. Er versuchte sich aufzurichten, doch seine Hände schienen zusätzlich irgendwo an der Wand festgebunden zu sein. Der Boden und die Wand waren kühl. Wie lange war er schon hier? Das Atmen fiel ihm schwer, denn in seinem Mund steckte irgendwas. Ein Stück Stoff oder so.

Scheiße, die Sache war völlig aus dem Ruder gelaufen. Bestimmt war das der Stecher der Anwaltstussi. So eine Scheiße. Das hätte er ihr nicht zugetraut. Ihr nicht. Aber er hatte schon ihren Mann unterschätzt. Wahrscheinlich hatte der Anwalt recht. Er war ein elender Versager.

Er erinnerte sich, wie er bei Robert Kuhn im Büro gesessen hatte. Ganz offiziell. Er hatte den Termin an einen von Vanessas freien Tagen gelegt. Sogar einen falschen Namen hatte er benutzt.

„Haben Sie meine Nachricht bekommen?", hatte er lässig gefragt und die Verwirrung auf dem Gesicht des reichen Schnösels genossen.

„Entschuldigen Sie, welche Nachricht?"

Jan ließ ihn kurz zappeln.

„Ich weiß Bescheid."

Mehr brauchte er nicht zu sagen. Die zusammengekniffenen Augen verrieten Jan, dass der Anwalt genau wusste, wovon er sprach. Doch er antwortete nicht. Stattdessen stand er sehr langsam auf, öffnete hinter sich einen Schrank und zog eine Whiskeyflasche und ein Glas daraus hervor. Dann ließ er sich zurück in seinen Ledersessel sinken. Jan konnte noch das Knarzen des Leders hören. Behutsam goss sich der Mann etwas von der klaren, goldenen Flüssigkeit ein. Der Anwalt sah ihn an, hob das Glas an die Lippen und nahm einen großen Schluck, ohne ihn dabei aus den Augen zu lassen. Dann fing er an zu lachen. Es war kein freudiges Lachen, sondern ein abgrundtief gehässiger Laut voller Überheblichkeit.

„Raus hier."

Mit dem Finger zeigte er auf die Bürotür. Mit einer solchen Reaktion hatte Jan nicht gerechnet. Er begann zu stammeln, wollte die richtigen Worte finden.

„Raus hier", diesmal kam der kurze Befehl deutlich gelangweilter.

„Ich will hunderttausend Euro."

Der Blick des Anwalts verfinsterte sich, er stand auf und lehnte sich über den Schreibtisch zu ihm hinüber.

„Nenn mir einen, nur einen einzigen Grund, warum ich dir Abschaum Geld geben sollte."

Jan Berger fand seine vorher zurechtgelegten Sätze wieder.

„Ich weiß Bescheid über dich. Wenn du nicht zahlst, erzähle ich alles deiner Frau."

Ein boshaftes Lächeln huschte über seine Züge, dann zuckte er die Achseln. Er setzte sich wieder.

„Sie weiß längst davon. Und jetzt raus. Ich muss arbeiten."

„Ich werde ihr alles erzählen", probierte Jan es erneut. Das musste ihm doch Sorgen bereiten.

„Es gibt nichts zu erzählen", zischte er.

War der Anwalt bisher ungehalten gewesen, zeichnete sich nun Wut auf seinem Gesicht ab. Erneut stand er auf. Diesmal kam er um den Schreibtisch herum und baute sich neben ihm auf.

„Du hast wirklich Nerven. Versuchst, einen Anwalt zu erpressen. Verpiss dich aus meinem Büro oder du landest im Knast."

Dann beugte er sich zu Jan hinunter und flüsterte ihm zu.

„Du bist ein Versager. Kein Wunder, dass deine Ex dich abserviert hat."

Während er sich umdrehte und Jan demonstrativ den Rücken zuwendete, sagte er leise: „Sie ist übrigens eine Granate im Bett."

Danach setzte er sich an seinen Schreibtisch und sah Jan nicht einmal mehr an. Das Gespräch war für ihn beendet.

Ein Geräusch lenkte Jans Aufmerksamkeit in den Keller zurück. Irgendwo wurde knarrend eine Tür geöffnet. Schritte waren zu hören. Da kam jemand eine Treppe herunter. Vor der Tür seines Kellerraumes stoppten die Schritte. Unbewusst hielt Jan den Atem an. Kurz darauf hörte er, wie ein Schlüssel ins Schloss gesteckt wurde. Als die Lampe anging, schmerzte das Licht in seinen Augen. Besonders das rechte Auge, das er ohnehin nicht richtig öffnen konnte, brannte schmerzhaft. Mühevoll presste er die angestaute Luft aus der Nase heraus. Der Stoff in seinem Mund hinderte ihn beim Atmen. Der Mann, der ihn hierher verschleppt hatte, blieb schweigend im Türrahmen stehen. Jan spürte seinen Blick auf sich. Worauf wartete der? Schließlich kam er langsam näher. In der Hand hielt er eine Flasche Wasser.

„Ich nehme dir den Knebel raus. Wenn du schreist, ist er sofort wieder drin. Verstanden?"

Jan nickte. Sobald das Stück Stoff aus seinem Mund entfernt war, atmete er gierig die leicht modrig riechende Kellerluft ein. Der Mann schraubte den Flaschendeckel ab, hielt ihm die Flasche hin und sah ihn fragend an. Jan nickte bloß. Er hatte gar nicht gemerkt, wie durstig er gewesen war, bis ihm jetzt die kühle Flüssigkeit die Kehle hinablief. Er hätte gerne noch mehr getrunken, doch sein Entführer zog die Flasche zurück und schraubte sie wieder zu.

„Was willst du von mir?", schoss es aus Jan heraus. Er wollte es sich selbst nicht eingestehen, aber dieser schweigsame Typ jagte ihm eine höllische Angst ein. Es waren seine Augen. In ihnen schimmerte etwas Dunkles. Etwas, das nicht greifbar war. Versteckt hinter der Maske eines Alltagsgesichts lauerte etwas Unbekanntes.

Er erhielt keine Antwort, stattdessen wurde das klamme Stück Stoff zurück in seinen Mund gestopft. Jan warf den Kopf hin und her. Zwecklos. Er versuchte zu schreien, doch der Stoff verwandelte seine Schreie in dumpfe Laute, die ungehört verklangen. Während der Mann aufstand, beobachtete er ihn. Eine Gänsehaut zog sich über Jans Körper. Was hatte er vor?

Johanna Neumann

Freitag, 25. August, 17:11 Uhr

Die Buchstaben verschwammen vor ihren Augen. In ihrem Kopf hatte sich zusammen mit den unbeantworteten Fragen ein heftiger Schmerz festgesetzt, der wie ein dröhnender Technobeat in ihr pulsierte. Das sonst so beruhigende Klappern auf den Tastaturen trieb den Schmerz weiter in die Höhe. Mariam, die ihr gegenüber telefonierte, warf ihr einen besorgten Blick zu. Alles in Ordnung, formte sie lautlos mit den Lippen. Johanna brachte ein schwaches Nicken zustande. Tatsächlich war seit gestern nichts mehr in Ordnung. Wer war dieser Mann, den sie verfolgt hatte? Was hatte Florian damit zu tun? Mehrfach hatte sie probiert, David zu erreichen, doch jedes Mal war nur die Mailbox angesprungen. Selbst auf ihre Nachricht mit der Bitte, er möge sie anrufen, hatte er nicht reagiert. Das war überhaupt nicht seine Art. Und das Schlimmste an allem war, dass sie nicht wusste, ob sie wirklich einer interessanten Sache auf der Spur war oder ob ihr Gehirn ihr lediglich Streiche spielte – wie damals in Kiel. Stellte sie Zusammenhänge her, die völlig belanglos waren?

Sie prüfte ihr Handy auf neue Nachrichten. Nichts. Auch von Florian hatte sie seit gestern nichts mehr gehört, dabei hatte er sich doch melden wollen. Der pochende Kopfschmerz füllte ihren Kopf wie Bienen einen Bienenstock.

„Johanna, du bist ganz blass."

Mariam stand vor ihrem Schreibtisch und musterte sie.

„Geht es dir wirklich gut?", wollte sie wissen.

„Ich habe nur ein wenig Kopfschmerzen", wehrte Johanna die Sorge ihrer Kollegin ab.

„Vielleicht solltest du nach Hause gehen."

Es war keine Überlegung, sondern vielmehr eine Aufforderung. Johanna wünschte sich, genau das zu tun. Doch sie konnte sich selbst nicht trauen. Wie würde sie den Tag verbringen, wenn sie nicht arbeiten müsste? Wahrscheinlich würde sie erneut vor dem Haus von Laura Kuhn enden und immer wieder David anrufen. Nein, es war besser, hier zu sitzen und sich auf die Arbeit zu konzentrieren. Auch wenn der Feierabend in greifbarer Nähe war. Sie nahm sich vor, heute etwas länger zu arbeiten, selbst wenn sie kaum einen klaren Gedanken fassen konnte.

„Es geht schon. Ich nehme eine Kopfschmerztablette und trinke etwas. Du wirst sehen, es geht mir gleich besser."

Sie würde auf der Arbeit bleiben. Warten, bis David sich meldete. Ihm von ihren Beobachtungen erzählen und sich raushalten. Und vielleicht wäre es eine gute

Idee, sich eine Liste der Therapeuten in dieser Stadt zu machen. Nur für den Fall.

„Was möchtest du trinken? Ich muss sowieso in die Küche. Ich hole dir etwas."

Mariam legte ihr die Hand auf die Schulter und lächelte sie an.

„Danke. Kannst du mir ein Wasser mitbringen?"

„Kommt sofort", verkündete Mariam fröhlich.

Kurz darauf stand sie mit einer Flasche wieder an Johannas Schreibtisch.

„Johanna, wenn dich etwas bedrückt, ich bin gerne für dich da", sagte sie ungewohnt ernst.

Am liebsten hätte Johanna ihr in diesem Moment alles erzählt, doch statt Mariam sah sie plötzlich Rebekka vor sich. Deshalb schüttelte sie nur zaghaft den Kopf.

„Es ist alles in Ordnung. Es sind wirklich nur Kopfschmerzen", beruhigte sie ihre Kollegin und zum Teil auch sich selbst.

David Gilbert

Freitag, 25. August, 17:50 Uhr

Diesmal fuhr David die Strecke nach Meißen allein. Der Scheibenwischer kämpfte quietschend gegen die dicken Regentropfen an, die auf die Windschutzscheibe krachten. Anscheinend hatte es sich eingeregnet. Florian Gerste war nicht zum vereinbarten Termin auf dem Revier erschienen. Nachdem David mehrfach probiert hatte, ihn telefonisch zu erreichen, hatte er sich kurz vor Feierabend entschlossen, dem Mann einen spontanen Besuch abzustatten. Abwarten gehörte einfach nicht zu seinen Stärken.

Als die Meißener Windmühle in sein Blickfeld kam, schob sich Julia in Davids Gedanken. Im letzten Jahr hatte sie ihn überredet, mit ihr und Hanne auf das Mühlenfest in Meißen zu gehen. An jedem Pfingstmontag, der Tag, an dem traditionell der Deutsche Mühlentag gefeiert wurde, besuchte Julia eine der Mühlen in Minden oder der näheren Umgebung. Im letzten Jahr war die Windmühle in Meißen an der Reihe gewesen. An diesem sonnigen Tag wurde Livemusik gespielt und in der Luft hing der Duft von Erdbeerkuchen, Kaffee und Bratwürstchen. Ursprünglich hatte David keine Lust dazu gehabt, doch der Tag hatte ihm tatsächlich gut gefallen. Er hätte nicht gedacht, dass das Melken einer Holzkuh ihm solchen Spaß bereiten könnte.

Davids Mundwinkel verzogen sich zu einem traurigen Lächeln. Für dieses Jahr fielen ihm kaum glückliche Erinnerungen mit Julia ein. Zu Pfingsten hatte er arbeiten müssen. Der Mühlentag war für ihn ausgefallen. Er sah die Julia von gestern Abend vor sich. Der schmale Mund und die zusammengekniffenen Augen. Die roten Flecken der Wut auf ihren Wangen und dem Hals. Der Streit hatte völlig harmlos begonnen. Er hatte Julia lediglich gefragt, ob er Ben und Johanna nun für das kommende Wochenende zum Grillen einladen sollte. Doch Julia hatte ihm aus der Frage einen Strick gedreht. Er nahm sich nicht genug Zeit für die Familie. Verbrachte er etwa keine Zeit mit ihr, wenn Freunde dabei waren?, fragte er sich.

„So habe ich mir das nicht vorgestellt!", hatte sie ihn irgendwann angeschrien.

Was glaubte sie denn, wie er sich ihr gemeinsames Leben vorgestellt hatte? Ständig war Julia wütend oder enttäuscht von ihm. Nichts konnte er ihr recht machen. Wegen Hanne konnte er kaum eine Nacht durchschlafen. Und wenn er in letzter Zeit schlief, quälte ihn der Anblick der Wasserleiche. In seinen Träumen verwandelte sich das grauenvolle Gesicht der Leiche manchmal in das seiner Frau, manchmal in das von Johanna. Dann wachte er jedes Mal schweißgebadet auf. Johanna. Sie hatte heute bereits zweimal versucht, ihn zu erreichen. Auch gestern hatte sie es mehrfach probiert. Er musste sich unbedingt bei ihr melden. Doch auch das führte zwangsläufig zu einem Streit mit Julia. Nach der Auseinandersetzung gestern Abend hatte er unmöglich Johanna anrufen können.

David folgte der Meißener Dorfstraße. Ein Blick auf die Geschwindigkeitsanzeige verriet ihm, dass er viel zu schnell unterwegs war. Rasch drosselte er das Tempo. Als er das Haus von Florian Gerste erreichte, musste er seinen Wagen ein paar Meter entfernt am Straßenrand abstellen. Bevor er die Autotür öffnete, tippte er eine Nachricht für Johanna in sein Handy. Er konnte sie schließlich nicht einfach ignorieren. Ob es Julia nun gefiel oder nicht. Johanna brauchte einen Freund.

David stieg aus, hastete zum Haus von Florian Gerste hinüber und drückte auf den Klingelknopf. Während er von einem Fuß auf den anderen trat, prasselte der Regen beständig auf ihn herab. Wie sehr wünschte sich David gerade ein Vordach über der Haustür oder zumindest einen Schirm. Im Inneren des Hauses regte sich nichts. Noch einmal drückte David auf den Klingelknopf. Diesmal energischer. Nicht dass das einen Unterschied gemacht hätte. Er lauschte dem hellen Glockenton, der leise hinter der Tür verklang, und wartete. Wieder tat sich nichts. David fuhr sich durch seine Haare, die mittlerweile nass vom Regen waren.

Langsam entfernte er sich ein paar Schritte von der Tür. Aufmerksam betrachtete er das Einfamilienhaus. Gerade wollte er eine Visitenkarte aus seinem Portemonnaie nehmen, um Florian Gerste darauf eine Nachricht zu hinterlassen, als er eine Bewegung im rechten Fenster neben der Haustür ausmachte. Hinter der Gardine erkannte er den Schatten einer Person. David rannte los. Energisch klopfte er an die Glasscheibe. Als die Gardine zur Seite gezogen wurde, blickte er in das blasse Gesicht von Florian Gerste. Der Mann hatte dunkle Ringe unter den Augen. Anscheinend brauchte er einen Moment, um zu begreifen, wer dort vor seinem Küchenfenster stand.

„Hallo?“

Mit fragendem Gesichtsausdruck stand Florian Gerste im Türrahmen.

„Herr Gerste. Hallo. Entschuldigen Sie, dass ich hier einfach so auftauche, aber wir hatten einen Termin.“

Während er sprach, schirmte David seine Augen mit der Hand vor dem Regen ab. Florian Gerste wurde, wenn das überhaupt möglich war, noch ein wenig blasser. David konnte förmlich dabei zusehen, wie diese Information in ihm arbeitete. Erst jetzt schien ihm klar geworden zu sein, wer dort vor seiner Haustür stand.

„Ich“, er rieb sich fahrig über das Gesicht, „ich habe mich heute krankgemeldet. Den Termin, den habe ich glatt vergessen“, brachte er mühsam hervor.

Der Mann sah wirklich nicht gut aus, fand David.

„Das kann passieren. Darf ich Sie vielleicht trotzdem kurz stören? Es wird nicht lange dauern."

Florian Gerste zuckte unmerklich zusammen, aber er bat David hinein.

Sie setzten sich in der Küche gegenüber. David fiel auf, dass die Stirn seines Gegenübers schweißnass war. Was auch immer den Mann derzeit plagte, David hoffte, sich nicht anzustecken. Nicht auszudenken, wenn er die Krankheit an Julia oder noch schlimmer an Hanne weitergab.

„Gibt es etwas Neues im Fall meiner Mutter?", fragte Florian Gerste sichtlich angespannt.

David räusperte sich.

„Noch nicht", gestand er ein, „aber es gibt etwas, worüber ich mit Ihnen sprechen möchte."

David zog seinen Notizblock aus der Hosentasche. Das Papier fühlte sich etwas klamm an. Er blätterte eine Weile darin herum, bis er die richtige Seite fand.

„Ich habe in den alten Unterlagen eine Gesprächsaufzeichnung gefunden. Ein Beamter hatte Ihnen zum Verschwinden Ihrer Mutter einige Fragen gestellt."

„Ich musste damals öfters mit der Polizei sprechen."

Seine Stimme klang plötzlich etwas weniger freundlich, oder bildete David sich das ein?

„Erinnern Sie sich an das, was Sie dem Beamten seinerzeit gesagt haben?"

Sein Gegenüber rieb sich mit dem Unterarm den Schweißfilm von der Stirn. Er schüttelte den Kopf.

„Nein. Ist das wichtig?", wollte er wissen. In seine Stimme mischte sich ein gereizter Unterton.

„Vielleicht", gab David betont freundlich zurück.

„Sie schienen damals überzeugt, dass Ihre Mutter Sie und Ihren Vater verlassen hatte."

„Und?"

„Als meine Kollegin und ich", David stockte kurz, „bei Ihnen waren, klang das ein wenig anders. Sie sagten, dass Sie gewusst hätten, dass Ihre Mutter Sie nicht allein gelassen hätte."

Der Mann starrte ihn an, als hätte David ihn gebeten, eine komplizierte mathematische Gleichung mit mehreren Unbekannten zu lösen. Verwirrt fragte er:

„Was?"

„Das sind zwei unterschiedliche Standpunkte. Entweder Ihre Mutter ist freiwillig oder unfreiwillig gegangen. Ich möchte nur herausfinden, was davon zutrifft."

„Und deshalb kommen Sie hierher?"

Florian Gerste sprang auf. Er drehte David den Rücken zu, ging zum Kühlschrank, öffnete ihn und schloss ihn sofort wieder. Dann drehte er sich zu David um.

„Deshalb der ganze Aufwand? Ich dachte, Sie haben eine Spur."

Seine Stimme war laut geworden. David fielen die Schweißflecke auf Florian Gerstes T-Shirt auf. Unter den Achseln hatten sich dunkle Halbmonde ausgebreitet. Das Shirt war obendrein ziemlich zerknittert, als hätte er darin geschlafen.

David stand ebenfalls auf. Er sprach ruhig und langsam: „Ich möchte mir ein möglichst genaues Bild von den Ereignissen machen. Deshalb bin ich hier. Ich möchte wissen, was Ihrer Mutter widerfahren ist. Sie nicht auch?“

Mit seinem Blick deutete David auf den Küchenstuhl, auf dem Florian Gerste zuvor gesessen hatte.

„Bitte“, sagte er und setzte sich wieder.

Zögernd nahm auch Florian Gerste mit hängendem Kopf wieder Platz.

„Mein Vater hat meine Mutter geschlagen. Als sie verschwand, nahm ich an, dass sie die Schnauze voll hatte und deshalb abgehauen ist. Ich war sauer, dass sie mich mit ihm allein gelassen hat. Ich konnte nicht verstehen, warum sie mich nicht mitgenommen hatte.“

Er stockte.

„Als die Polizei dann … dann ihre Leiche fand, war mir klar, warum. Sie konnte es nicht, denn sie war tot.“

In den Akten hatte David keinen Vermerk darüber gefunden, dass der Vater gewalttätig gewesen war. Ein gewaltbereiter Ehemann warf natürlich ein völlig anderes Licht auf die Ereignisse aus jener Zeit. Und es erklärte den Widerspruch in den Aussagen des Sohnes von damals und heute.

„Bitte, mir geht es wirklich nicht gut. Ich muss mich ein wenig hinlegen.“

Hastig stand David auf. Sein Gegenüber sah wirklich elend aus. Auf seiner Stirn hatte sich bereits ein neuer Schweißfilm gebildet.

„Natürlich."

David zögerte einen Augenblick.

„Es tut mir leid, aber ich muss Sie das noch fragen."

„Ja", antwortete Florian Gerste sofort.

„Ich kann mir vorstellen, dass mein Vater sie umgebracht hat. Das wollten Sie doch wissen, oder?"

Johanna Neumann

Freitag, 25. August, 22:25 Uhr

Johanna schreckte auf dem Sofa hoch. Sie musste kurz eingenickt sein. Ihr Magen fühlte sich steinhart an. Behutsam strich sie sich über den Bauch. So mochte sich der Wolf bei den sieben Geißlein gefühlt haben, dachte sie. Nur dass in ihrem Magen keine Steine, sondern Fragen und Wut eingenäht waren. Eine Mischung, die sie ebenfalls in die Tiefe ziehen konnte.

Zumindest David hatte sich zwischenzeitlich gemeldet. Er würde sie heute Abend anrufen. Laut ihrem Handy war es aber bereits 22:25 Uhr. Hatte er sie vergessen? Sie wählte seine Nummer und hörte die mittlerweile vertraute Ansage.

Sie hasste es, zur Untätigkeit gezwungen zu sein. Warten. Warten auf etwas oder jemanden. Das war das Schlimmste, was man ihr antun konnte.

Und Florian? Er hatte sich nicht bei ihr gemeldet. Wie hatte sie sich so in ihm täuschen können? War sie nur eine Bettgeschichte für ihn? Oder schlimmer: Fand er ihr Geständnis, Laura Kuhn ausspioniert zu haben, abstoßend und hatte deshalb kein Interesse mehr an ihr?

Warum hatte er ihr nicht gesagt, dass er Laura kannte? Und überhaupt, was hatte das gestern zu bedeuten gehabt? Sie wurde noch verrückt. Wie passte der Mann, den sie auf Laura Kuhns Instagram-Account gesehen hatte, in die ganze Geschichte hinein? Alles lief immer wieder auf Laura Kuhn hinaus. Wütend schnellte sie vom Sofa hoch, stürmte ins Bad und kämmte sich rasch die widerspenstigen Haare glatt. Dann schnappte sie sich ihr Handy und ihre Handtasche und eilte zur Tür. Zumindest einen Punkt auf ihrer Liste wollte sie jetzt abhaken.

Johanna parkte ihren Wagen auf der gegenüberliegenden Straßenseite von Florian Gerstes Nachbarin. Von hier aus konnte sie sein Haus gut erkennen. Im Erdgeschoss in der Küche brannte Licht. Florian war also zu Hause. Johanna öffnete ihr Fenster, atmete tief durch und rief ihn an. Nach dem vierten Klingeln antwortete seine Mailbox. Sie legte auf. Probierte es aber direkt noch einmal. Tatsächlich rechnete sie nicht damit, dass er den Anruf annehmen würde, umso überraschter war sie, als sie plötzlich seine Stimme hörte.

„Hallo, Johanna."

„Moin", sagte sie sauer.

Kurzes Schweigen.

„Ich hätte mich melden müssen", begann er und seine Stimme klang reumütig.

„Es tut mir so leid, Johanna. Wirklich. Es ist … ich hatte … habe ein ziemliches Problem. Ich weiß gerade nicht, wo mir der Kopf steht."

Jedes seiner Worte klang aufrichtig. Sie antwortete nicht. Was sollte sie auch sagen?

„Ich möchte dich unbedingt wiedersehen, Johanna."

„Den Eindruck hatte ich bis eben nicht."

Sie hörte selbst, wie trotzig das klang.

„Wie kann ich dir das Gegenteil beweisen?"

Sie sah ihn vor sich mit diesem leichten Lächeln im Gesicht, mit dem er sie im Café angesehen hatte.

„Du kannst ehrlich zu mir sein. Ich bin erwachsen. Falls du kein Interesse an mir hast, ist das völlig in Ordnung. Ich möchte nur wissen, woran ich bin."

Sie bemühte sich um eine besonders abgeklärte Tonlage.

„Das ist es nicht. Ich habe momentan wirklich …", er machte eine kurze Pause, „ein Problem. Ich würde dich gerne näher kennenlernen."

Waren das nicht die Worte, die sie hören wollte?

„Bist du dir sicher? Ich dachte, du findest mich vielleicht seltsam."

„Seltsam?"

„Weil ich diese Frau besucht habe."

Sie hielt den Atem an.

„Ich gebe zu, das ist speziell. Aber gehört das nicht auch irgendwie zu deiner Arbeit dazu?"

„Mhm. Hättest du das auch gesagt, wenn du die Frau kennen würdest?"

Das kurze darauffolgende Schweigen rauschte laut in Johannas Ohren.

„Tatsächlich kenne ich Laura."

Es klang, als müsste Florian sich zwingen, ihr diese Information zu geben. Johanna wäre fast das Handy aus der Hand gefallen.

„Was?"

„Ich hätte es dir sagen sollen."

Er schwieg kurz.

„Aber ich wollte, dass du dich meinetwegen mit mir triffst und nicht, weil du durch mich vielleicht an Informationen kommst", gestand er.

Was war sie für eine blöde Kuh? An diese Möglichkeit hatte Johanna nicht eine Sekunde gedacht. Ihre Wangen brannten. Wie gut, dass Florian sie in diesem Moment nicht sehen konnte.

„Es tut mir leid. Meinst du, wir können uns treffen und dann klären wir das alles?", fragte er.

Sie spürte förmlich, wie sich einige der Brocken in ihrem Magen auflösten. In ihren Gedanken türmten sich weitere Fragen, doch bevor sie eine davon stellen konnte, sprach Florian weiter.

„Darf ich dich am Samstag anrufen. Ich hoffe, bis dahin habe ich eine Lösung für mein Problem gefunden."

Samstag. Das waren noch zwei Tage.

„Kann ich dir irgendwie helfen?", wollte sie wissen.

„Nein. Danke. Das ist lieb gemeint, aber darum muss ich mich allein kümmern. Johanna, ich muss Schluss machen. Ich erkläre dir alles am Samstag. Versprochen."

Mit diesen Worten legte er auf.

Florian Gerste

Freitag, 25. August, 22:58 Uhr

Langsam ließ er das Handy auf den Küchentisch sinken. Er stützte seine Ellbogen auf der Tischplatte ab und vergrub den Kopf zwischen den Händen. Ein tiefer dunkler Laut entwich seinem Kehlkopf. Ein grauenhaftes Gefühl strömte heiß und dickflüssig durch seine Adern. Er spürte, wie sein Herz sich anstrengen musste, diese geleeartige Masse durch seinen Körper zu pumpen. Hastig stand er auf. Sein Mund war trocken.

Das war nicht gut. Gar nicht gut. In was für eine aussichtslose Lage hatte er sich gebracht? Er musste eine Lösung für dieses Desaster finden. Vielleicht mochte dann noch alles gut werden. Er wollte Johanna näher kennenlernen. Sein Leben würde bergauf gehen. Doch vorher musste er sich um diesen Mann im Keller kümmern. Er hatte einfach nicht nachgedacht. Verdammt. Irgendetwas war auf dem Parkplatz mit ihm passiert. Sein Verstand hatte kurz ausgesetzt. Ohne nachzudenken, hatte er den Erpresser bedroht und ihn in seinen Wagen gezwungen. Er griff zu der Waffe, die unscheinbar zwischen seinem Handy und einem Glas Wasser auf dem Küchentisch lag. Es war der einzige Gegenstand, den er von seinem Vater behalten hatte. Er hätte die Waffe niemals mitnehmen dürfen.

Beim Gedanken an den Keller wurde ihm schwindelig. Zögernd machte er sich auf den Weg über den kurzen Flur zur Kellertür. Es kam ihm vor, als wären Gewichte um seine Beine gewickelt, so schwer fiel es ihm, die Füße zu heben. Vor der Tür blieb er stehen. Er legte das Ohr an das raue Holz und lauschte. Nichts war zu hören.

Aus der Dunkelheit seiner Vergangenheit lösten sich einzelne Bilder. Florian war unfähig, sich dagegen zu wehren. Er sah sich selbst als kleinen Jungen. Nicht älter als fünf Jahre. Weinend stand er vor genau dieser Tür. Nur befand er sich in seiner Erinnerung auf der anderen Seite der Kellertür. Es war so dunkel, denn die nackte Glühbirne, die verloren an der Decke über der Kellertreppe baumelte, war kaputt. Und in diesem Teil des Kellers gab es kein Fenster. Seine kleine Hand rüttelte am Türgriff, doch die Tür war fest verschlossen. Er schrie. Die Dunkelheit machte ihm Angst. Nur das kehlige Lachen seines Vaters antwortete auf seine Schreie.

„Du schreist wie ein Mädchen", lallte er ihm durch das Holz zu.

„Lass mich raus, Papa. Bitte!"

Beide Hände rüttelten verzweifelt an der Klinge.

Das Lachen wurde lauter. Gemeiner.

„Volker, bitte, lass den Jungen raus."

Er hörte auf zu weinen. Schniefte nur noch. Seine Mutter war wieder da. Sie würde ihn rauslassen.

„Du verhätschelst den Jungen. Der muss das abkönnen."

Die Stimme seines Vaters klang schwer. Die Worte kamen nur langsam heraus.

„MAMA!"

Er hörte Bewegungen vor der Tür.

„Misch dich nicht ein."

„Volker. Bitte."

Und dann hörte er ein dumpfes Geräusch. Etwas knallte gegen das Holz der Tür. Kurz darauf war das Wimmern seiner Mutter zu hören.

„Nein."

Ihre Stimme war leise. Florian konnte sie kaum verstehen. Dann hörte er, wie sein Vater gegen etwas trat. Etwas Weiches. Mehrmals hörte er noch das Wort „Nein". Er lernte schnell, dass dieses Wort in seinem und im Leben seiner Mutter keine Bedeutung hatte. Und er lernte, nie wieder seine Mutter zu Hilfe zu rufen. Von da an war er still, egal wie lange er es im dunklen Keller aushalten musste.

Florian schluckte die Erinnerung seine trockene Kehle hinunter. Möglichst leise schloss er die Tür auf und drückte auf den Lichtschalter. Die Glühbirne warf ein fahles Licht auf die Kellerstufen, welche er langsam Stufe für Stufe nach unten ging bis zu dem schmalen, fensterlosen Flur. Dieser führte direkt zu der verschlossenen Tür, hinter der hoffentlich noch immer gefesselt der Erpresser eingesperrt war. Florians Mund war mittlerweile so trocken, als wäre er stundenlang bei brütender Sommerhitze durch die Stadt gelaufen.

Während er mit der linken Hand den wuchtigen silbernen Schlüssel ins Schloss fummelte und sich bemühte, die Tür zu öffnen, hielt er mit der rechten die Waffe seines Vaters umklammert. Nicht er war hier der Verbrecher, sagte er sich. Doch irgendwie fühlte sich das hier falsch an. Als er den Schlüssel endlich im Schloss gedreht hatte, schubste er die Tür ruckartig in den Raum hinein. Hastig machte er einen Schritt zurück. Dabei zielte er mit der Waffenmündung in das Innere des Kellerraumes. Seine Ängste waren unbegründet. Der Fremde saß noch immer gefesselt an der Wand. Offenbar war es ihm nicht gelungen, sich zu befreien. Florian ließ die Waffe sinken, schaltete das Licht an und betrat den Raum. Der Mann am Boden bewegte sich nicht. Sein Kopf lehnte kraftlos an der Kellerwand. Doch seine Augen fixierten Florian wachsam.

Florian ging langsam auf den Fremden zu. Er fühlte sich beinahe so ängstlich wie damals als Kind. Äußerst vorsichtig ging er vor dem Mann in die Hocke. Mit so viel Abstand wie möglich zwischen sich und dem anderen zog er den Knebel aus dessen Mund. Er wappnete sich innerlich auf wütende Beschimpfungen oder panische Fragen, doch der Mann schwieg. Er starrte ihn lediglich aus rot geränderten Augen an. Florian entfernte sich rückwärts, ohne den Erpresser aus den Augen zu lassen. In einigem Abstand setzte er sich ihm gegenüber auf den kalten Boden. Die beiden Männer schwiegen sich an.

„Ich habe das nicht gewollt", sagte Florian nach einer Weile. Seine Stimme zitterte leicht. Es war sein Ernst.

„Ich bin kein schlechter Mensch."

Warum erzählte er ihm das? Weil du einen Menschen gegen seinen Willen gefesselt und verschleppt hast, antwortete er sich selbst. Das Wort Entführer geisterte durch seine Gedanken. Florian schüttelte den Kopf. Verbot sich, daran zu denken. Der Mann schnaubte verächtlich.

„Ich bin gefesselt. Du richtest 'ne Knarre auf mich."

Florian hatte gar nicht gemerkt, dass er mit der Pistole auf ihn zielte. Er legte die Waffe neben sich auf den Boden, behielt sie dabei aber in der Hand.

„Nichts hiervon wollte ich."

„Interessiert mich einen Scheiß. Ich will wissen, was du vorhast."

Florian biss die Zähne zusammen. Er umklammerte den Griff der Waffe fester. Wenn er das selbst nur wüsste. In der Küche hatte er einen Plan geschmiedet. Doch war er auch fähig, diesen in die Tat umzusetzen?

„Ich sag dir was. Lass mich einfach gehen. Du hast das Geld. Du kannst vor der Anwaltstussi mächtig Eindruck schinden. Und – du kannst dir sicher sein, dass ich nicht zu den Bullen laufe. Was soll ich denen auch sagen?"

Wie verlockend das klang. Und es war sehr wahrscheinlich, dass der Mann tatsächlich nicht zur Polizei gehen würde.

„Ich schwöre dir, ich lasse die Tussi in Ruhe."

Florian atmete tief durch. Langsam stand er auf. Zum ersten Mal regte sich der andere. Unruhig rutschte er, soweit es seine Fesseln erlaubten, an der Wand entlang.

„Also was?", schrie er.

„Was hast du vor?"

Florian entdeckte einen Anflug von Panik in den Augen, die ihn anstarrten. Wenn er den anderen gehen ließ, durfte dieser auf keinen Fall wissen, wo Florian ihn festgehalten hatte. Mal angenommen, der Mann hielt sein Wort und ging wirklich nicht zur Polizei. Wäre sein Problem damit nicht gelöst? Doch konnte er einem Erpresser vertrauen? Der Griff der Pistole schien in seiner Hand zu brennen. Was immer er tun würde, er musste zuerst dieses verdammte Ding loswerden. Hätte er die Waffe nicht mitgenommen, wäre das vielleicht niemals passiert.

Johanna Neumann

Freitag, 25. August, 23:50 Uhr

Für einen Moment blieb Johanna mit dem Handy am Ohr und geschlossenen Augen still sitzen. Dann ließ sie ihren Arm sinken und lachte kurz auf. Er kannte Laura Kuhn. Er hatte es ohne Umschweife zugegeben. Sie atmete ein paar Mal tief ein und aus. Erst jetzt fiel ihr auf, wie gut die Luft nach Sommerregen duftete. Wahrscheinlich ließ sich alles, was sie gesehen hatte, ganz logisch begründen. Auch wenn sie sich nicht vorstellen konnte, welche Erklärungen es für die gestrigen Ereignisse geben könnte. Etwas entspannter als zuvor blickte sie zum Haus von Florian hinüber, als sich in diesem Moment die Haustür öffnete. Automatisch rutschte sie möglichst weit in ihrem Sitz nach unten. Er durfte sie jetzt auf keinen Fall sehen. Das wäre ihr ungemein peinlich.

Nervös beobachtete sie, wie Florian durch den Vorgarten zu seinem Kombi ging. Dabei sah er sich mehrfach aufmerksam um. Johanna sank noch tiefer in ihren Sitz hinein. Florian öffnete die Beifahrertür und marschierte zügig zurück ins Haus. Sie tastete mit der Hand nach dem Zündschlüssel. Nur schnell weg hier. Da kehrte Florian bereits zurück. Diesmal mit einem

Mann im Schlepptau. Der andere schien sturzbetrunken zu sein. Sein schmächtiger Körper hing an dem von Florian, der ihn mühsam in Richtung seines Wagens bugsierte. Nachdem Florian den Mann in sein Auto verfrachtet hatte, blickte er sich zögernd um. Als er in ihre Richtung blickte, hielt Johanna kurz den Atem an und duckte sich komplett weg. Langsam zählte sie bis zehn, bevor sie ihren Kopf wieder ein wenig anhob, um aus dem Wagenfenster zu sehen. Sie beobachtete, wie Florian zurück zum Haus ging, die Tür schloss und zum Kombi eilte.

Ein nagendes Gefühl krabbelte Johanna die Speiseröhre hinunter. Was hatte das zu bedeuten? Als Florian losfuhr, blieb sie ihm mit Abstand auf den Fersen.

Ihre Fingerspitzen, mit denen sie das Lenkrad umklammert hielt, kribbelten. Gleichzeitig war ihr schlecht. Vielleicht kann ich ihm helfen, redete sie sich ein. Dabei wusste sie ganz genau, dass sie ihm nur nachfuhr, weil etwas an dieser Situation nicht stimmte.

Sie folgte seinen Rücklichtern die Forststraße in Meißen entlang, vorbei an Feldern, deren Duft sich in ihrem Auto verfing, und kleinen Einfamilienhäusern, die gemütlich hinter den leuchtenden Straßenlaternen standen. Auf der Hausberger Straße waren deutlich mehr Autos unterwegs. Johanna blieb vorsichtshalber ein paar Wagen hinter Florian zurück.

Auf der Portastraße fuhr sie über die Weser, die sich wie ein dunkles Band unter ihr durch die Landschaft fädelte. Das ehemalige Hotel, der Kaiserhof, tauchte links von ihr auf. Dunkel und bedrohlich stand es da. Wenn sich Johanna nicht täuschte, war sie jetzt in Barkhausen. Wollte er zum Krankenhaus? Lag das Klinikgebäude nicht hier irgendwo in der Nähe?

Doch dann bog der Kombi vor ihr in die Kaiserstraße ein, und Johanna wurde übel. Diesen Weg kannte sie. War ihn bereits zweimal entlanggefahren. Damals war sie allerdings aus der anderen Richtung gekommen. Ein unangenehmes Gefühl überfiel sie, als würden kleine Nagetiere sich von innen aus ihr herausfressen wollen. Sie steuerte ihren Ka an den Straßenrand, während sie zusah, wie Florians Rücklichter in der Dunkelheit verschwanden. Sie musste ihm nicht folgen, um zu wissen, wohin Florian unterwegs war. Sie musste eine Entscheidung treffen. Jetzt.

Langsam fuhr sie los. Auf die dunkle Lücke zu, zwischen den schwarzen Bäumen hindurch, deren Äste nach ihr zu greifen schienen.

David Gilbert

Samstag, 26. August, 00:28 Uhr

David trommelte mit den Fingern auf der Tischplatte seines Schreibtisches herum. Das Schreien von Hanne, die von Julia durch die Wohnung getragen wurde, drängte sich immer wieder in seine Überlegungen.

Er zwang sich, an Robert Kuhn zu denken, und rief ein blasses Abbild von ihm in seinem geistigen Auge hervor. Wer hatte den Anwalt ermordet? Die Lösung lag im Motiv verborgen. Das wusste David. Vermutlich hatte seine Ehefrau die stärksten Beweggründe. Ein untreuer Ehemann, der sie, wenn er Johanna glaubte, körperlich misshandelte. Laura Kuhn hatte sowohl ein Motiv als auch die Möglichkeit. Für sie wäre es ein Leichtes gewesen, die Getränkeflasche und den Wagen ihres Mannes zu manipulieren. Nicht zuletzt nahm sie genau das Medikament, welches zu dem Unfall des Drachenfliegers geführt hatte. Und auf der Getränkeflasche wurden neben den Fingerabdrücken von Manuel Nowak nur die von Laura Kuhn gefunden. Auch das Vorgehen bei den Tötungsdelikten sprach seiner Erfahrung nach für eine Frau als Täterin. Wobei er natürlich kein ausgebildeter Profiler war.

Vanessa Conti schlich sich in seine Überlegungen. Eifersucht war ein starkes Motiv. War sie wirklich davon überzeugt, dass sie die einzige Geliebte des Anwalts war. Was, wenn sie Herrn Koehler glaubte?

Auch Jan Berger, der Ex-Freund, hatte ein Motiv. Robert Kuhn hatte ihm seine Freundin ausgespannt. Doch wie hätte er die Flasche mit dem Diazepam versetzen können? Und woher wusste er, dass Robert Kuhn an jenem Tag Drachenfliegen wollte? Oder log Vanessa Conti ihn an? War sie vielleicht längst wieder mit Jan Berger zusammen und die beiden hatten den Mord an Robert Kuhn gemeinsam geplant? Ausschließen konnte er das nicht.

Hannes Geschrei steigerte sich. David atmete tief ein. Julia war bestimmt erschöpft. Seit er zu Hause war, weinte und nörgelte Hanne ununterbrochen. Doch er musste sich konzentrieren.

Erik Koehler schloss er als Täter aus. Er hatte Robert Kuhn erpresst. Sicher. Doch war er auch zu einem Mord fähig? Als der Mann die Erpressung zugegeben hatte, war seine Angst deutlich zu spüren gewesen. David vermutete, in diesem Moment hätte er ihm alles gestanden. Außerdem hatte er ein Alibi für den Abend, an dem Robert Kuhn verunglückt war. Seine Mitarbeiterin bestätigte, dass Herr Koehler das Geschäft seit der Mittagspause nicht verlassen hatte. Am Abend hatte ihn zudem ein Geschäftsmann von gegenüber noch im Laden gesehen. Und mittags war der Wagen von Robert Kuhn nach Einschätzung der Experten noch in Ordnung gewesen, denn der Anwalt hatte sein Fahrzeug zu diesem Zeitpunkt noch genutzt. Jemand musste also abends daran herumgeschraubt haben.

Interessant war, dass bei allen Verdächtigen Eifersucht ein mögliches Motiv war. Was sagte das über Robert Kuhn aus?

Auf der Tischplatte begann sein Handy zu vibrieren. Das Foto von Johanna blinkte auf. Hastig warf er einen Blick zur Tür. Das Schreien war mittlerweile in ein Wimmern übergegangen. Er griff zum Telefon.

„Hey, Johanna. Entschuldige. Ich hatte mich schon längst melden wollen."

Das war nicht ganz die Wahrheit. Statt einer Antwort rauschte es in der Leitung und kurz war ein lautes Piepen zu hören.

„Johanna?"

„David. Bitte hör zu."

Ihre Stimme war in dem Rauschen kaum wahrnehmbar.

„Ich verstehe dich kaum."

„Ich bin im Auto. David, hier stimmt etwas nicht."

Es schien, als wickelte sich zusammen mit den Worten ein unsichtbares Seil um seinen Hals.

„Was."

„Bitte. Etwas stimmt nicht."

Das Seil zog sich fester zusammen. David schloss die Augen.

„Es ist nicht wie damals, David. Florian Gerste. Ich glaube, er steckt in Schwierigkeiten."

Das durfte alles nicht wahr sein.

„Johanna. Was genau ist los?"

„Das weiß ich nicht. Aber ich folge gerade seinem Wagen. Ich glaube, er will rauf zur Wittekindsburg. Jemand ist bei ihm."

„Du machst was?", Davids Stimme überschlug sich.

„Bitte, ich brauche dich. Ich warte bei der Wittekindburg auf dich."

„Johanna!", David brüllte sein Handy an, doch die Leitung war unterbrochen.

Er drückte auf Johannas Nummer, doch sie nahm nicht ab. Nein, nein, nein. Panisch stand er auf und wollte zur Tür, als er Julia dort stehen sah. Er hatte sie nicht bemerkt. Seit wann stand sie dort? Ihre Augen blickten ihn traurig an.

„Du willst jetzt nicht wirklich fahren, oder?"

Ihr Tonfall klang müde bei diesen Worten. David fuhr sich durch die Haare.

„Julia. Das war …"

„Johanna", unterbrach Julia ihn.

„Das war kaum zu überhören. Es ist ein Wunder, dass Hanne bei deinem Geschrei nicht sofort wieder aufgewacht ist."

Sie sprach leise, aber in ihrer Stimme schwang eine Kälte mit, die ihn beunruhigte.

„Es tut mir leid."

Er flüsterte jetzt.

„Ich muss los. Ich erkläre es dir, wenn ich zurück bin."

Langsam machte sie einen Schritt zurück und gab ihm den Weg frei.

„Dann geh", sagte sie. Ihre Augen sagten jedoch etwas anderes. Doch David hatte keine andere Wahl.

Julia Gilbert

Samstag, 26. August, 01:10 Uhr

Obwohl Davids Wagen schon seit einigen Minuten von der Dunkelheit verschluckt worden war, starrte Julia noch immer aus dem Fenster. Im Licht der Straßenlaternen lag die Kornackerstraße verlassen vor ihr. Im Hintergrund türmte sich das Wiehengebirge als dunkles gewölbtes Etwas in den Nachthimmel. Julia betrachtete die Lichter des Kaiser-Wilhelm-Denkmals. Dieser Anblick strahlte etwas Beruhigendes aus. Wenn sie als Kind nicht schlafen konnte, hatte ihr Vater mit ihr aus genau diesem Fenster geblickt. Vorsichtig flüsternd, um ihre Mutter nicht zu wecken, hatte er ihr Geschichten über den Kaiser Wilhelm und die Entstehung seines Denkmals erzählt. Beinahe konnte sie seine tröstende Stimme hören.

Weißt du, Julia, dass der Kaiser von dort oben auf uns herabsieht, ist etwas ganz Besonderes. Es war 1888, als viele Städte sich ein Denkmal von ihm wünschten. Aber letztlich entschieden sich die Menschen für den Platz an unserer Porta. Fünf Jahre hat der Bau seines Denkmals gedauert. Und da steht er nun. Kaiser Wilhelm I. Er passt von dort oben auf dich auf. Ein ganz besonderes Nachtlicht für ein ganz besonderes Mädchen. Als Geschichtslehrer hatte es ihm Spaß gemacht, ihr ganz unauffällig sein Wissen mitzugeben. Bis heute hatte sie es nicht vergessen. Irgendwann würde sie mit Hanne hier am Fenster stehen und ihr die Geschichten erzählen. Sie spürte ein schmerzhaftes Ziehen im Magen. Wäre David dann bei ihr?

War er nicht ihretwegen nach Minden in das Haus ihrer Eltern gezogen? Weil er sie liebte? Oder war er aus Kiel geflohen? Weil er Johanna noch immer liebte? Johanna. Schon wieder Johanna. Julia blieb noch lange am Fenster stehen. Sie wusste nicht, ob sie wütend oder traurig war. Ganz langsam griff eine schmerzende Leere nach ihr. Legte einen Schleier über ihre Gefühle. Sie warf einen letzten Blick auf das Denkmal, schlich in das Kinderzimmer und schaute nach Hanne. Die Kleine lag in ihrem Bett, die Hände von sich gestreckt und schlief tief und fest. Endlich. Spätestens in zwei Stunden würde sie wieder wach werden. Julia könnte die Uhr danach stellen. Zu Anfang schlief sie immer zwei Stunden, um dann noch einmal wach zu werden. Es wäre klug, sich ebenfalls ein wenig hinzulegen. Das wusste Julia, doch sie konnte nicht.

Im Arbeitszimmer von David brannte noch immer die Schreibtischlampe. Ein paar Papiere lagen verstreut auf dem Tisch. Julia setzte sich. Die Müdigkeit dämpfte ihre Wut und ihre Trauer. Konnte sie eigentlich beides gleichzeitig fühlen?

Sie öffnete die breite Schublade direkt unter der Tischplatte. Sie kannte deren Inhalt. Hatte ihn sich schon öfter angesehen. Trotzdem holte sie das Foto einer jungen Johanna daraus hervor und betrachtete es eingehend. Wie alt war sie auf dem Bild. Zwanzig vielleicht? Sie lachte direkt in die Kamera. In ihren grünen Augen lag ein spöttisches, aber liebevolles Funkeln. Julia nahm an, dass es David galt. Sie legte die Fotografie auf den Tisch und zog einen Briefumschlag aus der Schublade. Kurz nachdem David aus Kiel zurückgekehrt war, steckte er im Briefkasten. Adressiert an David. Abgeschickt von Johanna Neumann. Für einen Augenblick war Julia versucht gewesen, den Brief einfach wegzuwerfen. Manchmal gingen Postsendungen verloren. Doch so eine Ehe wollte sie nicht führen.

Nun zog sie das gefaltete Blatt Papier aus dem Briefumschlag.

Lieber David,
du weißt, wie schwer es mir fällt, mit Worten umzugehen. Wahrscheinlich musst du lächeln, während du diesen Satz liest. Wärst du hier, würdest du mir sagen, dass das nicht die beste Voraussetzung für eine Redakteurin ist. Doch meine Gefühle, die ich für dich empfinde, auszudrücken, ist schwierig.
Ich bin dir so dankbar. Für alles. Ohne dich hätte ich das nicht geschafft. Es klingt kitschig. Vielleicht ist es das auch, aber du bist mein Fels in der Brandung. Du bist ein

Teil meiner Familie und ein Stück Heimat für mich. Bitte versprich mir, dass du glücklich bist.

War David glücklich mit ihr? Julia hasste es, über diese Frage nachzudenken, und doch tauchte sie immer wieder in ihren Gedanken auf. Schuld daran war Johanna.

Behutsam legte Julia den Brief zurück. Für sie gab es keinen Zweifel, dass Johanna ihren Mann liebte. Ihren Mann.

Sie griff nach dem Foto, warf einen letzten Blick darauf und verstaute es dort, wo sie es gefunden hatte. Die Frage war nur, liebte David Johanna auch?

Kalte Angst kroch Julia den Nacken hinauf. Legte sich um ihren Hals und drückte auf ihre Brust. War sie die zweite Wahl? Spielte das überhaupt eine Rolle, wenn sie David liebte?

Als sie das Foto und den Brief damals beim Aufräumen entdeckt hatte, war sie sofort wutentbrannt zu David gerannt. Mit Tränen in den Augen hatte sie ihn gefragt, warum er diese Dinge aufbewahrte. Ob er noch Gefühle für Johanna hatte? Dabei war ihre größte Angst gewesen, dass er mit Ja antworten könnte.

Er hatte ihr das Foto und den Brief aus der Hand genommen und den Kopf geschüttelt. Gute Erinnerungen wirft man nicht weg, hatte er leichthin gesagt, sie an sich gezogen und geküsst. Für ihn war das Thema damit erledigt gewesen. Sie wünschte, es würde ihr ebenso gehen. Konnte man sich einen Mann teilen? Julia hatte das Gefühl, David nie für sich allein haben zu können.

Johanna Neumann

Samstag, 26. August, 01:10 Uhr

Mit jedem Meter, den sie zwischen den schwarz wirkenden Baumstämmen den Berg hinauffuhr, wurde ihr unbehaglicher. Es kam ihr vor, als würde der Raum in ihrem Wagen immer enger. Als würde die Luft darin weniger und die Hitze größer. Das Licht ihrer Scheinwerfer kämpfte gegen die Schwärze, die wie ein Vorhang auf der Straße lag. Aus Angst, Florian könnte ihren Wagen hinter sich bemerken, schaltete sie ihr Fernlicht nicht ein.

Es war auch so riskant genug. Der Weg zur Wittekindsburg war kurvenreich, es war durchaus möglich, dass Florian ihre Scheinwerfer von einem höher gelegenen Straßenabschnitt aus entdeckte. Doch Johanna konnte nicht in völliger Dunkelheit durch den Wald fahren.

Etwa hundertfünfzig Meter, noch bevor die Wittekindsburg in Sicht kam, hielt sie am Straßenrand. Es war ein unmöglicher Platz, um den Wagen abzustellen, doch sie konnte auf keinen Fall näher an die Burganlage heranfahren, ohne Florian auf sich aufmerksam zu machen.

Wenn er denn dort war. Er hätte auf der Kaiserstraße auch zum Kaiser-Wilhelm-Denkmal fahren können. Beide Optionen erschienen Johanna unwahrscheinlich. Und doch war sie hier.

Langsam schlich sie die Straße hinauf. Ihr Handy hielt sie dabei krampfhaft umklammert. Der schwere Geruch von nassen Fichten und feuchtem Waldboden erdrückte sie beinahe. Ein Knacken im nahen Unterholz ließ sie zusammenschrecken. Über ihr raschelten Blätter und rieben Zweige im Wind aneinander. Das blaue Aufleuchten am Rand ihres Telefons erschien ihr fremd und fehl am Platz. Es war eine Nachricht von David.

Rühr dich nicht von der Stelle. Bleib im Wagen.

Er hatte mehrfach versucht, sie anzurufen. Sie ließ ihr Handy sinken, brauchte einen Moment, bis sich ihre Augen nach dem grellen Displaylicht wieder an die Dunkelheit gewöhnt hatten, und schlich dann weiter. Welche harmlose Erklärung gab es hierfür?, fragte sie sich. Und warum musste sie dem eigentlich auf den Grund gehen? Die Wittekindsburg stand groß und dunkel vor ihr. Auf dem Platz, an dem sich auch die Drachenfliegerrampe befand, zuckte ein unruhiger Lichtschein durch die Dunkelheit. Im Schutz der Bäume näherte sie sich der Lichtquelle so leise wie möglich. Satzfetzen drangen zu ihr herüber.

„… ich mich weigere."

Die Stimme klang aufgebracht.

Sie wagte sich noch einen Baumstamm weiter und hörte, wie Florian sagte.

„… keine andere Lösung."

„Die Geschichte glaubt doch keiner. Außerdem sind die Bullen nicht blöd. Und ich wette mit dir, irgendwer hat uns zusammen gesehen. Das kannst du nicht bringen."

Johanna spähte zu dem zuckenden Lichtpunkt hinüber. Florian stand, während ein anderer Mann gekrümmt auf einer der Bänke vor ihm saß. Er schien verletzt zu sein. Das Licht stammte aus der Taschenlampe von Florians Handy. Doch was hielt er in der anderen Hand? Sah sie richtig? Hastig zog sie ihren Kopf zurück hinter den Baumstamm. Der intensive Geruch der Baumrinde stach ihr in die Nase.

„Und wie bin ich überhaupt hier raufgekommen? Ähh?"

Die Stimme des anderen klang nun etwas weniger ängstlich, eher fürsorglich.

„Lass mich einfach gehen. Glaub mir, ich bin nicht scharf drauf, mit den Bullen zu sprechen."

„SEI ENDLICH STILL!!!", schrie Florian.

Ein Schauer des Unbehagens durchströmte Johanna. Vorsichtig spähte sie um den Stamm herum.

Florian schritt nervös von links nach rechts. Und diesmal erkannte sie deutlich, was er in der anderen Hand hielt.

Sie konnte spüren, wie sich ihr Puls noch mehr beschleunigte. Angst griff nach ihr, und die Umgebung schien plötzlich dunkler als zuvor.

David Gilbert

Samstag, 26. August, 01:20 Uhr

Es gelang David nicht, den Ausdruck in Julias Augen abzuschütteln, egal wie schnell er mit dem Wagen den Berg hinaufjagte.

„Scheiße", murmelte er vor sich her und trat noch fester auf das Gaspedal. Julia würde stinksauer sein, wenn er zurück nach Hause käme. Und sie hatte allen Grund dazu. Aber er konnte Johanna doch nicht im Stich lassen. In Kiel hatte ihre Psyche verrücktgespielt. Johanna hatte Dinge gehört und sogar gesehen, die nicht existierten. Was, wenn sie einen Rückfall hatte? David wusste nicht, was schlimmer wäre, dass Johanna einen Rückfall haben könnte oder dass tatsächlich etwas nicht stimmte. Er musste wissen, was los war. So oder so war es seine Aufgabe, für Johanna da zu sein. Dieser Florian Gerste gefiel ihm ohnehin nicht. Die leise Stimme, die ihm Eifersucht unterstellte, ignorierte David. Über die Freisprechanlage wählte er noch einmal Johannas Nummer. Zwecklos. Sie ging nicht ran. Diese Frau brachte ihn an den Rand der Verzweiflung.

Er raste um die nächste Kurve. Hektisch trat er das Bremspedal durch. Adrenalin schoss durch seinen Körper. Was zur Hölle hatte das zu bedeuten? Ohne das Standlicht des parkenden Wagens wäre er direkt in das Fahrzeug am Wegesrand gekracht. Sein Herz hämmerte gegen seine Rippen. Das war Johannas Ka. Hastig stieg David aus. Er rannte zur Fahrertür ihres Autos. Nicht verschlossen. Das Innere des Fahrzeugs war leer. Im Zündschloss steckte der Schlüssel. Das war nicht gut. David sah sich um.

„Johanna!“, rief er.

Keine Reaktion. Allerdings war es stockdunkel hier draußen. Davids Scheinwerfer erhellten einen Teil der Straße, doch zwischen den Baumstämmen herrschte Finsternis.

„Johanna!“

Er erhielt keine Antwort. So schnell wie möglich stieg er zurück in seinen Wagen, raste bis zur Wittekindsburg hinauf und stoppte direkt vor der Ausflugsgaststätte. Hastig zerrte er eine Taschenlampe aus dem Handschuhfach und stieg aus. Über ihm türmte sich ein grauer Wolkenteppich am Himmel, der Mond nur ein mattes Aufleuchten hinter dem Wolkenschleier. Sterne waren keine zu sehen. David hörte einen Waldkauz schreien. Er überprüfte den Sitz seiner Dienstwaffe, während er mit der Taschenlampe die Umgebung absuchte. Mücken schwirrten durch den Lichtkegel seiner Lampe.

Vor der Wittekindsburg befand sich niemand. Der Waldrand zu seiner linken Seite bildete eine dunkle Wand, in die das Licht der Taschenlampe kaum eindringen konnte. Es war unmöglich, etwas zwischen den Stämmen zu erkennen. Dort war es völlig finster.

Auf dem Schotterparkplatz, rechts von ihm, erspähte er einen Wagen. Einen Kombi. Langsam näherte er sich dem Fahrzeug. Ließ das Licht über dessen weiße Karosserie gleiten und leuchtete ins Innere. Leer. Er erinnerte sich, diesen Wagen schon einmal gesehen zu haben. Wenn er sich nicht irrte, hatte er vor dem Haus von Florian Gerste geparkt. Zumindest in diesem Punkt sagte Johanna die Wahrheit. Florian Gerste war hier. Das ist kein Verbrechen, rief David sich in Erinnerung. Er sah sich auf dem Parkplatz um, konnte aber niemanden entdecken. Wo war Johanna? Aus der Hosentasche fischte er sein Handy, um sie anzurufen. Sie nahm nicht ab. Verdammt. Wütend blickte er auf sein Display, als eine Nachricht von ihr aufleuchtete. Er las sie wieder und wieder. Nervös fuhr er sich durch die Haare. Konnte er Johanna trauen? Musste er seine Kollegen informieren? Noch nicht, entschied er. Er musste sich erst einen Überblick verschaffen.

Wo bist du?, tippte er in sein Handy.

Im Wald in der Nähe der Rampe. Ich sehe die beiden nicht mehr.

Bleib, wo du bist!

David hastete über den Parkplatz zurück zu seinem Auto. Von dort drängte er sich dicht an der Mauer der

Burganlage entlang vorwärts. Er folgte der Wand bis zu dem Platz hinter dem Gebäude. Mit zusammengekniffenen Augen beleuchtete er die Umgebung. Sollte sich hier jemand verstecken, war es ausgeschlossen, denjenigen zu entdecken. Der Lichtkegel der Taschenlampe riss einzelne Bereiche aus dem Dunkel heraus, doch der Rest blieb schwarz. Die Steinmauer des Kiosks erschien unwirklich in dem matten Lichtschein. Durchaus möglich, dass sich hinter dem kleinen Gebäude jemand verbarg.

Johannas Nachricht geisterte durch seine Gedanken. *Er hat eine Waffe*. Was, wenn Florian Gerste wirklich bewaffnet war? Durch die Taschenlampe gab er ein perfektes Ziel ab. Doch warum sollte der Mann auf ihn schießen? Warum war er nachts hier oben?, fragte eine andere Stimme in ihm. David seufzte. Hatte Florian Gerste seinen Wagen eventuell gehört und sich versteckt? Aber warum? Oder hatte er den Wagen hier abgestellt und spazierte, weshalb auch immer, durch den Wald? Es gab schließlich Menschen, die so etwas toll fanden.

Links von ihm zwischen den Bäumen vermutete er Johanna. Verdammt, irgendwie musste er die Lage einschätzen. Er traf eine Entscheidung.

„Florin Gerste? Sind Sie hier?"

Sein Ruf zerschnitt die Stille, die hier oben beinahe greifbar war. Nichts rührte sich.

„Herr Gerste?"

„Wer ist da?", fragte eine Stimme aus der Dunkelheit.

Sofort richtete David den Schein der Taschenlampe in die Richtung, aus der die Stimme kam. Oben an der Treppe, die hinunter zu dem Platz mit dem Kiosk führte, stand Florian Gerste. Sein Gesicht wirkte blass, als hätte die Nacht seine Gesichtshaut ausgebleicht. Seine Bewegungen kamen David seltsam fahrig vor. Das mochte daran liegen, dass Florian Gerste krank war. Er hatte heute Nachmittag schon keinen guten Eindruck auf ihn gemacht. David registrierte, dass er sich umgezogen hatte. Sein T-Shirt war weit weniger zerknittert und ohne Schweißflecke.

„Hier ist David Gilbert. Von der Kripo."

Der Mann kam langsam auf ihn zu. David senkte den Lichtkegel auf den Boden zwischen ihnen. Die Wolkentürme über ihm wirkten plötzlich viel dunkler und bedrohlicher.

„Darf ich fragen, was Sie hier oben machen?", fragte David, als sie sich gegenüberstanden.

„Wieso, ist das verboten?", wollte Florian Gerste von ihm wissen. Dabei entging David nicht das leichte Zittern in seiner Stimme. In seinen Augen lag ein merkwürdiger Ausdruck. Angst? Erstaunen? Unsicherheit? Er schien nervös zu sein. Allerdings war das nicht ungewöhnlich. David erlebte es öfter, dass sich Menschen in seiner Gegenwart angespannt verhielten. Jedenfalls wenn er offiziell als Kriminalpolizist im Einsatz war.

„Nein, natürlich ist das nicht verboten", lenkte David ein.

„Reine Neugier", schob er hinterher.

„Ich …“, hob der andere an, verschluckte sich aber an den eigenen Worten.

„Ich brauchte etwas frische Luft“, brachte er den Satz zu Ende. Plötzlich schien ihm etwas bewusst zu werden.

„Woher wussten Sie, dass Sie mich hier oben finden werden?“, wollte er von David wissen.

„Ich habe nicht nach Ihnen gesucht“, beeilte David sich zu erklären.

„Mir ist Ihr Wagen auf dem Parkplatz aufgefallen. Das ist doch Ihr Wagen, oder?“

„Ja, sicher.“

„Aber warum sind Sie nachts hier draußen?“

Eine durchaus berechtigte Frage, fand David. Weil Johanna es sich in den Kopf gesetzt hatte, ihm das Leben schwer zu machen.

„In letzter Zeit gab es hier wiederholt Probleme.“

Beim Essen hatte er die Kollegen darüber sprechen hören. Rasch ließ er den Lichtschein über die Mauer des Gebäudes wandern, bis im Licht der Taschenlampe ein unleserlicher Schriftzug in Neongelb aufleuchtete.

„Sachbeschädigung durch Jugendliche.“

Florian Gerste gab sich mit der Antwort zufrieden. Dass David als Kriminalkommissar damit überhaupt nichts zu tun hatte, schien ihm nicht in den Sinn zu kommen.

„Ist Ihnen hier jemand aufgefallen?“, nutzte David die Chance, um nach dem angeblichen zweiten Mann zu fragen. Er beleuchtete den Platz vor der Ausflugsgaststätte.

„Außer mir ist niemand hier."

David nickte. Das mochte stimmen.

„Heute Nachmittag", wechselte Florian Gerste das Gesprächsthema, „bitte entschuldigen Sie, wenn ich mich im Ton vergriffen habe. Ich bin ziemlich durcheinander wegen der Sache mit meiner Mutter."

„Das ist mehr als verständlich."

Der Mann vor ihm gähnte unbeholfen.

„Ich sollte langsam nach Hause fahren", sagte er, wobei seine Augen fragten, ob das Gespräch beendet sei. Was sollte er tun?

Bis auf die Vorwürfe von Johanna hatte dieser Mann sich nichts zuschulden kommen lassen. Natürlich war es durchaus möglich, dass sich hier noch ein zweiter Mann aufhielt. Doch auch das war schließlich nicht verboten. Eine Waffe schien Florian Gerste ebenfalls nicht mit sich zu führen. Jedenfalls nicht sichtbar. Er hatte keinen Grund, Florian Gerste zu misstrauen. Johanna dagegen schon. David atmete tief ein. Sie war keine zuverlässige Zeugin. Niemand wusste das besser als er. David ließ den Lichtstrahl der Lampe noch einmal über das Gelände gleiten.

„Für mich gibt es hier nichts mehr zu tun", sagte er. Außer dass ich mit Johanna sprechen muss, fügte er ärgerlich in Gedanken hinzu.

„Ich muss meinen Wagen von der Straße fahren, wenn Sie aufbrechen wollen", sagte er wieder laut. Ob der Mann sich weiterhin mit Johanna treffen würde, wenn er wüsste, dass er nur ihretwegen hier war? David leuchtete auf den Weg vor ihnen. Mit einer Handbewegung forderte er Florian Gerste auf, vorauszugehen. Selbst wenn der Mann nicht gefährlich wirkte, wollte er ihn lieber nicht hinter sich wissen. Ohne zu zögern, setzte sich Florian Gerste in Bewegung.

Johanna Neumann

Samstag, 26. August, 02:10 Uhr

Hinter diesem blöden Baum hielt sie es nicht mehr länger aus. Von David und Florian sah sie nur schemenhafte Züge in einem zuckenden Lichtkegel. Ihr ganzer Körper juckte. Es kam ihr vor, als würden hundert kleine Tiere auf ihr herumkrabbeln. Waren Zecken auch nachts aktiv?, fragte sie sich, während die hohen, feuchten Gräser und Pflanzen nach ihrer nackten Haut an den Beinen griffen. Sie pirschte sich langsam näher an die beiden Männer heran. Von dem, was gesprochen wurde, verstand sie kein Wort. Als David sich in Bewegung setzte, ohne nach dem anderen Mann zu suchen, stürmte sie los. Kaum war sie in Sichtweite, riss Florian die Augen auf. Er öffnete den Mund, um etwas zu sagen, schloss ihn jedoch gleich wieder.

David betrachtete sie mit einer Mischung aus Wut und Enttäuschung. Bestimmt glaubte er ihr kein Wort. Sein Blick wanderte über ihren Körper. Erst jetzt wurde ihr bewusst, was für ein fürchterliches Bild sie abgeben musste. An den Füßen trug sie abgenutzte Gummischlappen, in die sie schnell hineingeschlüpft war, als sie mit Florian telefonieren wollte. Sie hatte ihre kurze Trainingshose an, die ihr mindestens eine Nummer zu groß war, und dazu ein Trägertop, über dem sie ein ausgeleiertes, verblasstes T-Shirt mit einem Loch am Kragen trug.

„Johanna?"

Florian sah sie mit diesem seltsam treuen Blick an. Kurz war sie sich selbst nicht sicher, was sie hier eigentlich wollte.

„David, er hat eine Waffe", brach es dennoch aus ihr heraus.

„Was?", Florian tat überrascht.

„Johanna", sagte David im gleichen Moment. Sein Tonfall klang ungewohnt schneidend.

Sie blickte zwischen den beiden Männern hin und her. Florian machte einen Schritt auf sie zu, doch sie wich zurück.

„Ich weiß, was ich gesehen habe. Er hat eine Waffe", sagte sie zu David. Er musste ihr einfach glauben.

Florian lächelte unsicher.

„Kann mir bitte jemand sagen, was das soll?"

David warf ihr einen unmissverständlichen Blick zu und stellte sich zwischen sie und Florian.

„Es ist alles in Ordnung. Johanna macht sich Sorgen um Sie. Und sie befürchtet, dass Sie eine Waffe tragen könnten."

Johanna entging nicht, dass sich Davids Hand in der Nähe seiner Dienstwaffe befand, die offen sichtbar in einer Halterung an seinem Gürtel steckte. Also glaubte er ihr, oder etwa nicht?

„Aber. Das ist …“

Florian beendete seinen Satz nicht, sondern sah traurig zu Johanna herüber. Er betrachtete sie eine Weile.

„Das stimmt nicht“, sagte er schließlich.

„Ich habe es selbst gesehen.“

Florian blickte jetzt zu David.

„Sie irrt sich“, er schüttelte den Kopf wie ein Lehrer, der über die offensichtlich falsche Antwort seines Schülers enttäuscht war.

„Bitte, Sie können nachsehen.“

Er hob die Hände leicht nach vorne und zeigte David seine geöffneten Handflächen.

„Möchten Sie mich abtasten?“, fragte er mit auf den Boden gesenkten Augen.

„Sind Sie damit einverstanden?“, versicherte David sich.

„Natürlich“, Florian sah Johanna an, „ich habe keine Waffe dabei und möchte das klarstellen.“

„Würden Sie sich erst einmal langsam umdrehen“, bat David.

Florian drehte sich einmal um die eigene Achse und nickte David dann zu. Dieser ging langsam zu ihm herüber. Er fuhr ihm mit der linken Hand über den Oberkörper und tastete sich anschließend die Hosenbeine hinab.

„Vielen Dank.“

„David, ich weiß doch, was ich gesehen habe.“

Johanna hasste sich dafür, dass ihre Stimme viel zu laut und schrill klang.

„Du sagtest, es gehe dir gut.“

Florian hörte sich besorgt an. An David gewandt, sagte er: „Sie wissen von ihren Problemen, nicht wahr? Johanna hat mir davon erzählt, aber ich dachte", er stoppte kurz, warf ihr einen mitfühlenden Blick zu, „ich dachte, das sei vorüber."

„Tut mir leid, wenn ich Sie gestört habe", entschuldigte sich David, „danke, dass Sie sich so kooperativ verhalten. Jo, wir müssen uns unterhalten."

Johanna spürte, wie das Herz ihr Blut viel zu schnell durch den Körper jagte. Ihr Atem beschleunigte sich. Kurz wurde ihr schwarz vor Augen.

„Es geht mir gut. Ich habe mir das nicht eingebildet", sagte sie betont ruhig. Und an Florian gerichtet: „Was soll das?"

„Johanna, ich weiß nicht, was du meinst."

Er sprach verhalten und sanft, als würde er ein kleines Kind beruhigen wollen. Sie hasste ihn dafür

„Red nicht mit mir, als wäre ich verrückt. Was hast du mit ihm gemacht?", presste sie zwischen den Zähnen hervor.

„Wovon sprichst du?"

Wütend öffnete sie Instagram auf ihrem Handy und suchte den Account von Lara Kuhn, doch so aufgeregt wie sie war, vertippte sie sich ständig. Endlich hatte sie gefunden, wonach sie suchte. Sie hielt David ihr Handy entgegen.

„Hier, dieser Mann war bei ihm."

Ohne auf ihr Smartphone zu achten, sagte er: „Ich bringe dich nach Hause."

Als er sanft nach ihrem Arm griff, schlug sie seine Hand zur Seite.

„David, er spielt dir etwas vor. Hier stimmt etwas nicht."

„Jo, mach es bitte nicht noch schlimmer. Lass uns gehen."

Er griff erneut nach ihr, versuchte sie mit sich zu ziehen, doch Johanna riss sich los. Wütend funkelte sie ihn an.

„Dann sehe ich eben selbst nach."

Sie marschierte los. Doch Florian stellte sich ihr in den Weg.

„Johanna, was habe ich dir getan?"

Sein Blick strahlte eine Traurigkeit aus, die so echt wirkte, dass sie kurz zögerte.

„Wir können darüber sprechen, wenn du möchtest."

Er lächelte sie zaghaft an. Wie gerne hätte sie sich an ihn gelehnt und das alles für einen bösen Traum gehalten. Doch sie wusste, was sie gesehen hatte.

„Dann sag mir, wo er ist!", forderte sie mit kalter Stimme.

Florian zuckte mit den Schultern.

„Ich weiß wirklich nicht, was du von mir hören möchtest."

Aufgebracht stieß sie ihn beiseite und ging auf die Steintreppen zu, als das Licht der Taschenlampe ihr folgte und sich eine Hand auf ihre Schulter legte.

„Jo, komm schon."

Eine wütende Verzweiflung packte Johanna. Sie spürte, wie ihre Augen feucht wurden.

„Nein!“, schrie sie und stolperte die Stufen hinunter. Unten blickte sie sich hektisch um, allerdings war es stockdunkel hier. Der Lichtschein der Taschenlampe kam ihr hinterher, ebenso die Schritte der beiden Männer. So schnell sie konnte, hastete sie zum Kiosk herüber. Und dann hörte sie das leise Röcheln.

David Gilbert

Samstag, 26. August, 02:35 Uhr

So schnell wie möglich rannte er die Steinstufen hinab hinter Johanna her. Die Umgebung vor ihm schien im Schein seiner Taschenlampe auf und ab zu hüpfen. Kurz vor dem viereckigen Kioskgebäude war Johanna stehen geblieben. Auch wenn sie mit dem Rücken zu ihm stand, erkannte er, dass jeder Muskel in ihrem Körper angespannt war. Langsam drehte sie sich zu ihm herum.

„Psst!", zischte sie und hielt sich einen Finger an die Lippen.

Bitte nicht. Das war der gleiche verzweifelte Blick wie in Kiel, als er sie, verkrochen im Kleiderschrank, gefunden hatte, weil sie überzeugt gewesen war, jemand wäre in ihre Wohnung eingebrochen. Zum Glück hatte er den Zweitschlüssel gehabt. Hatte er sich so in Johanna getäuscht?

„Johanna", hörte er Florian Gerste hinter sich sagen.

„Sei ruhig", herrschte Johanna den Mann an.

David hob beschwichtigend seine Hände.

„Herr Gerste."

Sollte Johanna ihren Willen bekommen. Sie musste sich beruhigen. In den Baumkronen rauschte der Wind.

Irgendwo kratzten Zweige gegen die alten Steinmauern der Ausflugsgaststätte.

„Sie sollten Johanna nicht noch ermutigen", ermahnte Florian Gerste ihn.

„Ich habe etwas gehört", behauptete sie.

Und tatsächlich. Auch er hörte etwas. Das Geräusch war leise, aber es war da. Bedächtig ließ David die Taschenlampe von der rechten in die linke Hand wandern. Dann suchte er mit dem Lichtkegel der Taschenlampe den Boden ab. Er leuchtete in die Richtung, aus der er den rasselnden Laut vermutete. In der Sekunde, in der er in dem blassen Licht die Umrisse eines Mannes am Boden erkannte, zog er seine Dienstwaffe und richtete sie auf Florian Gerste. Ruckartig hob dieser die Hände in die Luft. Sein Blick wirkte überrascht und gequält. Gleichzeitig war Johanna losgelaufen.

„Ich hatte recht", rief sie triumphierend.

„Johanna."

Nur kurz leuchtete David in ihre Richtung und nahm die Situation in sich auf. Auf dem Boden direkt an einer der Kioskmauern lag ein Mann. Seine Hände waren mit etwas zusammengebunden. Kabelbinder, vermutete David. Er sah noch, wie Johanna dem Mann ein Stück Stoff aus dem Mund zog, dann fixierte er Florian Gerste.

„Ich kann das erklären", stotterte dieser, wobei er hektisch zwischen ihm und Johanna hin und her blickte. David hörte das Rascheln von Kleidung und plötzlich stürmte Johanna auf Florian Gerste zu.

„Ich bin nicht verrückt. Was hast du mit ihm gemacht? Was hat das alles zu bedeuten?"

Wütend hämmerte sie mit den Fäusten auf den Brustkorb des sichtlich überrumpelten Mannes ein.

„Johanna!" David brüllte ihren Namen.

Doch zu spät. Florian Gerste griff nach ihren Armen, zerrte sie daran herum und hielt sie im Klammergriff wie ein Schutzschild vor sich. Johanna bäumte sich auf, sie schrie wütend und trat mit den Füßen in die Luft.

„Ich kann das alles erklären. Es ist nicht so, wie es aussieht", schrie Florian verzweifelt, während er versuchte, die zappelnde Johanna unter Kontrolle zu behalten. Sie warf sich hin und her wie ein tollwütiger Hund an der Kette.

„Wir beruhigen uns jetzt alle!", forderte David. Er bemühte sich gelassen zu bleiben. Für solche Situationen war er ausgebildet.

„Lassen Sie Johanna los", forderte er. Dabei legte er so viel Autorität in seine Stimme wie möglich.

„Ist gut, aber erst erkläre ich das alles."

Florian Gerste zog Johanna ein paar Schritte mit sich in Richtung der Drachenfliegerrampe.

„Herr Gerste, wenn Sie nichts Unrechtes getan haben, lassen Sie Johanna los. Dann stellen Sie klar, was hier los ist."

Zuerst musste David Johanna aus dieser Situation befreien, dann einen Krankenwagen und Verstärkung rufen.

„Nein", war die überaus deutliche Antwort.

„Dieser Mann braucht einen Krankenwagen“, probierte er an das Verantwortungsbewusstsein von Florian Gerste zu appellieren. Er leuchtete kurz zu dem offenbar verletzten Mann hinüber.

„Ich versichere Ihnen, es geht ihm gut genug“, gab Florian Gerste gereizt zurück.

„Das ist nicht wahr“, kreischte Johanna.

„Der Mann ist in Ordnung. Der Krankenwagen kann ein paar Minuten warten.“

David wog seine Optionen ab. Er könnte sein Handy aus der Hosentasche ziehen und die Kollegen informieren. Sie könnten einen Rettungswagen und Verstärkung schicken und er müsste Florian Gerste nur unter Kontrolle halten. Sein Gegenüber war unbewaffnet. Aber der Mann wirkte verzweifelt und er hatte Johanna in seiner Gewalt. Wer konnte wissen, wozu er fähig war. Am sichersten wäre es, erst Johanna aus seinen Fängen zu befreien.

Sehr langsam setzte David einen Fuß zur Seite.

„Bleiben Sie ruhig“, sagte er und Schritt für Schritt tastete er sich zu dem Verletzten heran, ohne den Blick von Johanna zu nehmen, die ihn aus weit aufgerissenen Augen anstarrte. Sie hatte aufgehört, sich zu wehren.

Direkt neben dem Mann ging David langsam in die Knie, Johanna nicht aus den Augen lassend. Er tastete nach der Halsschlagader und spürte ein sanftes und regelmäßiges Pochen. Seine Finger berührten außerdem etwas Klebriges. Blut erkannte er, als er einen schnellen Blick auf das Opfer warf. Blut, das die Schläfe hinabgeronnen war. Etwas Hartes war ihm gegen die Schläfe geschlagen worden. Mehrmals wahrscheinlich.

Und noch etwas erkannte David. Der Mann neben ihm war niemand anderes als Jan Berger. Der Ex-Freund von Vanessa Conti. An den Händen mit Kabelbinder gefesselt. Was hatte das zu bedeuten?

„Also erzählen Sie“, forderte David, wobei er sich langsam aufrichtete.

Jan Berger

Samstag, 26. August, 02:54 Uhr

Sein Kopf fühlte sich an, als hätte jemand mit einem Mixer auf höchster Stufe darin herumgerührt. Es gab kein anderes Gefühl als puren, stechenden Schmerz. Er wagte nicht sich zu bewegen. Langsam kam zu dem Schmerz, der in rasantem Tempo hinter seinen Augen wütete, noch eine furchtbare Übelkeit hinzu. Sein Mund war trocken. Seine Zunge dick und geschwollen. Sie fühlte sich an wie ein Fremdkörper.

Erinnerungen brachen vor ihm auf. Der Keller. Da waren Bäume. Ein Wald. Sein Schädel drohte zu platzen.

Er hörte Geräusche, die seltsam verzerrt klangen, als wäre er unter Wasser. Jan konzentrierte sich.

„Johanna, bitte, glaub mir. Bei deiner Vergangenheit hielt ich es für besser …"

Die Stimme kam ihm bekannt vor.

„Das ist Blödsinn", schimpfte eine Frauenstimme, dann sprach ein anderer Mann.

„Herr Gerste, das macht doch keinen Sinn."

„Doch, doch, natürlich."

Die Stimme sprach schnell und überschlug sich beinahe.

„Sobald Sie Johanna hier weggebracht hätten, hätte ich die Polizei gerufen. Versprochen. Ich dachte, das wäre zu viel für Johanna. Nur deshalb habe ich gelogen."

„Ich kann Ihnen immer noch nicht folgen."

„Dieser Kerl hat Laura erpresst. Zuerst hat er es bei ihrem Mann probiert. Und als das nicht funktionierte, hat er Robert umgebracht. Er hat gedroht, Laura ebenfalls zu töten, sollte sie die Polizei einschalten. Er ist ein Erpresser und ein Mörder. Ich wollte doch nur Laura beschützen."

Laura. Der Name schwirrte durch seinen Kopf. Erpresser. Noch ein Wort. Der Schmerz schwemmte die Wörter hinweg. Wie ein glühend heißes Messer glitt er durch alles hindurch. Er musste sich konzentrieren.

„Aber warum sind Sie denn mit dem Mann überhaupt hier heraufgefahren?"

„Ich wollte ihm Angst einjagen. Herausfinden, ob es Komplizen gibt. Sie wissen nicht, was Laura seinetwegen durchgemacht hat. Als ich Ihren Wagen gehört habe, bin ich einfach in Panik geraten."

Jan bemühte sich, den Sinn der einzelnen Sätze zu verstehen. Instinktiv wusste er, dass das wichtig war. In seinem Hirn herrschte eine Art dickflüssiger Nebel, durch den sich jeder Gedanke mühsam kämpfen musste.

Ermordet.

„Herr Gerste, das ist nicht der richtige Zeitpunkt. Herr Berger gehört in ein Krankenhaus. Wir werden das überprüfen."

Ermordet. Etwas hinter dem Nebel rief sich in sein Gedächtnis. Dann stürzte die Erinnerung auf ihn ein. Das Geständnis. Die Übelkeit, die in seinem Magen aufstieg, begann zu brodeln. Sie wütete in seinem Inneren und stieg heiß und brennend seine Speiseröhre hinauf. Hatte er wirklich einen Mord gestanden?

Johanna Neumann

Samstag, 26. August, 03:15 Uhr

Alles schien im selben Augenblick zu passieren. Der Mann am Boden begann zu würgen. Gurgelnde Laute sprudelten aus seiner Kehle. David ging in die Knie. Die Taschenlampe landete neben ihm auf dem Steinboden. Er war kurz abgelenkt, als er den Mann vom Rücken auf die Seite drehte, damit dieser nicht an seinem Erbrochenen erstickte.

Florian schob gleichzeitig Johanna vor sich her in Richtung des Kiosks. Er griff nach etwas, das auf einem Vorsprung vor einer der geschlossenen Jalousien lag. Mit aller Kraft zerrte Johanna an Florians Armen, um sie von ihrem Oberkörper zu lösen, doch sein Griff blieb unerbittlich.

„Was?" David hielt sein Gesicht nah an das des anderen Mannes. Er schien ihm etwas zuzuflüstern.

„Herr Berger, wir bringen Sie in ein Krankenhaus."

Johanna war überrascht. Woher wusste David, wer dieser Mann war?

„... nicht umgebracht ..."

Die Worte waren kaum zu verstehen, hauchzarte Töne, die vielleicht gar nicht ausgesprochen wurden.

„Ich rufe jetzt einen Krankenwagen", entschied David.

„Nein", schrie Florian alarmiert.

Panik ergriff Johanna, als sie die Mündung einer Waffe an ihrer Schläfe spürte. Angst riss ihre Gedanken mit sich und lähmte sie. Nur ein Wort durchbrach die Mauer aus Panik.

„David!"

Sofort stand er auf und sah zu ihr herüber. Die Taschenlampe war am Boden liegen geblieben. Der von unten kommende Lichtschein hüllte alles in ein fades Licht, das an die Farbe von alten Knochen erinnerte.

„Geben Sie mir Ihre Waffe", befahl Florian.

Der erschrockene Blick von David bohrte sich in Johannas Inneres und krallte sich schmerzhaft in ihr fest. Das war ihre Schuld.

„Herr Gerste, was soll das?"

„Die Waffe!", schrie Florian.

Johanna konnte den heftigen Kampf in David förmlich spüren. Sie wagte kaum zu atmen, spürte dafür aber umso deutlicher, wie sich der Brustkorb von Florian in ihrem Rücken hob und senkte.

Sie beobachtete, wie David seine Dienstwaffe unglaublich langsam vor sich auf den Boden legte. Vorsichtig schubste er die Waffe herüber, die kurz vor ihren Füßen liegen blieb.

Für eine Sekunde standen alle still. Nur das Rauschen des Windes jagte über den Platz.

„Lassen Sie die Taschenlampe liegen. Gehen Sie zwei Schritte zurück", gab Florian David Anweisungen.

„Herr Gerste, machen Sie sich nicht unglücklich. Nehmen Sie die Waffe runter", sagte er. Machte dabei aber behutsam einen Schritt zurück.

Die Angst sickerte in Johannas Muskeln und Knochen und lähmte sie. Sie starrte David an, der seine Aufmerksamkeit auf Florian konzentriert hatte.

„Herr Gerste. Bitte. Nehmen Sie die Waffe runter."

Du musst dir die Waffe auf dem Boden schnappen, schrie es in Johanna, doch sie konnte sich nicht bewegen. Am liebsten hätte sie geweint, aber auch das verweigerte ihr Körper. In was für eine Lage hatte sie David da gebracht? Sie war so dumm.

„Ich will nur reden", sagte Florian betont langsam, wobei sein Atem ihr Ohr streifte. Ihr wurde übel davon.

„Gut", gab David nach, „was möchten Sie mir sagen?"

„Das alles hier, das wollte ich nicht."

David nickte verständnisvoll.

„Alles, was ich wollte, war, Laura zu beschützen. Ihr zu helfen. Dieser Mann da", er deutete auf den am Boden Liegenden, „hat Robert Kuhn umgebracht. Und er hat auch den Drachenflieger auf dem Gewissen. Natürlich wird er alles abstreiten."

Er spuckte die letzten Worte beinahe heraus.

Der Mann stöhnte auf, wollte sich aufrichten, sackte jedoch sofort wieder in sich zusammen. Er nuschelte etwas.

Nicht wahr, meinte Johanna verstanden zu haben.

Augenblicklich kniete David wieder neben ihm.

„Nicht sprechen", versuchte er ihn zu beruhigen.

Florian riss Johanna von David weg in Richtung der Rampe. Sein Atem stolperte kurz.

„Doch, genau so war es“, brüllte er. Etwas ruhiger sagte er:

„Ich habe sein Geständnis auf meinem Handy aufgezeichnet. Und Sie können Laura fragen. Sie wurde von dem Kerl da bedroht. Fragen Sie sie.“

„Das werden wir tun, Herr Gerste. Aber jetzt muss dieser Mann in ein Krankenhaus.“

Johanna konnte hören, wie besorgt David war.

„Herr Berger?“

David schüttelte ihn leicht an der Schulter. Anscheinend hatte der Mann das Bewusstsein verloren.

Abrupt stand David auf und machte einen Schritt auf Johanna und Florian zu, doch dieser brüllte. „Stopp, bleiben Sie stehen!“

„Schon gut“, David blieb stehen und hielt die Hände vor den Körper.

„Ich glaube Ihnen“, sagte David. Es war nicht zu überhören, dass David log. Oder fiel das nur ihr auf, denn der Griff von Florians Armen entspannte sich etwas.

„Florian, lass mich los“, bat Johanna.

„Ich kann nicht“, schluchzte er auf. „Es tut mir leid.“

Ein Ruck ging durch ihren Körper, sie verlor das Gleichgewicht, sah die Steinplatten des Bodens auf sich zukommen und prallte hart mit dem Kopf dagegen. Gleichzeitig hörte sie einen Knall, dann noch einen und einen schmerzverzerrten Aufschrei. David. Das war David. Erneute Panik ergriff Johanna. Hektisch stand sie auf, ging aber sofort wieder auf die Knie. Der Boden bewegte sich auf sie zu. Sie griff sich an die schmerzende Stirn und fühlte warmes Blut. Als sie zu den Männern hinübersah, fiel ihr auf, dass die Dienstwaffe verschwunden und Florian der Einzige war, der noch aufrecht stand.

David Gilbert

Samstag, 26. August, 03:34 Uhr

Bevor er wirklich begriff, was passiert war, lag er bereits am Boden. Ein glühender Schmerz hatte sich durch eines seiner Beine und seine Schulter gebohrt und ihn zu Fall gebracht. Zurück blieb ein heißes, stechendes Pulsieren. Gleichzeitig wurde ihm kalt. Er begann zu zittern. David brauchte einen Moment, bis er realisierte, dass er angeschossen worden war. Er versuchte, seinen Oberkörper aufzurichten, stöhnte auf und ließ sich zurücksinken. Von der Wunde in seiner Schulter strahlte ein Schmerz aus, der bei der kleinsten Bewegung wie ein Rammbock durch seinen Oberarm und den Brustkorb schwang.

Plötzlich kniete Johanna neben ihm und er spürte ihre Hand auf seiner Wange. Warum war ihm so kalt?

„David, geht es dir gut?"

In dem wenigen Licht, das von der Taschenlampe bis zu ihm reichte, wirkten ihre Pupillen vollkommen schwarz. Er wollte etwas sagen, doch seine Zunge gehorchte ihm nicht. Sie war viel zu schwer.

„Ich bring das in Ordnung. Mach dir keine Sorgen", sagte Johanna hektisch. Sie zerrte sich ihr T-Shirt über den Kopf, knüllte es hektisch zusammen und drückte es auf seine verletzte Schulter. Unwillkürlich stöhnte David auf, als eine neue stechende Schmerzwelle durch seinen Arm und den Oberkörper rollte. Johanna griff nach seiner rechten Hand und führte sie direkt zur Ursache seines Leidens.

„Drück drauf!"

Dann war sie fort. Es kam ihm vor, als würden seine eigenen Gedanken ihn verzögert erreichen. Als würde jemand anderes für ihn denken. Und dieser Jemand wusste, dass er Druck auf die Wunde ausüben musste. Er durfte nicht zu viel Blut verlieren. Er musste wach bleiben. Er dachte an Hanne. Sie brauchte ihn. Wach bleiben, befahl ihm eine Person. Aber es fiel ihm schwer, dieser Stimme zu gehorchen. Die Ränder seines Sichtfelds trübten sich und er hatte das Gefühl, seine Gedanken schwammen davon. Nein, er musste wach bleiben. Er konzentrierte sich auf die Umrisse der beiden Menschen, die sich nicht weit von ihm entfernt laut anschrien.

„Das alles wollte ich nicht. Ich wollte doch nur Laura helfen."

„Indem du David niederschießt?"

„Das wollte ich nicht. Das wäre nie passiert, wenn du dich nicht eingemischt hättest."

„Er muss sofort in ein Krankenhaus."

„Das geht nicht."

Selbst in seinem Zustand fiel David auf, mit welchem Bedauern Florian Gerste dies sagte.

„Bitte, Johanna, beruhige dich."
„Du bedrohst mich mit einer Waffe."
„Nur so lange, bis du dich beruhigt hast."
Jo schrie wütend auf, dann brüllte sie Florian an:
„Leg diese verdammte Waffe weg!"
„Ich kann nicht. Ich bin schon zu weit in diese Sache verstrickt."
„Sag mir auf der Stelle, was das soll!"
„Wenn ich es dir erkläre, beruhigst du dich dann?"
Johannas Antwort war nur ein Schnauben.
„Hör zu, in Ordnung? Hör mir einfach nur zu. Einverstanden?"
Wieder war es still. David wusste nicht, ob Johanna genickt hatte oder ob Florian Gerste einfach ohne Aufforderung weitersprach.
„Ich habe dir von meinem Vater erzählt. Dass er gewalttätig war, aber du kannst dir nicht vorstellen, wie grausam er sich verhalten hat. Jahrelang hat er mich und meine Mutter körperlich misshandelt. Uns emotional erniedrigt. Je älter ich wurde, desto mehr habe ich mich geschämt. Geschämt, weil ich mich nicht gewehrt habe. Geschämt, weil ich meiner Mutter nicht helfen konnte."
David konzentrierte sich auf die einzelnen Worte. Bleib wach, ermahnte die Stimme ihn. Hör zu!
„Er hat sie umgebracht", schluchzte Florian Gerste.
„Florian", Johannas Stimme klang ein wenig sanfter.
„Er hat sie umgebracht und ich habe ihn nicht daran gehindert", fuhr Florian Gerste fort.

„Es ist meine Schuld. Mein Vater war wie so oft betrunken nach Hause gekommen. Ich weiß nicht einmal mehr, worüber er sich an diesem Abend aufgeregt hatte. Irgendeinen Grund fand er immer. Ich stand in der Zimmerecke, als er sie gegen den Wohnzimmertisch schubste. Sie blieb einfach liegen und mein Vater torkelte aus dem Wohnzimmer. Ich bin sofort zu meiner Mutter gestürzt und wollte ihr aufhelfen", Florians Stimme brach, heiser sprach er weiter, „sie war tot."

„Das ...", offenbar fehlten ihr die Worte.

„Ich habe es nicht verstanden. Ich habe sie geschüttelt. Erst nur leicht, dann immer heftiger, aber sie hat nicht reagiert. Später erst ist mir das Blut auf dem Teppich aufgefallen."

„Florian, das tut mir so leid. Was ist dann passiert?"

„Mein Vater lag oben. Schlief seinen Rausch aus. Er hat das nicht einmal mitbekommen. Im ersten Moment wollte ich ihn umbringen. Verstehst du das? Ich hatte mir schon ein Messer aus der Küche geholt. Aber das war zu gut für ihn. Ich wollte, dass er litt. So wie meine Mutter gelitten hatte. So wie ich gelitten hatte. Also habe ich sie verschwinden lassen. Das war das Schlimmste, was ich ihm antun konnte. Ihm die Macht über sie nehmen."

Florian Gerste stieß einen verzweifelten Laut aus. Er klang wie ein verletztes Tier.

Johanna Neumann

Samstag, 26. August, 03:46 Uhr

Die Gesichtszüge Florians waren schmerzverzerrt. Er ließ sich auf die Knie fallen. Stützte sich mit beiden Händen auf dem Boden ab. Noch während Johanna überlegte, zu ihm zu gehen, hob er die Hand und richtete erneut den Lauf der Waffe auf sie.

„Du fragst dich bestimmt, warum ich dir das alles erzähle, oder?“, fragte er traurig und schaute von unten zu ihr hoch.

„Ich glaube, ich kann es mir denken“, antwortete Johanna.

Tatsächlich ergab allmählich alles einen Sinn. Vorsichtig machte sie einen Schritt auf Florian zu und kniete sich vor ihn nieder: „Laura wurde wirklich erpresst, oder?“

Gequält sah Florian sie an. Er nickte.

„Und der Mann, den du hierhergebracht hast, ist der Erpresser?“

Wieder nickte er. Johanna war sich beinahe sicher, alle Zusammenhänge richtig hergestellt zu haben, doch es war bestimmt nicht klug, weiter mit Florian darüber zu sprechen.

„Ich glaube dir. Bitte lass uns jetzt einen Krankenwagen rufen. Die Schüsse haben sich aus Versehen gelöst. Ich kann das bezeugen."

Sie lächelte Florian an, dachte aber an David. Ging es ihm gut? Wenn ihm etwas passieren würde. Der Gedanke war kaum zu ertragen.

„Ich habe sein Geständnis", sagte Florian plötzlich lahm und zeigte auf den anderen Mann, der schon seit einer Weile kein Lebenszeichen mehr von sich gegeben hatte.

Johanna nickte heftig: „Natürlich."

Etwas im Ausdruck von Florians Augen änderte sich. Wurde wachsam.

„Du kannst mir helfen."

„Wie?"

Sie würde alles tun, wenn er nur endlich einen Krankenwagen für David rufen würde. Anstatt zu antworten, sagte er:

„Ich habe das für Laura getan."

Warum fing er wieder damit an? Sie wollte Florian anschreien, ihn schütteln und ihm die Waffe aus der Hand reißen, stattdessen griff sie behutsam nach seinem Arm:

„Ich habe ihre blauen Flecke gesehen, Florian. Ich weiß, du wolltest ihr helfen."

Als sie seinen Arm berührte, zuckte er zurück. Sie musste vorsichtig sein. Florian kniff die Augen zusammen, senkte kurz den Kopf und sah sie dann eindringlich an.

„Es sind ihre Augen. Weißt du? Sie hatten beide diesen Ausdruck darin. Meine Mutter und schließlich Laura. Es war, als würde ich direkt in einen tiefen See aus Kummer blicken.“

Florian schüttelte den Kopf.

„Ich musste es tun“, schluchzte er.

Der Satz war wie ein Schlag in Johannas Gesicht. Für einen Augenblick bekam sie keine Luft. Warum hielt er nicht endlich den Mund?

„Der Drachenflieger. Ich wollte das nicht. Ich habe ihn umgebracht.“

Johanna sackte in sich zusammen. Zu spät. Er hatte es laut ausgesprochen.

Florian Gerste

Samstag, 26. August, 03:58 Uhr

Endlich. Florian fühlte sich, als hätte ihm jemand einen Bleikittel abgenommen. Seit dem Tod seiner Mutter hatte er nicht mehr so sehr gelitten wie nach dem Tod dieses Drachenfliegers. Doch wie hätte er ahnen können, dass nicht Robert den Medikamentencocktail trinken und anschließend mit dem Drachen fliegen würde?

„Ich wollte das nicht“, stammelte er.

Kurz vor dem Fest auf der Wittekindburg war er bei Laura gewesen. Sie hatte kein Wort gesagt, doch an ihrer leicht gekrümmten Körperhaltung, wenn sie sich unbeobachtet fühlte, hatte er genau ablesen können, was am Tag vorher passiert sein musste. Und als sie ihn bat, vor Roberts Ankunft das Haus zu verlassen, hatte er einen Entschluss gefasst. Er hatte gewusst, dass Laura ihre Medikamente im Badezimmer aufbewahrte. Nie wäre er davon ausgegangen, dass der Absturz gleich tödlich verlaufen würde. Er hatte auf einen langen Krankenhausaufenthalt gehofft. In dieser Zeit hätte er Laura überzeugen können, ihren Mann zu verlassen.

„Laura … es wurde schlimmer. Ich habe auf sie eingeredet. Ihr Hilfe angeboten“, ärgerlich schüttelte er den Kopf.

„Du wolltest, dass sie nicht dasselbe Schicksal wie deine Mutter erleidet“, stellte sie fest.

Florian nickte.

„Ich wollte mich direkt nach dem Tod des Drachenfliegers der Polizei stellen. Aber dann dachte ich“, er lachte schmerzerfüllt auf, „vorher kann ich es genauso gut zu Ende bringen. Glaub mir, um so einen wie Robert ist es nicht schade. Ich war mehr als bereit, dafür in den Knast zu gehen.“

Er betrachtete Johannas Gesichtszüge. Konnte sie ihn verstehen? Er war ein Mörder und diese Last erdrückte ihn beinahe. Aber seine Gründe waren selbstlos. Er hatte seine Mutter nicht beschützen können. Denselben Fehler durfte er kein zweites Mal begehen.

„Als meine Mutter gefunden wurde“, er stockte kurz und vergrub den Kopf in den Händen. Die Waffe drückte hart gegen seine Schläfe. Was tat er hier nur? Er hob den Kopf.

„Es war, als würde meine Mutter mir ein Zeichen geben“, sprach er weiter, wobei sich sein Kehlkopf rau und trocken anfühlte.

„Und dann habe ich dich getroffen. Ich weiß, wie verrückt das klingt.“

Eine Weile schwiegen beide. Er heftete den Blick auf Johanna, deren Gesicht ebenso bleich wirkte wie der Mond, dessen blasser Umriss hinter einigen Wolken zu erkennen war. Warum war es ihm nicht vergönnt, glücklich zu sein? Hatte er das nicht auch verdient?

„Weißt du, dass ich dich hier zum ersten Mal wahrgenommen habe?“, fragte er sie traurig.

Verwirrt sah sie ihn an: „Was?“

„Genau hier“, ein schmerzhaftes Lächeln grub sich in sein Gesicht, „auf dieser Trauerfeier. Du hast gut ausgesehen. Ich musste die ganze Zeit zu dir herüberschauen. Als dein Foto dann bei dieser Dating-App erschien, ist mir beinahe die Luft weggeblieben. Ich dachte, das Leben schenkt mir eine zweite Chance.“

Und war das so abwegig?

Johanna Neumann

Samstag, 26. August, 04:18 Uhr

Florian sah aus, als würde er jeden Moment zusammenbrechen. Vielleicht war er kein kaltblütiger Mörder, aber er war gefährlich. Doch ihre Angst galt David. Warum sagte er nichts? War er bewusstlos geworden? Wie würde Florian reagieren, wenn sie nach ihm sehen würde?

„Florian, ich müsste lügen, wenn ich dir sage, dass das keine Konsequenzen für dich haben wird. Aber bestimmt bekommst du mildernde Umstände. Und zwar besonders, wenn du dich jetzt richtig verhältst."

Johanna hatte keine Ahnung, ob das stimmte, aber sie musste Florian beruhigen.

„Du kannst mir helfen", forderte er sie auf.

„Wie?", wollte sie erneut von ihm wissen.

„Ich habe sein Geständnis. Wenn du es auch gehört hast …", er ließ den Satz unbeendet.

Sie nickte viel zu schnell.

„In Ordnung. Ich habe gehört, wie er die Morde gestanden hat", schoss es aus ihr heraus.

Florian sah zufrieden aus, doch dann trübte sich sein Blick augenblicklich wieder.

„Er hat alles gehört."

Für einen Augenblick wusste sie nicht, was er meinte. Als es ihr klar wurde, drückte die Panik ihr den Brustkorb zusammen. Sie schnappte nach Luft.

„David wird nichts sagen."

„Johanna", sagte Florian vorwurfsvoll, aber voller Mitgefühl, „wie beide wissen es besser."

Ihr Brustkorb drohte zu zerquetschen. Hatte Florian den Verstand verloren? Was wollte er von ihr?

„Im Grunde ist er nicht viel besser als mein Vater. Johanna, er nutzt deine Gefühle für sich aus. Du musst dich von ihm lösen. Und jetzt hast du die Möglichkeit dazu."

Florian legte ihr seine Hände auf die Schultern und sah sie beinahe liebevoll an. Johanna musste sich anstrengen zu atmen. Es kam ihr vor, als würden bleischwere Gewichte auf ihren Schultern lasten. Das Metall der Waffe drückte schmerzhaft auf ihren Knochen. Sie konnte sich kaum auf den Beinen halten.

„Was ...?", mehr brachte sie nicht heraus.

„Er würde nicht schweigen. Aber wir beide schon."

Florian zog sie an sich. Sein herber Duft hüllte sie ein. Ein Geruch, den sie bis vor Kurzem noch ansprechend gefunden hatte und der jetzt Übelkeit in ihr auslöste. Johanna war unfähig, sich zu bewegen, und sie hasste sich dafür.

„Es kommt vor, dass Polizisten beim Einsatz tödlich verwundet werden."

Er drückte sie fester an sich.

„Du hast doch gesehen, wie der Erpresser geschossen hat, oder nicht?“

Wollte er sie in seinen Armen zerquetschen? Es fühlte sich so an. Ein ekelhafter, hoher Ton schrillte in ihren Ohren. Sie hörte ihr Blut rauschen und hatte Mühe, Luft zu bekommen. Tränen stiegen ihr in die Augen. Schließlich nickte sie weinend an Florians Brust. Er schob sie vorsichtig ein Stück von sich und sah sie eindringlich an.

Doch Johanna sah nicht Florians Gesicht vor sich, sondern das von David.

Sie sah seine braunen Augen, die ihr unmissverständlich klarmachten, dass dies der einzig richtige Weg war. Ihre Hand, die sich an seiner festklammerte, als würde sie andernfalls ertrinken. Er drängte sie nicht, doch sie wusste, dass sie ihn loslassen musste. In ihrer Erinnerung weinte sie damals genauso wie jetzt. Mit einem Aufschluchzen hatte sie seine Hand losgelassen. Sein Blick festhaltend, der ihr sagte, es ist alles in Ordnung. Dann war sie der Mitarbeiterin der psychiatrischen Akutklinik gefolgt. Sie hatte diesen Weg ohne ihn gehen müssen. Während sie sich ihren Dämonen stellte, war er zu seiner Frau und seiner Tochter zurückgekehrt. Und dort war er geblieben. Warum war sie ihm nach Minden gefolgt?

Ihr Blick klärte sich. Sie starrte in Florians Gesicht.

„Der Erpresser hat geschossen“, brachte sie mühsam hervor.

Florian strahlte sie an. Er ließ sie los. Ohne seine Arme, die sie in Position hielten, taumelte Johanna kurz. Das Pfeifen in ihren Ohren nahm nicht ab. Ihr Pulsschlag hämmerte durch ihren Körper.

Die Verzweiflung war aus Florians Blick gewichen. Etwas Sanftes war in seine Gesichtszüge zurückgekehrt. Mit der freien Hand streichelte er ihre Wange.

„Johanna, ich werde dich nie enttäuschen."

War es wirklich so einfach? Sie nickte. Er griff nach ihrer Hand. Zog sie mit sich zu David.

David sah fürchterlich aus. Seine Haare hingen ihm verschwitzt in der Stirn. Ein hässlicher roter Blutfleck hatte sich von seiner Schulter auf seinem T-Shirt und dem Boden darunter ausgebreitet. Sein Atem ging flach und seine Augenlider flackerten. Er kämpfte vermutlich gegen den Schock und den Blutverlust an, vermutete Johanna. Der Wunsch, ihn in die Arme zu schließen und ihm zu sagen, dass alles gut werden würde, war übermächtig. Aber sie gab ihm nicht nach.

„Und jetzt?", wollte sie stattdessen von Florian wissen.

„Wir bringen es zu Ende."

War es für Florian so einfach? Sei nicht dumm, Johanna. Er hat zwei Menschen ermordet.

„Wie?"

Sie brachte dieses Wort kaum heraus. Der Wind zerrte es ihr von den Lippen. Hatte Florian sie gehört? Anscheinend.

„Ein Schuss ins Herz. Das ist schnell und schmerzlos."

Schnell. Schmerzlos. Die Wörter kreisten durch ihre Gedanken. Schnell. Sie sah, wie Florian die Waffe hob. Schmerzlos. Er zielte auf David. Schnell. Schmerzlos.

„Warte“, rief sie und stellte sich zwischen die Waffenmündung und David.

„*Ich* muss das tun.“

Johanna regte ihr Kinn. Sie atmete tief ein, sprengte den Druck von ihrem Brustkorb. Lauter als das Dröhnen im Ohr wiederholte sie.

„*Ich* muss das tun.“

Florian sah sie überrascht an. Er musterte sie eingehend. Suchte in ihrem Gesicht nach verräterischen Anzeichen.

Johanna straffte die Schultern.

„Du hast recht. Ich muss mich von David lösen.“

Sie war selbst darüber erstaunt, dass sie es genauso meinte. Auffordernd hielt sie Florian ihre Hand entgegen. Sie war verblüfft, dass sie nicht zitterte.

„Gib mir die Waffe“, forderte sie.

Zwischen ihr und Florian breitete sich eine Anspannung aus, die wie ein elektrisches Feld nicht zu sehen war, die aber spürbar die Luft auflud.

David zu ihren Füßen stöhnte leicht, ein kalter Regentropfen benetzte ihre Wange und Florian jammerte gequält auf.

Nur langsam ließ er die Waffe sinken. Seine Augen hielten sich an denen von Johanna fest. Flehend. Hoffnungsvoll. Er griff nach ihrer Hand, zerrte sie weg von David, bis sie an der Drachenfliegerrampe standen.

Johanna zwang sich, Florian in die Augen zu schauen. Sie durfte jetzt nicht zu David hinübersehen. In ihrem Rücken spürte sie die drohende Nähe des Abhangs, die hinter der Rampe lauerte. Ein leichter Schwindel überkam sie.

„Johanna, ich möchte nichts mehr als dir glauben."

Florian hielt sie noch immer mit einer Hand fest. Er sah ihr in die Augen.

„Aber kann ich das auch?"

Es war absurd, in diesem Augenblick daran zu denken, doch Johanna erinnerte sich an ihre Filmabende mit David. Einer der größten Fehler, den die Menschen in Filmen begingen, war es, dem Mörder die Wahrheit zu sagen. Sie musste beinahe lächeln bei diesem Gedanken. Wie oft hatten David und sie darüber geschimpft, wenn das vermeintliche Opfer alles falsch machte. Und doch hätte sie in diesem Augenblick nichts lieber getan, als Florian anzuschreien. Ihm ins Gesicht zu brüllen, dass das hier verrückt war. Ihm einen Grund zu geben, David sofort zu erschießen. Sie blendete alles aus, was sie umgab. Konzentrierte sich auf die flehenden Augen vor sich. Gib ihm, was er braucht, befahl sie sich.

Zögernd wie ein verängstigtes Tier griff sie nach Florians Hand, in der er die Waffe hielt. Legte ihre Finger sanft auf seinen Handrücken. Spürte, wie seine andere Hand die ihren umklammerte.

„Vertrauen ist ein Geschenk", hörte sie sich sagen.

Florian schien die Luft anzuhalten. Nickte aber zustimmend.

„Ein Geschenk, das ich zu oft bereut habe", antwortete er gequält.

Er musterte sie.

„Als Junge wollte ich unbedingt meinem Vater vertrauen. Später vertraute ich meiner Mutter. Hoffte, sie würde uns retten. Aber ich wurde enttäuscht. Ich habe gelitten. So sehr gelitten."

Leid führte zu weiterem Leid. Diese Erfahrung war Johanna nicht neu. Florian hatte durch sein Verhalten eine Spur des Leidens hinterlassen. War ihm das bewusst?

„Mir kannst du vertrauen."

Wie ein toter Köder fiel diese Lüge zwischen sie. Statt darauf einzugehen, fragte er: „Du hast Höhenangst, oder?"

„Ja", stotterte Johanna. Woher wusste er das?

„Das habe ich dir angesehen. Du bist auch jetzt völlig angespannt."

Du bedrohst mich mit einer Waffe, hätte sie gerne geschrien. Sagte aber nichts.

„Zeig mir, dass du mir vertraust."

Verlor Florian jetzt den Verstand?

„Was?", stammelte sie.

Florian entzog sich ihr und sprang auf die Rampe. Er hielt ihr eine Hand entgegen. Sofort wurde ihr schwindelig, ihre Beine zitterten und die Knie drohten ihr einzuknicken. Sie sah in Davids Richtung, den sie von hier aus nicht mehr sehen konnte.

Mit einer wütenden Entschlossenheit drehte sie sich um, packte Florians Hand und ließ sich von ihm auf die Rampe helfen. Es kam ihr vor, als würde der Boden schwanken. Florian und sie standen auf dem schmalen horizontalen Steg, bevor die Rampe mehrere Meter tief nach unten absank. In der Ferne sah Johanna die Lichter von Häusern und Autos. Die Weser sah im Mondlicht aus wie eine schwarze Schlange, die sich auf der Lauer nach Beute über den Erdboden schlängelte. Kurz setzte ihr Herz aus. Ihre Hände wurden feucht, Schweiß bildete sich unter ihren Armen. Sie bekam keine Luft.

„Dir kann nichts passieren."

Johanna befreite sich aus seinem Griff, fiel auf den feuchten Untergrund der Rampe. Presste ihre Handflächen auf das raue Material. Atme, befahl sie sich.

Florian kniete sich zu ihr hinunter.

„Kann ich dir wirklich vertrauen, Johanna?", flüsterte er ihr ins Ohr.

Sie konnte nicht antworten. Zu sehr war sie damit bemüht, ihren Atem unter Kontrolle zu behalten. Die Umgebung drehte sich rasend schnell. Mühsam brachte sie ein Nicken zustande, ohne zu wissen, ob Florian es sehen würde. Sie spürte, wie er ihr zärtlich über den Rücken streichelte. Ihre Haut klebte vor Schweiß. Sie fröstelte.

„Ich kann nicht zulassen, dass du jemandem wehtust. Dazu mag ich dich viel zu sehr", hörte sie Florian sagen. Sie registrierte, wie er aufstand.

„Nicht", stieß sie quälend hervor, als müsste sie das Wort gewaltsam aus sich herauspressen.

Johanna, tu etwas, wies sie sich selbst an. Sie griff nach dem Bein von Florian, der gerade von der Rampe herunterspringen wollte. Sie bekam ein Stück seiner Jeans zu fassen, krallte sich fest und Florian verlor das Gleichgewicht. Sie hörte, wie er auf dem Boden aufschlug. Wilde Angst hämmerte durch ihre Adern, ließ sie zur Kante robben und sich nach unten auf Florians Körper werfen. Sie hörte, wie ihm die Luft aus den Lungen gedrückt wurde, als ihr Körper auf seinen traf. Sofort griff sie nach Florians Händen, fand die Waffe und zerrte sie ihm aus den Fingern. Vermutlich war er so außer Fassung, dass er sich nicht wehren konnte. Rittlings saß sie auf ihm und hielt ihm die Waffe auf die Brust.

Als Florian danach griff, hörte sie Rebekka in ihrem Inneren schreien. Johanna, tu etwas. Worte, die sich tief in ihr Gedächtnis gebrannt hatten. Geschriene Worte, bevor der Einbrecher abgedrückt hatte. Auch jetzt hörte sie einen Schrei. Tief und verzweifelt. Im ersten Augenblick begriff sie nicht, dass sie selbst es war. Doch Johanna schrie. Brüllte all ihre Wut heraus. Wut auf diesen Einbrecher, die Wut auf sich selbst, Rebekka damals zu dieser Aktion überredet zu haben, die Wut auf ihren psychischen Zusammenbruch, die Wut auf David, der sich für Julia und seine Tochter und nicht für sie entschieden hatte, und die Wut auf Florian, der ihr in diesem Augenblick die Waffe aus der Hand schlagen wollte.

Sie drückte ab.

Sofort erschlaffte Florians Körper unter ihr. Er sah sie überrascht, irgendwie dankbar an. Etwas Warmes benetzte ihr Gesicht. So weit wie möglich schleuderte Johanna die Waffe von sich, fiel halb von Florian ab. Sie stürmte zu David, wobei sie beim Laufen ihr Handy aus der Tasche zog und den Notruf wählte.

„Es wird alles gut. Du musst durchhalten. Hörst du?"

Doch David antwortete nicht. Johannas Tränen perlten auf sein Gesicht. Ganz zaghaft wischte sie die Tropfen mit ihrem Finger von seiner Haut. Sie beugte sich nah zu seinem Ohr und flüsterte. „Es wird alles wieder gut. Versprochen!"

Epilog

In sanften Wellen schwappte das Wasser der Weser an die großen Steine heran, auf denen sie saß. Sie erfreute sich am Geräusch des Wassers, wie es zwischen den Steinen hindurchsickerte und wieder in den Fluss hinausgezogen wurde. Ein Erpel ließ sich von der Strömung mitnehmen und glitt gemächlich an ihr vorbei, den leuchtend grünen Kopf stolz in die Höhe gestreckt. Auch sie hob den Kopf, schloss die Augen und genoss für einen Moment die Sonnenstrahlen auf ihrem Gesicht. Der Sommer endete langsam. Die Tage wurden bereits kürzer und auch deutlich kälter. Über ihrem dünnen Pullover trug sie eine leichte Sommerjacke. In der Luft lag der würzige Geruch des Herbstes.

Waren wirklich erst knapp zwei Monate vergangen, seit sie von Kiel hierher nach Minden gezogen war? Es kam ihr so viel länger vor. Das Gesicht von Florian drängte sich in ihre Gedanken. Sie sah seine braunen Augen deutlich vor sich. Tatsächlich waren es seine Augen gewesen, die ihr besonders gefallen hatten. Dieser leicht verletzliche Ausdruck darin. Doch sofort drängte sich eine andere Erinnerung dazwischen. Florian, der verzweifelt die Waffe auf sie gerichtet hielt. Diesmal die pure Verzweiflung im Blick. Sie spürte, wie sein Körper unter ihr erschlaffte, nachdem sie die Waffe abgefeuert hatte. Ein widerliches Gefühl. Florian hatte wahnsinniges Glück gehabt, dass sie sämtliche lebenswichtigen Organe verfehlt hatte. Mittlerweile hatte er alles gestanden. Um seiner Freundin Laura Kuhn, die von ihrem Mann Robert körperlich und seelisch misshandelt wurde, zu helfen, hatte er das Getränk von Robert Kuhn mit einem Medikamentencocktail versetzt. Dass Manuel Nowak dabei zu Schaden kam, hatte er niemals beabsichtigt. Trotzdem würde er sich vor Gericht für zwei Todesfälle verantworten müssen. Jan Berger hatte schwere Kopfverletzungen davongetragen. Florian hatte ihn mehrfach mit seiner Waffe auf den Kopf geschlagen.

Vor einigen Tagen war ein Brief für sie von Florian in der Post gewesen. Johanna bewahrte ihn ungeöffnet in ihrem Nachttisch auf. Sie konnte diesen Brief nicht lesen. Noch nicht. Ihr Männergeschmack ließ eindeutig zu wünschen übrig. Vom anderen Geschlecht würde sie sich bis auf Weiteres fernhalten.

Sie dachte an David, der das Krankenhaus mittlerweile wieder verlassen hatte. Eine der Kugeln war durch seinen Oberschenkel geglitten. Ein glatter Durchschuss, Gott sei Dank, ohne die Arterie zu verletzen. Die andere Kugel war in seine Schulter eingedrungen und stecken geblieben. Er hatte Glück gehabt. Es war nur eine Fleischwunde. Der Knochen wurde nicht verletzt.

Sie hätte es nie überwunden, wenn ihm etwas zugestoßen wäre.

„Johanna?"

Ungewollt zuckte sie zusammen.

„Entschuldige, ich wollte dich nicht erschrecken. Ich habe dich hier sitzen sehen."

Hinter ihr auf der Wiese stand Julia. Sie hatte Hanne im Buggy dabei. Davids kleine Tochter musterte Johanna eingehend, entschied, die fremde Frau zu mögen, und strahlte sie an. Schnell stand Johanna auf. Schmerzlich fiel ihr auf, dass Hanne die gleichen Augen wie ihr Vater hatte.

„Ich bin Johanna", lächelte sie die Kleine an, während sie vor ihr in die Knie ging.

An Julia gewandt, sagte sie.

„Danke."

Julia lächelte unsicher.

„Ich glaube, das ist längst überfällig. Obwohl ich bis eben nicht gewusst habe, ob ich kommen würde."

Das konnte Johanna ihr nicht verübeln, umso mehr freute sie sich, dass Julia ihre Einladung zu einem Kaffee angenommen hatte.

„Wollen wir?", fragte Johanna und deutete in Richtung des Restaurants, das sich nur ein paar Meter entfernt direkt an der Mindener Schiffsmühle befand. Am Wasser fühlte Johanna sich am wohlsten, weshalb sie dieses Restaurant als Treffpunkt vorgeschlagen hatte.

Während Julia den Buggy die Wiese hinaufbugsierte, beobachtete Johanna sie von der Seite. Julia trug ihr hellbraunes Haar in einem kurzen Pagenschnitt, wodurch ihre hohen Wangenknochen betont wurden. Ein wenig neidisch dachte Johanna, dass Hanne später eine hübsche Frau werden würde. Schweigend folgten die beiden Frauen dem Weg, der parallel zur Weser entlanglief. Am liebsten wäre Johanna einfach immer weiter gegangen. Doch sie standen bereits vor dem Restaurant.

„Möchtest du drinnen oder draußen sitzen?", überließ Johanna Julia die Entscheidung.

Julia wählte einen der freien Tische aus, die vor dem Gebäude aufgereiht waren. Sie hob Hanne aus dem Buggy, setzte ihre Tochter auf einen der Stühle neben sich und gab ihr ein Malbuch, zusammen mit einer Packung Buntstifte.

Obwohl Johanna dieses Gespräch mehr als einmal in Gedanken durchgegangen war, zögerte sie. Die passenden Worte wollten ihr einfach nicht über die Lippen kommen. Und Julia tat ihr nicht den Gefallen, von sich aus eine Unterhaltung zu beginnen. Einen Augenblick betrachtete Johanna Hanne dabei, wie sie die Zeichnung zweier Rehe mit blauen Strichen verzierte. So konzentriert wie das Mädchen dabei aussah, schien es einem bestimmten System zu folgen, aber Johanna wurde nicht schlau daraus.

Endlich blickte sie auf und sah Julia in die Augen.

„Es tut mir leid."

Julia sagte nichts. Sie runzelte ein wenig die Stirn und betrachtete Johanna eindringlich. Johanna fühlte sich wie in einer Prüfung, bei der sie offensichtlich etwas Wichtiges vergessen hatte. Sie hatte gewusst, dass dies kein einfaches Gespräch werden würde. Doch es war notwendig.

Also begann sie zu erzählen. Und zwar von Beginn an. Von den fürchterlichen Ereignissen in Kiel und dem, was ihr seit ihrem Umzug hier in Minden passiert war. Von der Rolle, die David bei all dem eingenommen hatte. Und zwar immer nur als ein guter Freund. Nie mehr, aber auch nie weniger. Sie ließ nur einen winzigen Teil der Geschichte aus. Den Teil aus Kiel, der für sie selbst ungemein wichtig war, den David aber hinter sich gelassen hatte und den auch sie hinter sich lassen musste.

Nach dem Zusammentreffen schlenderte Johanna mit geröteten Augen die Weserpromenade entlang und genoss die Nähe und die Geräusche des Wassers. Wahrscheinlich würden Julia und sie nie die besten Freundinnen werden. Doch Johanna hatte das Gefühl, dass sie mit dieser Begegnung zumindest eine Annäherung erreicht hatte. Als auf der gegenüberliegenden Seite der Weserstrand auftauchte, blieb sie stehen. Der schmale Sandstrand war menschenleer, die Beach-Bar geschlossen und die Sonnenschirme eingeklappt. Trotzdem oder vielleicht gerade deswegen fand sie Gefallen an dem Anblick. Es wurde Zeit. Sie hatte eine Entscheidung zu treffen. Seit Tagen quälte sie die Frage, ob sie Minden verlassen sollte. Ihr Neustart war alles andere als geglückt.

Mit den Augen folgte sie einer Möwe, die schreiend über sie hinwegflog. Johanna beobachtete das Tier, bis es aus ihrem Sichtfeld verschwand. Dann heftete sich ihr Blick auf die Porta Westfalica. Die Weser floss hier zwischen dem Weser- und dem Wiehengebirge hindurch. Es war ein beeindruckender Anblick. Auf Johanna wirkte es, als würden die beiden Gebirge sich vor dem Fluss verneigen. Ihre mächtigen bewaldeten Hänge senkten sich ehrfürchtig hinab, um die Weser hindurchzulassen. Auf dem Wiehengebirge thronte stolz das Kaiser-Wilhelm-Denkmal.

Mariam hatte Johanna eine Eselsbrücke beigebracht, um Wiehen- und Wesergebirge voneinander zu unterschieden. Am Anfang hatte sie sich nämlich nicht merken können, welches Gebirge das Weser- und welches das Wiehengebirge war. Dabei war es so einfach. Der Kaiser steht auf dem Wiehengebirge und sieht über die Weser hinweg auf das Wesergebirge.

Johanna schmunzelte. Mariam war eine tolle Kollegin. Sie könnte zu einer guten Freundin werden, dessen war Johanna sich sicher. Sie müsste es nur zulassen. Johanna spürte in sich hinein. Minden gefiel ihr. Die Stadt, die Weser, die alten Gebäude und Denkmäler, ihre Arbeit. Der Neuanfang war holprig, aber ein Teil von ihr fühlte sich hier wohl. Minden war ihre neue Heimat.

Johanna öffnete ihre Handtasche und griff nach dem Handy. Es wurde endlich Zeit, zu Hause anzurufen.

Danksagung

Von der ersten Idee bis zum fertigen Krimi ist es ein weiter Weg. Zum Glück hatte ich Begleitung. Deshalb hier ein Dankeschön an:

Lara:

Stundenlang bin ich abgetaucht in die Gedankenwelt meiner Figuren und habe versucht, ihnen Leben einzuhauchen. Eine Zeit, in der ich zwar körperlich, nicht aber geistig anwesend war. Zumindest nicht bei dir. Mittagessen? Fehlanzeige. (Gut, das liegt nicht immer am Schreiben ...) Gemeinsame Unternehmungen? Nein, keine Zeit. Danke, dass du mir die notwendige Zeit zum Schreiben gegeben hast. Und danke für deine Unterstützung. Eine bessere Tochter kann ich mir nicht wünschen.

Alex:

Ein wenig hast du den Stein ins Rollen gebracht. Immer wieder hast du mich aufgezogen mit meinem ersten, nie fertig werdenden Manuskript. (Es wartet noch immer auf seine Veröffentlichung.)

Deine Ruhe und dein Optimismus waren mir eine große Hilfe beim Schreiben. Ich habe wahnsinniges

Glück, dich als Freund zu haben. Wisse, du wirst geliebt. Tüdelü.

Michi:
Anstatt etliche Seiten zu schreiben, fasse ich mich kurz. Du bist die Beste. Du bist und bleibst mein Samweis Gamdschie.

Joan, Cristina, Katrin, Ela und Helga:
Es ist schön, dass es euch gibt. Danke, dass ihr an mich glaubt und immer so liebe Worte für mich findet.

Ellen Brandt:
Von dir habe ich meine Liebe zum Lesen und damit zum Schreiben. Außerdem lagst du mir ständig in den Ohren, wann denn nun endlich der Krimi fertig sei.

Kai Wollenweber:
Steuerstrafrecht. Wer kennt sich denn damit aus? Du zum Glück, sodass ich meine Fragen von einem echten Profi beantworten lassen konnte. Vielen Dank nochmals.

Das gesamte Team des C. W. Niemeyer Verlags:
Vielen lieben Dank für diesen Krimi. Ohne den Einsatz der vielen kompetenten Mitarbeiter*innen gäbe es dieses Buch nicht.

Und nicht zu vergessen, ein Dankeschön an Sie, liebe Leserinnen und Leser. Ein Buch ohne Leser*innen verstaubt in der Bedeutungslosigkeit. Deshalb vielen lieben Dank, dass Sie meinen Krimi gelesen haben. Ich hoffe, er hat Ihnen gefallen.

Ein letzter Hinweis: Jegliche sachlichen Unrichtigkeiten in der Vorgehensweise meiner Polizeibeamt*innen gehen auf mein Konto und sind der Stimmigkeit der Geschichte geschuldet.

Im Verlag CW Niemeyer bereits erschienen ...

Ein Baby ist alles, was Mila zu ihrem perfekten Glück noch fehlt, seitdem sie ihr Medizinstudium abgeschlossen hat und ihrem Traummann nach Hannover gefolgt ist. Doch innerhalb weniger Tage zerbricht ihre heile Welt. David zieht sich immer mehr zurück, und der neue Job als Assistenzärztin in der Anästhesie entwickelt sich zum Desaster.
Als Mila ihren Freund am meisten braucht, lässt er sie im Stich. Dafür drängt sich der unnahbare, aber attraktive Oberarzt Sayan in ihr Leben.
Plötzlich ist sie auf seine Hilfe angewiesen und muss alles infrage stellen, wovon sie zuvor geträumt hat ...

Anna Hensel. Herzkrank
464 Seiten. Klappenbroschur. ISBN 978-3-8271-9300-1
E-Book 978-3-8271-9764-1 (ePUB)

Folgt uns auf

#niemeyerbuch